濡《ぬ》れ足袋《たび》の女

一

数日前から秋雨が降りつづいている。

雨脚《あまあし》は強くなったり弱くなったりしていたが、一向に止《や》む気配はなかった。

「秋の長雨といいますけど、ほんまにいつまでもよう降りよりますなあ。こうも毎日、雨の音をきかされてると、鬱陶《うっとう》しくてかないまへん。じめじめして気色《きしょく》が悪おす」

「鴨川や堀川も、ひどく増水しているんやって。二条城のお堀の水も、いまにもあふれ出しそうやわいな。わたしはお堀の鯉《こい》が、道端に飛び出してるときいたで」

「そんなん見つけたら、とっ捕まえて早うお堀にもどしてやらな、死んでしまいますがな」

「鶴太《つるた》、おまえはそないいうけど、自分が当人になると、なかなかそうはできへんもんやで。わたしかて足許で大きな鯉が跳《は》ねてたら、人目さえなければ、その鯉を捕らえてしまう。手ぬぐいにでも包んでこっそり持ち帰り、鯉こくにして食べるわいな。鯉こくは精がつくさかいなあ」

公事宿《くじやど》「鯉屋《こいや》」は、京都東町奉行所に近い大宮姉小路《あねこうじ》上ルに店を構えている。

そこの帳場で手代の喜六《きろく》が、舌なめずりをせんばかりの顔で、丁稚《でっち》の鶴太の言葉を否定した。

「喜六はん、なにを横着なことをいうてはりますねん。そんなんしたら、手が後ろにまわりますがな。ましてやここは公事宿鯉屋。そこの奉公人《ほうこうにん》が鯉を殺生したら、屋号の手前も悪く、旦那さまから厳しいお叱りを受けまっせ」

鶴太は紙縒《こよ》りをひねる手を止め、帳場に坐る喜六をにらみつけた。

紙縒りは和紙を細長く切り、紐状に縒ったものをいい、紙を綴《と》じるのに用いる。

鶴太は手先が器用で、鯉屋が町奉行所に提出する出入物《でいりもの》（民事訴訟事件）の目安《めやす》（訴状）のほか、返答書などの書類の一切が、かれのひねった紙縒りで綴じられていた。

「やい鶴太、おまえは偉そうに、わたしになにを意見がましいことをいうのやな。わたしはただ人の情《じょう》について、ちょっと口にしたまでやわいさ。この鯉屋が店の屋号を尊《とうと》び、旦那さまはじめ奉公人のすべてに、鯉を食べてはならんと定めてはるぐらい、よう承知しているわい。わたしはここに奉公して十五年ほどやけど、その間、鯉なんか一遍も食べてえへん。それどころか毎年五月になって、青い空で鯉のぼりが風に乗って泳いでいるのを見ると、ああ、ありがたいことやと、つい両手を合わせるほどなんやで――」

手代の喜六は鶴太をにらみ、いまいましそうにいい返した。

「鯉のぼりには、うちかて特別な気持を持ってます。それにしても、鯉の生き血を吸うたり鯉こくを食べたりしたら、ほんまに精がついて元気になるんどすやろか――」

「そら昔から胸の病《やまい》には、鯉の生き血が一番やというさかい、きっとそうなんやろなあ。鶴太、わたしはおまえがなにを考えているのかわかってます」

喜六は急にまじめな表情になってつぶやいた。

「喜六はん、それはなんどす」

「おまえは下代《げだい》（番頭）の吉左衛門《きちざえもん》はんの容体を、案じてんのやろ。吉左衛門はんはここのところ、風邪《かぜ》をこじらせて寝付き、店を休んではる。そやさかいその吉左衛門はんに鯉でも食べてもらい、元気になってくれはったらと、おまえは考えてるんやろな」

「へえ、実はそうどすねん」

鶴太は顔を伏せ、小さくつぶやいた。

「だがなあ鶴太、おまえがそないに心配せんかて、吉左衛門はんはもう大丈夫じゃ。二、三日前から熱も下がり、いまでは寝床から起きて、ぼつぼつ自分で身の廻りのことをしてはるそうやわいな。今朝、源十郎《げんじゆうろう》の旦那さまと菊太郎《きくたろう》の若旦那さまが、吉左衛門はんのところにそろって行かはり、ようすを見てきてくれはったんどす。お米《よね》はんがほっとした顔で、お店のみなさまにもご心配をかけてもうしわけないと、いうてはったそうやわ」

「そらようございましたなあ」

急に明るい口調になり、鶴太は喜六に微笑《ほほえ》んだ。

「おまえがそれほど吉左衛門はんの容体を案じていたと、ご当人が知らはったら、きっと大よろこびしはりまっしゃろ」

「気恥ずかしい。そんなん下代はんには黙っておくれやっしゃ。胡麻《ごま》をすってるみたいにきこえますさかい。店内《みせうち》の者が病気やったら、誰でも心配しますがな」

「おまえは平生、憎まれ口ばかり利《き》いて小賢《こざか》しい奴やけど、かわいらしいところもあるのやなあ」

帳付けをしていた喜六は、そのあと、厠《かわや》にでも行くつもりなのか筆をおき、ゆっくり帳場から立ち上がった。

外の秋雨はいっそう強くなり、鯉屋の表では、屋号を白く染めぬいた黒暖簾《くろのれん》が、雨にたたかれ濡《ぬ》れていた。

下代の吉左衛門は店を半月ほど休んでいた。

住んでいる長屋は、店からあまり離れていない六角猪熊町《ろっかくいのくまちょう》。子どもはすでに奉公に出ており、長屋では女房のお米と二人暮しだった。

喜六が厠をすませ、再び帳場に坐ったころ、寝床から起き出していた吉左衛門は、激しい雨音に気づいた。

空模様を見るため、表の腰板障子を開け、外をのぞいた。

秋雨が横なぐりに降り、陽暮れが近づいたせいか、冷えまでくわわってきた。

空は鉛色、厚い雨雲におおわれている。

長屋のどの家も表戸をぴたっと閉め、人気《ひとけ》は全くなかった。

お米はつい先ほど、かれの煎《せん》じ薬を買いに、二条烏丸《からすまる》の生薬屋《きぐすりや》に出かけていた。

屋根から落ちる雨滴が、軒下にできた水たまりを叩き、その飛沫《しぶき》で吉左衛門の足許が濡れるほど、激しい雨脚だった。

「これはひどく降りはじめたもんや。お米も無理せんとどこかで雨やどりして、小降りになってから、ゆっくりもどってきたらええんやけどなあ」

吉左衛門は胸の中でつぶやき、ひょいと路地木戸《ろじきど》に目を這《は》わせた。

路地木戸には、小さな板屋根がついている。

その板屋根の下で、四十歳近くの女が雨を避けていた。

傘をすぼめて持っていたが、これだけ激しい雨の中を歩いたら、全身ずぶ濡れになる。

それを避けてにちがいなかろうが、路地木戸の小さな板屋根での雨やどりでは、たいした効果がなかった。

彼女のきものの裾《すそ》は、すでにぐっしょり濡れていた。

「もうし――」

吉左衛門は彼女に声をかけた。

雨やどりしている女が、かれの呼び声に気づき、こちらを眺めた。

どこか大店《おおだな》の女主《あるじ》らしい服装《みなり》の女だった。

表の土間に立てかけた番傘《ばんがさ》をつかみ、吉左衛門は路地木戸に飛び出した。

広げた番傘を大粒の雨がやかましく叩いた。

「わたしはこの長屋の者どす。そんなところに立っててんと、よかったらわたしの家に入って、雨やどりしはったらどないどす。むさ苦しい長屋どすけど、部屋に上がっておくんなはれとはいわしまへんさかい」

吉左衛門は相手に、遠慮ぎみにすすめた。

近づいてはっきりわかったが、その女は相当豊かな境遇とみえ、きものは絹物、髪飾りも金目の品をつけていた。

普通なら供の小女《こおんな》の一人も、連れていそうなものだった。

「ご親切にありがとうございます」

彼女は暗い空を眺め上げ、吉左衛門に礼をいった。

一見して安心できる吉左衛門に接し、にこやかな微笑が返されてきた。

「この雨、すぐには止みそうにありまへん。わたしは大宮姉小路の公事宿鯉屋で、下代をつとめている吉左衛門といいます。どうぞわたしの長屋の土間ででも、雨やどりしていておくれやす。そのうち小降りになりまっしゃろ」

「行きずりの者にお気づかいしてくれはり、ほんまにおおきに。この調子では、しばらく強う降るみたいどすさかい、それでは厚かましくそうさせていただきまひょか」

彼女は吉左衛門に柔らかい言葉でいい、自分のきものの裾に目を落とした。

きものの裾も羽二重《はぶたえ》の足袋《たび》も、絞れば水がしたたるほど濡れそぼっていた。

「どうぞどうぞ、それがよろしゅうおすわいな。遠慮せんとそうしておくれやす」

吉左衛門は番傘の中で、彼女にむかい顔をうなずかせた。

「ではお言葉に甘えさせていただきます」

「なんの、ご遠慮しはることはございまへん」

「公事宿の鯉屋さまどしたら、満更《まんざら》、知らぬお店ではございまへん」

彼女は手に下げていた蛇《じゃ》の目傘《めがさ》を開き、吉左衛門の後にしたがった。

開け放ったままの家の土間に、吉左衛門につづき、傘をすぼめて入ってきた。

「鯉屋の名をご存じとは、名誉なことでございます。今日、わたしはちょっと風邪を引いて、店を休んでますのやわ。ともかくまあそこに腰掛けて一服しとくれやす。いま雑巾《ぞうきん》を持ってきますさかい」

お米が留守のため、吉左衛門は表の腰板障子をわざと開けたまま、奥に引っこんだ。

「なにかと気をつかわせ、もうしわけございまへん。どうぞもう放っておいておくれやす」

上《あが》り框《かまち》に腰を下ろし、彼女は奥の台所に消えた吉左衛門に声をかけ、開けたままの戸口から外を眺めた。

「女房がちょっと用足しに出ておりますさかい、表の戸は開けたままにしておきます」

乾いた雑巾を持ち、再び土間に姿をのぞかせた吉左衛門は、彼女に断わった。

「へえ、さようどすか。それは念の入ったお計らいをしていただき、恐れ入ります」

「それくらいあたりまえどすがな。下心《したごころ》のない親切も、お人によっては、どない考えられるかわかりまへんさかいなあ」

「ほんまにそうかもしれまへん。世の中、人の心はさまざまどすさかい——」

なぜか彼女はしみじみとした声で答えた。

吉左衛門にはこの声がひどく印象に残った。

後になって考えれば、思い当ることだった。

「足袋を脱いで、これで足を拭《ふ》いておくれやす」

ぼんやり外に目をやっている彼女に、吉左衛門は雑巾を差し出してうながした。

「おおきに。厚かましついでに、お言葉に甘え、そうさせていただきます」

「足の冷えは、女子はんの身体には毒どすさかいなあ」

彼女は上り框に腰を下ろしたまま、上半身をかがめ、羽二重の足袋を脱いだ。

形のいい白い足が現われた。

ほっそりした足首、暮しのよさが、その足からも十分に感じられた。

「どうぞこれを使うとくれやす」

「ほんまにお世話になります」

吉左衛門から乾いた雑巾を受け取り、彼女はきものの裾を少しめくり、両足を拭きにかかった。

それから目をそむけるため、吉左衛門は表の戸口に立ち、空を見上げていた。

秋雨はなお沛然《はいぜん》と降っていたが、西の空がいくらか明るみ、いまの一雨《ひとあめ》がすぎたら、小降りになりそうな気配がうかがわれた。

「ご親切にどうもありがとうございました。お家のお人が、きれいに乾かしておいでの物を汚してしまい、もうしわけございまへん」

両足を拭き終えた彼女は、下駄《げた》をはき直し、幾分、濡れをおびた雑巾を吉左衛門に返した。

「なにをいわはりますやら。そのままちょっと休んでいておくれやす。西の空が明るんできましたさかい、この大降りもいまに止みまっしゃろ。うちの女房も、どっかで雨やどりさせてもろうているはずどすさかい、お互いさまどすわいな」

吉左衛門は彼女をなるべく気楽にさせるため、無造作にいった。

風邪の熱が引いてから、今日で三日になる。

きのうまで足許がふらついたが、いまはもうなんともなかった。

この分なら明日か明後日《あさって》には、店に出られそうだった。

かれが思った通り、彼女から雑巾を受け取り、台所の雑巾桶《おけ》に投げこみ、表の土間にもどると、雨音が静まっていた。

薄暗かった路地が急に明るくなり、先ほどの大降りが嘘《うそ》のようだった。

「どうやらお言葉のように、小降りになりました」

「ようございましたなあ。これくらいの雨どしたら、なんともありまへんやろ。秋の長雨といいますけど、久しぶりに明日は、秋晴れになるのとちがいますか」

「それではこのあたりで、お暇《いとま》させていただきます。ほんまに助かりました。改めてお礼にうかがいますけど、お家のお人に留守中お邪魔《じゃま》いたしましたと、どうぞお詫《わ》びをもうし上げておいておくれやす」

彼女は上り框から腰を浮かせ、表に立てかけた蛇の目に手をのばした。

「そんなご配慮はご無用にしておくれやす」

吉左衛門は、一礼して路地木戸にむかっていく彼女の背に声をかけた。

これをきき、彼女が項《うなじ》をめぐらし、軽く微笑んだ。

こうして雨やどりさせた女子《おなご》を見送り、吉左衛門は上り框にふと目をやった。

そしてそこに羽二重の白足袋が、濡れたまま置かれているのを見て、眉を翳《かげ》らせた。

脱いで忘れていったにちがいないが、いまから後を追うのもどうかと躊躇《ちゅうちょ》したのである。

お米が出先からもどってきたのは、それからしばらく後であった。

雨はすっかり小降りになっていた。

路地長屋からにわかに人の声がきこえてきた。

二

北は本圀寺《ほんこくじ》、南は西本願寺。一町ほどの町並みをはさみ、二寺が伽藍《がらん》をそびえさせている。

ともに山門の東に堀川が流れ、花屋町通りが二つの寺を割るように東西にのびていた。

堀川は本圀寺の前で少し蛇行《だこう》して、花屋町通りから再び真っすぐ南に流れている。

その堀川に架《か》かる花屋町通りの橋に、人が鈴なりになり、川端にも人だかりができていた。

「いったいなんどす――」

西本願寺へのお参りをすませ、醒井《さめがい》通りを北に上がってきた初老の男が、人だかりに足を止め、誰にともなくたずねかけた。

「土左衛門《どざえもん》、土左衛門どすがな」

「へえっ、ほんまどすか」

「しかも土左衛門は女子はんやそうどす」

初老の男にたずねられたお店者風《たなものふう》の男は、興味深そうな顔で答えた。

溺死《できし》人や水死体を土左衛門という。

理由は成瀬川土左衛門という力士の肥満した身体が、水ぶくれして浮き上がった水死人に似ていたため、こう呼びならわされたのであった。

「女子の土左衛門どすかいな。それで歳はなんぼくらいなんどす」

水死人が女ならそれだけ関心が強くなる。

初老の男は、自分がいま本山に参ってきたのも忘れ、目を輝かせて人だかりのむこうをのぞきこんだ。

「それが、それほど若うはありまへんねん。年恰好は三十七、八どすなあ」

お店者風の男も、期待する気持は同じだった。

水死人が若い女子なら、多くの男の猟奇趣味《りょうきしゅみ》を満足させるのである。めくれ上がったきもの、そこからのぞく白い脚と黒い繊毛《せんもう》、はだけた胸の豊かなふくらみなどが、想像されるからだった。

男はよほどの人物でないかぎり、胸裏の奥におぞましいものをひそめている。

「仏はんは若い女子はんではありまへんのどすか」

がっかりした表情が、初老の男の顔にありありと浮かんだ。

「ここんとこつづいた長雨で、堀川の水も増えてますさかい、仏はんはどっかで足を踏みはずし、川に落ちはったんどすやろなあ」

「この水の出工合《でぐあい》どしたら、淀川や桂川まで行かんでも、身投げして死ねますわいな」

「身投げどしたら、女子はんやさかい、足首ぐらい縛ってはりますやろ」

「すると身投げではないんどすか」

「そうらしゅうおすわ」

普段、堀川の水は少ないが、しばらく降りつづいた長雨で、水嵩《みずかさ》が増し、滔々《とうとう》と流れていた。

堀川は旧鴨川の本流。古くは右京の物資を集散する幅四丈（約十二メートル）の重要な川路だった。

平安京建設の当時、この堀川(河)の開削には、多くの囚人が動員され、苦役《くえき》を強《し》いられた。

桓武天皇はこれを視察したとき、かれらの苦労を哀れみ、恩赦の詔《みことのり》を出されたと、『日本後記』は伝えている。

この堀川は京の町が成熟してくるにしたがい、桂川から運ばれてくる丹波木材の集散地となり、五条堀川には材木市が立てられた。

川沿いに住む材木商人たちは、材木座を組織し、町を祇園《ぎおん》社に寄進し、同社の神人《じにん》として国からの税をまぬがれ、庇護《ひご》されてきた。

また水を大量に用いる染色業者が、堀川沿いには多く住んでいた。

花屋町通りに近い杭《くい》に引っかかっていた女の水死体を発見したのも、友禅染めの糊洗《のりあら》いにやってきた染物屋の男だった。

「どけどけ、さあそこをどくのじゃ」

醒井通りを南に急いできた数人が、堀川のせまい川原に下りながら、人だかりを二つに分けた。

久しぶりに晴天に恵まれ、川原ではすすきが枯れかけていた。

「おうい、おまえたち、これは見世物ではないぞよ。さっさと歩くのじゃ。さように橋の上に大勢が立ち止まっていては、橋板が落ちてしまうわい」

川原から低い橋の上の見物人を見上げ、大声で叱咤《しった》を飛ばしたのは、京都東町奉行所同心組頭《くみがしら》の田村銕蔵《てつぞう》であった。

かれにつづき、現場に到着した奉行所の小者たちが、その見物人たちを散らしにかかった。

「ちぇっ、仏は女子だともうすに、筵《むしろ》さえかけておらぬのか。気の利かぬ奴らばかりじゃ」

銕蔵は水死人にちらっと目を投げ、まわりにひかえる男たちに、再び毒づいた。

橋の上から人の姿が散り、かれが水死人のかたわらに身をかがめたとき、筵を抱えた男を追い立てるようにして、同心の小島左馬之介《さまのすけ》が近づいてきた。

「この仏を発見したのは誰じゃ」

まわりに立つ十人ほどの男たちの顔を仰ぎ、銕蔵がたずねかけた。

「へえ、このわしでございます」

膝《ひざ》切りを着た三十歳前後の男が、かれに答えた。

「このわしは、どこのわしじゃ」

「六条醒井通りの染物屋松屋で働いている粂三《くめぞう》ともうします」

「松屋の粂三じゃな」

「へえ、さようでございます」

「そなたはどうしてこの仏を見つけたのじゃ」

「わしは染物を洗うため、ここの洗い場に下りてきました。そしたらそこの杭に、仏はんが引っかかっていはったんどすわ」

かれは、目の高さの川沿いの道に止めた大八車を見上げて説明した。

大八車には、色鮮やかに染め上げられた友禅染めが、大量に積まれていた。

友禅染めは、糊で防染《ぼうせん》をほどこし、模様が染め出される。

その防染の糊を、豊かに流れる堀川の水で洗い落すのであった。

「なるほど、さような状況で発見したのか」

「気味が悪うございましたけど、西本願寺さまのほうに流れていってはご迷惑になると思い、仲間の者といっしょに、ここまで抱え上げたんどす」

「それはご苦労であった」

銕蔵は粂三のまわりに立つ男たちをねぎらった。

小島左馬之介がひとまず水死人に筵をかけた。

「田村さま、仏はどこから流れてきたのでございましょうな」

「さように気楽な質問を、いまいたすまい。早々にわかるものなら、わしら同心はとっくにお役ご免じゃわい」

かれは筵の縁《へり》をめくって水死人の顔をのぞきこみ、左馬之介にうそぶいた。

水死人は年増、化粧をしていたはずだが、水で洗い流されたのか、顔は土色に化している。もっとも人品は卑しくなかった。

その土色の顔に、水に濡れた黒髪が幾筋もへばりついていた。

「結んでいた髪は根元からくずれ、ざんばらになっているが、服装からうかがい、相当、高価な櫛《くし》や笄《こうがい》をしていたと考えられる。水に流されているうちに、抜け落ちたこともあり得るが、人に殺《あや》められたうえ、金目の物を奪われたと、推察されぬでもない」

「懐《ふところ》や帯の間はいかがでございます」

「左馬之介、そなたは組頭のわしに、それを調べさせるのか。自分で検《あらた》めたらいかがじゃ。相手が若い女子なれば、勇《いさ》んでいたそうに――」

「田村さまはとんでもない戯言《ざれごと》をもうされまする」

「いや、わしは思うたことを率直に口にしたにすぎぬわい。しかしながら、たとえ若い女子にしたところで、水死人の身体を検めるのは、決して気色のよいものではない。ともあれ後学のため、いまは若いそなたがいたさねばなるまい」

「いかにもでございます」

銕蔵が身体を退《の》かせると、小島左馬之介はかれのうずくまっていた場所に移った。

橋の上では、奉行所の小者が六尺棒を構え、上から水死人をのぞきこもうとする老若男女を追いたてている。

左馬之介とともに現場に駆けつけてきた岡田仁兵衛《にへえ》や曲垣染九郎《まがきそめくろう》たちが、川堤や橋の上を行き来する人物に、それとなく注意の目を配っていた。

素振《そぶ》りの怪しい者がいないかを探っていたのだ。

銕蔵や左馬之介たちは、すでに水死人が足を踏みはずし、単に堀川に転落したのではないと、暗黙裡《あんもくり》に察していたのである。

「田村さま、懐中にも帯の間にも、財布はもちろん、身許を明らかにする品は一つとしてございませぬ」

小者に手伝わせ、水死人の帯を解いて検めた左馬之介が、暗い顔で銕蔵に伝えた。

「うむ、推察した通りか。この仏、誤って川に落ち、溺死したのではないな。やはり殺されたのじゃ」

「なにゆえさように断じられます」

「まず、腹はふくれておらず、水を飲んだようすがない。しかし首を絞められた痕も、刀傷も見当らぬゆえ、おそらく強い力で羽交《はが》い締《じ》めにされ、なにかで顔をふさがれ、息絶えたのであろう。それにさらに大きな不審があるわい」

「それはなんでございます」

左馬之介に代り、岡田仁兵衛が銕蔵にたずねかけた。

川堤から川原をうかがう人の姿は、入れ代り立ち代り、なかなか減らなかった。

「左馬之介に仁兵衛、この仏は妙なことに足袋をはいておらぬわなあ。仏は粋筋《いきすじ》の女子ではなく、服装からして大店の女主。下駄は水に流されたとしても、肌寒いこの季節、足袋をはいておらぬのは、いかにも不自然じゃ。それがわしには解《げ》せぬのよ」

「すると田村さまは、仏がどこかで殺され、足袋を脱がされたうえ、堀川まで運ばれ投げ捨てられたと、もうされるのでございまするか。さればなんの必要で、足袋を脱がせたのでございましょうなあ」

筵の端から、女のすんなりした足がのぞいている。土色に変った顔とはちがい、白いきれいな足だった。

その爪《つめ》も手入れが行きとどき、昨日にも鑢《やすり》をかけた跡がうかがわれた。

「厄介《やっかい》じゃがこの仏、奉行所に運んで、身許をたださねばなるまい。いずれにしても、しかるべき大店の女主か、公家衆の御督様《おかみさん》であろう。これが明らかに入水者《じゅすい》なら、番屋の土間に放っておくところじゃが、他殺ではそうもまいらぬ。すぐさま戸板を用意いたせ」

銕蔵は誰にともなく命じた。

「町奉行所のお役人さま、わしはどうしたらええのでございまっしゃろ」

水死人のそばから立ち上がった銕蔵に、洗い職人の粂三が、おずおず声をかけた。

「おお、すっかり忘れていたが、松屋の粂三とかもうしたな」

「へえ、さようでございます」

「仕事の手を止めさせ、すまぬことであった。もう仕事にもどってくれてもよいぞよ。ただし、そなたにたずねたい仕儀《しぎ》ができれば、町奉行所が迎えの使いをやるゆえ、その節にはご苦労じゃが、足を運んでもらいたい。よいな——」

表情をゆるめ、銕蔵はかれにもうしつけた。

「へえ、かしこまりました」

粂三の顔にほっとした気配がただよった。

間もなく、川堤から黒ずんだ破れ板戸が運び下ろされてきた。

水死した女の遺体が、町奉行所の小者の手で、すぐ板戸の上に移され、再び筵がかぶせられた。

「面倒をかけるが、この仏を奉行所まで運んでくれい」

左馬之介が小者たちに指図をあたえた。

「承知いたしました」

まわりにばらばら集まってきた小者たちが、古びた縁を両手で持ち、板戸を堀川の川堤に担《かつ》ぎ上げた。

こうした推移を見ていた人々も、それにつれぞろぞろ動きはじめた。

その中に、吉左衛門と同じ長屋に住む鋳《い》掛《か》け屋《や》の義《ぎ》兵《へ》衛《え》がいた。

かれの稼《かせ》ぎは陽暮れまでとかぎられている。

修理をすませた鍋釜《なべかま》で、夕御飯の支度をはじめる貧しい客が多いからであった。

それだけに、義兵衛が長屋にもどる時刻は、同じ長屋に住むほかの男たちより、だいぶ早かった。

吉左衛門や義兵衛が住む長屋は、路地木戸のそばに大きな辛夷《こぶし》の木がそびえ、辛夷長屋の異名で呼ばれている。

毎年、季節になると、白い大ぶりの花を見事に咲かせ、界隈《かいわい》では有名だった。

義兵衛は箱荷を二つ、天秤棒《てんびんぼう》で下げ、その長屋にもどってきた。

路地木戸をくぐり、ひょいと長屋の物干場を眺めた。

どの竿《さお》にも、継ぎの当った襦袢《じゅばん》や、子どもたちのきものが干されている。

だが一本の竿の両端に、真っ白な新しい足袋が、突っこむように干してあった。

近づいてみると、羽二重の足袋である。

吉左衛門が、雨やどりをさせた女子が脱ぎ忘れていったと説明した足袋を、お米が洗濯をしておいたのだ。

——女物の足袋、しかもこんな長屋には似合わしくない高価な羽二重の品。

義兵衛の胸裏に、荒筵の端からのぞいていた女の素足が、突然、鮮明によみがえってきた。

その彼女を検めていた町奉行所の役人は、足袋をはいておらぬのは不自然だと、首をかしげていた。

その不審が、義兵衛には造作なく解ける気がした。

物干竿の先に干された羽二重の白足袋を、かれは天秤棒を肩にしたままじっと見つめた。

全身がぞっと粟立《あわだ》っていた。

あの水死人はなにか深い事情があり、吉左衛門にひそかに殺されたのではないかと疑ったのである。

四十をすぎてまだ独身でいる義兵衛は、長屋のみんなから信頼されている吉左衛門が、正直、なんとなく妬《ねた》ましかった。

このとき、吉左衛門の家の腰板障子が、音をきしませて開いた。

義兵衛はあわてて物干竿から離れた。

そんなかれをお米が訝《いぶか》しそうな顔で眺め、おもどりやすと声をかけた。

三

鯉屋は屋号を染め出した黒暖簾を下ろし、ひっそりしていた。

下代の吉左衛門が殺しの疑いで捕らえられ、東町奉行所の獄舎に、吟味物《ぎんみもの》（刑事訴訟事件）の被疑者として、収監されたからであった。

花屋町通りの堀川から死体になって発見されたのは、六角烏丸西入ル骨屋町に店を構えるろうそく問屋「大黒屋」の女主、お志乃《しの》三十八歳とわかった。

その彼女を殺害したのは、吉左衛門だという。東町奉行所の目安箱に、下手人はかれだと訴える紙片が、投げこまれていたのである。

そこには、お志乃のはいていた足袋は、吉左衛門の長屋に隠されていると、たどたどしい文字ながら、確信を持って書かれていた。

「女子の身許は、夫の総兵衛《そうべえ》からのとどけで判明したが、鯉屋の吉左衛門が下手人だとの訴えは、思いがけない次第じゃ。吉左衛門は公事宿の下代で、日ごろ、わしらとも懇意《こんい》にいたす人物。さればといい、この訴えを見過ごしにはできかねる」

「大黒屋の総兵衛は、女房のお志乃は羽二重の白足袋をはいていたと、もうし立てていた。

羽二重の足袋は、きものの裾さばきを楽にいたす。目安状に書かれている通り、吉左衛門の家にそれがあれば、奴が公事宿の下代としても、やはり引っ捕らえねばなるまい」

「鯉屋の居候《いそうろう》をしておられる田村菊太郎どのは、堀川へ水死人の検死に出むいた田村銕蔵の異腹兄。されば銕蔵には、この取り調べからはずれてもらわねばならぬ」

「当人にきかせれば、われら同様、仰天いたそうが、悪戯《いたずら》にしては足袋の在《あ》りかまで明記されており、無視するわけにはまいらぬ。ともかく吉左衛門の家に踏みこみ、足袋の所在を確かめるにかぎる。何事もそれからじゃ」

銕蔵の上役たちが協議した結果、吟味方与力や同心たちが、人目に立たぬように吉左衛門の住む長屋におもむいた。

そしてそこで羽二重の足袋を発見、かれを町奉行所に連行してきたのは、昨日だった。

その日、鯉屋は即刻、黒暖簾を下ろした。

「重い風邪を引いてはった吉左衛門はんが、見も知らぬろうそく問屋のお店《たな》はんを殺したうえ、堀川に投げ捨てたとは、どうしても考えられしまへん。これは絶対、なにかのまちがいどすわ」

手代の喜六が、主の源十郎に食ってかかった。

菊太郎はいつものかれらしくもなく、ぐっと腕を組み、憮然《ぶぜん》とした表情で瞑目《めいもく》していた。

「菊太郎の若旦那さま、なんとかいうとくれやす。なんで黙っていはるんどす」

吉左衛門の病を心配していただけに、鶴太は顔に怒気《どき》さえ浮かべ、菊太郎に迫った。

「まあそなたたち、そなたたちが吉左衛門の身を案じる気持はわからぬではない。されど町奉行所が鯉屋の立場を配慮し、内々に吉左衛門を捕らえ、いまのところそれを表沙汰にしておらぬ。そこをまず考え、そなたたちも落ち着くのじゃ」

「奉行所から、こっそり謹慎《きんしん》しておれとのお達しがとどいてます」

菊太郎につづき源十郎が、喜六のほか店の奉公人たちにいいきかせた。

「すると旦那さまも菊太郎の若旦那さまも、吉左衛門はんが女子を殺したんやと、考えてはるんどすかいな」

喜六がまた二人に食いついた。

「骨屋町のろうそく問屋は、大黒屋ともうすのか。それにしても、骨屋町とはまた変った町名じゃな」

「若旦那さま、なにをとぼけたことをいうてはるんどす。それは昔、その町内に扇の骨屋が仰山《ぎょうさん》住んでいたために付けられたというぐらい、若旦那さまも知っておいやすはずどす。わたしらの話を、ほかにはぐらかさんといておくれやす」

「喜六、さように大声でがみがみもうすな」

菊太郎は腕組みを解いて、喜六をたしなめた。

寛文五年（一六六五）に刊行された『京雀』には、骨屋町について「此町には扇のほねやおほし」と記され、その後、六角堂頂法寺《ちょうほうじ》が近いだけに、巡礼廻国者《じゅんれいかいこくしゃ》を泊める旅籠《はたご》が多く営まれていた。

「旦那さまや菊太郎の若旦那さまが、じっとしてて吉左衛門はんを助けようとしはらへんさかい、せめてわたしぐらい大声で異を唱えななりまへん」

「それも道理じゃが、いまわしや源十郎が騒いだとて、どうなるものでもあるまい、喜六、この人の世は、わしをふくめ、多くが嘘で成り立っている。自分はどの嘘に寄り添うていくか、それをよく考えて、生きていくほかないのよ。吉左衛門はこの鯉屋に長く勤め、表裏のない人物として、わしらの目に映ってきた。だがどこになにを隠しているか、一面、わかったものではあるまい。ある日、それが白日の下《もと》に晒《さら》される。あるいは晒されずに、一生を終える人物もいるだろう。それが人間というものなのじゃ」

「すると菊太郎の若旦那さまは、やっぱり吉左衛門はんが下手人やと、思うてはりますのやな」

「断わっておくが喜六、わしは吉左衛門を女殺しの犯人と考えているわけではないぞよ。いまもうしたのは、人間という存在についてで、今度の一件では、わしは誰よりも吉左衛門の無実を信じているわい。だいたいあの人の善《よ》い吉左衛門に、人を殺せる道理がない。たとえ女房のお米どのに内緒で、大黒屋の女主と懇《ねんご》ろになり、身の振り方に窮していたとしてもじゃ。あ奴が女子を殺し、自分は知らぬ顔で生き残っていくだけの度胸を持っているとは、到底、考えられぬ。わしや源十郎がなにも動こうといたさぬのは、水死人がはいていた足袋について、吉左衛門が吟味方にどうもうし開きをしているのか、それすらわからぬからじゃ。人の懐から財布を掏《す》るのは容易だが、足袋を脱がせるのは簡単ではない。ここが肝心なところじゃ」

「菊太郎の若旦那さま、それをきいてうちは安心いたしました」

むっと押し黙った喜六に代り、鶴太がやや愁眉《しゅうび》をひらいた表情でうなずいた。

鯉屋は表戸を下ろし、外から見るかぎり休業。女主のお多佳《たか》と小女のお与根《よね》は、男たちが表の間で言い争う声に、奥の台所からそっときき耳を立てているありさまだった。

もう昼が迫っていた。

だがお多佳もお与根も、昼食の支度をする気にもならなかった。

こんな鯉屋の閉め切られた表戸を、何者かがどんどんと叩いた。

「鶴太、誰かきたようじゃ。おそらく銕蔵であろうが――」

菊太郎の声で鶴太が急いで土間に下り、大戸のくぐり戸につぎ、表戸を開いた。

「銕蔵の若旦那さま」

鶴太が身体を退け、銕蔵を土間に迎え入れた。

「これはいたしかたない仕儀にしても、いかにも陰気臭《いんきくさ》い工合じゃな」

「へえ、どうにもなりまへん」

「ところで源十郎や兄上どのはおいでであろうな」

「はい、思案《しあん》投げ首《くび》でいてはります」

「鯉屋には、商いの札を奉行所に返上いたさねばならぬかもしれぬ難儀だからのう。全く災難じゃわい。鶴太、まあさようにくよくよいたすまい」

銕蔵は腰から抜いた刀を左手に持ち替え、土間から帳場に上がった。勝手に中暖簾をはね上げ、店の客間に現われた。

「銕蔵か――」

「若旦那さま、もうしわけございまへん」

菊太郎と源十郎の言葉に迎えられ、銕蔵は二人の前に腰を下ろした。

「銕蔵、どのような塩梅《あんばい》じゃ。さっそくきかせてもらいたい」

「遅くなりましたが、きのうからの調べのようす、だいたいつかんでまいりました」

「そなたの手で調べられず残念であろう」

「いや、それはいたしかたございませぬ」

「鋳蔵の若旦那さま、奉行所のどなたさまが吉左衛門のお取り調べに当っているのか、知りたいとは思いまへん。けどまさか拷問蔵《ごうもんぐら》に閉じこめ、無理にきき出そうとしているのではありまへんやろなあ」

源十郎が暗い目の色でたずねた。

「吉左衛門をお取り調べになられているのは、吟味方与力の森田頼母《たのも》さまじゃ。吟味部屋ではなく、与力の控え部屋に上げ、穏やかにたずねられている。拷問蔵などに閉じこめておられぬわい」

「それをきいて安堵《あんど》いたしました。拷問蔵で無理問いされたら、誰でも楽になりたいため、やってもいいへん悪事でも、苦しまぎれについ認めてしまいますさかいなあ」

自白が犯行証明の第一とされたのは、江戸時代だけではなく、ごく最近までだった。物証を得て状況固めをし、犯行にいたるまでの経緯《いきさつ》を明らかにして、裁許《さいきょ》（判決）を下すのが普通。だが現代でも無理な尋問《じんもん》が、冤罪《えんざい》を生じさせる事例がしばしば存在する。

江戸時代では、なおさらであった。

「されば奉行所は、鯉屋を重んじて吉左衛門を遇していてくれるわけじゃ。まことにありがたい」

菊太郎は源十郎と顔を見合わせ、銕蔵に軽く頭を下げた。

「銕蔵の若旦那さま、ほんまにおおきに。この通りでございます」

源十郎は両手をついて礼をのべた。

「兄上どのに源十郎、それで森田さまのお取り調べの結果をもうし上げます。風邪を引き店を休んでいた吉左衛門は、長屋の路地木戸で雨やどりをしていた女子を、大黒屋の女主とも知らず気の毒に思い、家の土間に招き入れました。乾いた雑巾を出し、濡れた足を拭いてもらい、足袋はそのとき女子の脱ぎ忘れた物。女房のお米どのに、洗って乾かしておいてくれと、頼んでおいたにすぎませぬと、もうし開きをしておりまする。森田さまがお米どのに問いただしたところ、同じ答えでございましたそうな」

「菊太郎の若旦那さまは先ほど、懐の財布を掏るのは容易だが、足袋を脱がせるのは簡単ではないというてはりました。けどその難問が、すんなり解けましたがな。吉左衛門はんがいわはる通りどっしゃろ。大黒屋のお店さまは、吉左衛門はんの長屋から骨屋町のお店にもどらはる途中、なにかとんでもない災《わざわ》いに出合い、殺されて堀川に投げ捨てられはったんどすわ」

にわかに勢いづき、喜六がまくし立てた。

「銕蔵からいまの話をきき、わしもそうであろうと思う。それで大黒屋の女主が吉左衛門の家で雨やどりをしていたとき、お米どのはそこにおられたのか――」

　菊太郎が肝心なことをたずねた。

「いや生憎《あいにく》、吉左衛門に飲ませる生薬を買いに、二条烏丸に出かけ、留守をしていたそうでございます」

「すると、お米どのは大黒屋の女主を見ていないのじゃな」

「それどころか、長屋の誰もが、大黒屋の女主を見ておりませぬ。そこがはなはだもって厄介にございます」

「銕蔵、それがなぜ厄介なのじゃ。人間にはしばしば、不都合《ふつごう》極まりないことが起るものじゃわい。されば、吉左衛門のもうし開きをそのままききいれ、大黒屋の女主がいったいなんの用で、辛夷長屋の界隈にきていたのか、その理由を探るのが肝要じゃな。大店の女主が、供の小女も連れずに雨の日に外出をいたしているのが、そもそも訝しいとは思わぬか。吉左衛門は親切をほどこしたため、災難に合うたと考えれば、奉行所の連中も総力をあげ、真相を探索いたさねばなるまい。吉左衛門が下手人につながる手掛かりを、たまたま手に入れていたと思うてやればいかがじゃ」

「いかにも、さようでございます。わたくしはすでに岡田仁兵衛たちに、大黒屋とお志乃の身辺をひそかに洗えと命じましたが、森田さまも同様に仰せとうけたまわりました」

「ならば吉左衛門にかけられた疑いを晴らすため、鯉屋の一同も犬になり、辛夷長屋の界隈を嗅《か》ぎ廻《まわ》らねばなるまい」

菊太郎の一言で、喜六たちの顔がぱっと輝いた。

「それで銕蔵、森田さまのお調べのあと、吉左衛門はまた牢屋にもどされておるのか」

「兄上どの、それは当り前でございましょう。鯉屋の下代ゆえ、森田さまも手加減されておられまするが、吉左衛門の疑いはまだ晴れたわけではございませぬ」

「それくらい、わしにもわかっておる。ただ公事宿にお預けという扱いが、ないでもないぞよ」

「これは出入物ではなく、吟味物でございまするぞ」

「それも承知でもうしたのじゃが、やはり融通《ゆうずう》は利かせられぬか」

「当然でございましょう」

菊太郎の頼みなら、いつも易々《やすやす》としたがう銕蔵だが、今日だけはきっぱりと撥《は》ねつけた。

四

翌日から京は再び雨になった。

「お店さま、今年の秋雨はなんか不吉で、ほんまにかないまへんなあ。雨脚がまたちょっと強うなってきましたわ」

表の大戸を下ろしているだけに、鯉屋の土間や帳場は薄暗く、梅雨どきのようにむっと湿気が感じられた。

「お与根、おまえいま不吉でかないまへんといいましたけど、吉左衛門はんがお牢屋にいてはるからといい、それと天候とを結びつけて考えたらあきまへんのえ。吉左衛門はんは絶対、なにも悪いことなんかしてはらしまへん。女子はんを殺して堀川に投げこんだやなんて、濡《ぬ》れ衣《ぎぬ》に決まってます。旦那さまや菊太郎の若旦那さまはじめ、店の者が総出で、吉左衛門はんの無実を晴らそうと走り廻ってはるとき、暗いことを思うててはいけまへん」

お多佳は小女のお与根をやんわりたしなめた。

「お店さま、深い考えもなしに、つい変な口を利いてしまいすんまへん。うちかて吉左衛門はんの無実を信じてます。お奉行所も吉左衛門はんの話を、なんでそのまま認めてくれしまへんのやろ。いくら目安箱に入れられていた文《ふみ》の通り、大黒屋のお店さまの足袋が見つけられたというても、吉左衛門はんの話は道理にかなってます。人をよう見てから、お縄をかけてほしおすわ」

近所まで買い物に出かけたお与根は、買ってきた大根や小芋《こいも》の類を、籠《かご》から台所の洗い場に取り出しながら愚痴《ぐち》った。

「お与根、豆腐と油揚げ、忘れずに買うてきてくれましたやろなあ」

お多佳は念のため、彼女に確かめた。

二つとも明朝の味噌汁《みそしる》の具であった。

「へえ、忘れてしまへん」

「そしたら豆腐は水に浸《つ》け、油揚げは猫や鼠《ねずみ》に盗《と》られんようにお鉢に入れ、戸棚の中にしもうておきなはれ」

彼女にうながされるまでもなく、お与根は豆腐を折《へぎ》から離し、深鉢に入れかけたが、その手をふと止め、目をぼんやり宙に浮かした。

「お与根、どないしたのえ」

そのようすを眺め、お多佳が不審の声をかけたが、お与根はなぜか身体を硬直させたままだった。

胸でなにかをなぞる気配であった。

「お与根、なんとかいいなはれ」

お多佳は低い声で叱りつけた。

「お、お店さま――」

お与根がひたいに皺《しわ》を寄せ、お多佳をじっと見つめた。

「いったいどないしたんや。心配しますがな。なにか困りごとがあったら、遠慮せんといいなはれ」

「うち、困りごとなんか持ってしまへん。それよりお店さま、いま急に思い出したんどすけど、いつもうちが豆腐を買うている丹波屋町筋の豆腐屋、そこでけったいなことがありましてん」

「けったいなこととはなんえ――」

「へえ、そこの豆腐屋でときどき顔を合わせる近くの娘はんが、うちを見て急にうろたえ、豆腐の包みをどさっと足許に落さはったんどす。顔見知りどすさかい、いつもやったら、お互いに挨拶《あいさつ》ぐらいするんどっせ。そやのに、落した豆腐をそのままにして、その娘はん、さっと逃げるように去《い》んでしまわはったんどすわ」

「そらおかしなことどすなあ。その娘はんは年はいくつぐらいで名前はなんといい、どこに住んではりますのや。そうや、それよりその娘はんは、おまえがどこの奉公人か知ってはりますのか」

お多佳の顔つきもにわかに改まってきた。

「娘はんの名前はお鈴《すず》ちゃん。年は十七とかきいてます。うちが公事宿の鯉屋に奉公しているのは、当然知ってはるはずどす」

「それやったら気にかかりますなあ」

「お店さま、そうどっしゃろ。そのうえお鈴ちゃんの住んでおいやす長屋は、いま考えたら、吉左衛門はんとこのすぐ近くどすねん。あの態度は、鯉屋に恐れみたいなものを抱いてとちがいますやろか。どこできかはったんか、吉左衛門はんのことを知ってはるとしか思われしまへん」

丹波屋町筋は、吉左衛門の住む六角猪熊の一筋西を、南北にのびている。

小路が縦横《じゅうおう》に走り、思いがけないところから自在《じざい》に道がたどれた。

「お与根、それは変どっせ。吉左衛門はんの事件は、同じ長屋のお人たちはもちろん、大宮通り界隈の同業者仲間にも、伏せられてます。事情を知るのは一部だけ。そのお人たちも口をつぐんでいてくれますさかい、普通なら、お鈴ちゃんが知るはずがありまへん」

お与根が挨拶を交すほどの顔馴染《かおなじ》み。その彼女がお与根を見てうろたえ、買ったばかりの豆腐包みを落した。そのうえ逃げるように去ったとなれば、お与根が不審がっても当然であった。

「そしたらお店さま、お鈴ちゃんはどうして吉左衛門はんの一件を知っておいやしたんやろ」

「そんなん、うちにたずねたかてわからしまへん。けどひょっとすると、そのお鈴ちゃんは、大黒屋のお店はんとなんかかかわりがあるのかもしれまへんなあ」

今朝までに判明したのは、水死体になり発見されたお志乃は、大黒屋総兵衛の後妻。実家は二条柳馬場で扇屋を営む「美扇堂」で、大黒屋に嫁いで十五年がすぎているとのことだった。

総兵衛夫婦はともに実直な人柄。誰にたずねても、他人に怨《うら》みを抱かれるお人ではないとの言葉が返されてきた。

「それでお鈴ちゃんとこのお父はんは、お仕事はなにをしてはるんどす。お与根、おまえは知ってますのやろ」

「へえ、お父はんは下駄の歯入れ屋、名前は弥七《やしち》はんやときいてます」

下駄はいうまでもなく、履《は》けばすり減ってくる。

歯入れ屋は道具箱を背負い、下駄の歯入れ屋でございますと呼び声をあげ、町を歩く行商。客から注文を受けると、その場で茣蓙《ござ》を敷いて仕事に取りかかった。

すり減った歯を抜き、新しい歯を鉋《かんな》と鑿《のみ》で削り、下駄に付け替えるのである。

行商だけに、雨が降れば仕事にならなかった。

「お多佳にお与根、下駄の歯入れ屋がどうしたんやな」

夢中で話をしており、お多佳もお与根も、源十郎が菊太郎と連れ立ち、店にもどってきたのにも気づかなかった。

「あっ、おまえさま――」

「なんやちょっと小耳にはさんだけど、二人で吉左衛門に関わる話をしていたみたいやなあ」

かれも菊太郎も、まだ手掛かりがつかめないまま、店にもどってきたのだ。

「そ、そうどす。先ほどお与根が豆腐屋で、妙な場面に出会うたんどす」

お多佳は源十郎と菊太郎にむかい、たったいま自分がきかされた一部始終《いちぶしじゅう》を、手短に伝えた。

「なるほど源十郎、これは不可解じゃ。小娘がお与根を見てうろたえ、逃げるように去ったとなれば、まだ多くの人が知らぬ話を、その小娘が知っているとしか考えられぬ。きき捨てにできぬわい」

「菊太郎の若旦那、さっそくいまからにでも、丹波屋町筋の弥七の許に出かけまひょかいな。なにか手掛かりが得られるかもわかりまへん。下駄の歯入れ屋の弥七、あいつの家どしたら、だいたいわたしにも見当がつきますさかい」

「善は急げじゃ。お与根の話をきくかぎり、ただごとではない予感がいたす。そのお鈴とかもうす小娘、お与根ではなく、やはりこの鯉屋を恐れているのであろう。だから逃げるように去ったのじゃ」

「わたしもさように思いますわいな」

二人はそのまま、いっそう雨脚を強めてきた店の外に飛び出した。

姉小路通りを右に曲り、丹波屋町筋を南に下った。

菊太郎も源十郎も、きものの裾をまくり上げ、尻はしょり姿。公事宿鯉屋と黒く書かれた番傘を、雨滴が激しく叩き、二人の足許はすぐずぶ濡れになっていた。

「菊太郎の若旦那、ここでございます」

源十郎が足を止めたのは、吉左衛門が住む辛夷長屋から一筋西にへだたっただけの、やはり低屋根がつづく長屋であった。

「ここのどこじゃ」

「路地木戸を入って右から二軒目、さあ踏みこみまひょか」

「大袈裟《おおげさ》にもうすまい。お与根の話から浮かぶ相手は、まっとうに暮しを営む者たち。これにはなにか深い仔細《しさい》がありそうじゃ。吉左衛門の冤罪を晴らしてやるのも大事だが、相手の身にもなって、穏便《おんびん》に計らわねばなるまいよ」

菊太郎にさとされ、源十郎は弥七の家の腰板障子をしずかに開いた。

「ごめんやす。弥七はんはおいでどすかいな」

かれは家の中に声をかけ、急に身構えた。

「源十郎、いかがしたのじゃ」

直後、菊太郎の顔も思わず引き締まった。

家の中に線香の匂いが、濃くただよっていたからである。

咄嗟《とっさ》に二人は、弥七とお鈴が出刃包丁で喉《のど》でも突き、死んでいるのではないかと考えたのだった。

「ど、どなたさまどす」

土間の奥から男の声がとどき、二人はほっと緊張を解いた。

男は四十五、六歳、痩《や》せたまじめそうな人物だった。

「弥七はんどすな」

「へえ、さようどすけど——」

「わたしは大宮通りの公事宿鯉屋の主で、源十郎という者どす」

かれに名乗られ、弥七はそのままふらふら土間にへたりこんだ。

「弥七とやら、そなたやっぱりなにか知っているのじゃな。部屋で焚《た》かれている線香、これは大黒屋の女主お志乃どののためか」

源十郎に代り、菊太郎がかれに畳みかけてたずねた。

部屋の中から、わあっと若い女の泣き声が起った。

黄ばんだ障子戸をさっと開け、源十郎が部屋に上がりこんだ。

小机の上に新しい位牌《いはい》が置かれ、その前にすえられた香炉《こうろ》から、線香が細い煙を立ち昇らせていた。

「お鈴はんどすなあ」

位牌の前で泣きくずれている娘に、源十郎がやさしくたずねかけた。

「公事宿の旦那はんがきはったら、もう隠し通せるものではありまへん。なにもかも正直に、打ち明けさせてもらいます」

土間にへたりこんでいた弥七は、柱に手を添え、よろよろと立ち上がった。

菊太郎にどうぞ部屋に入っとくれやすとすすめた。

それからかれが語った話は、菊太郎や源十郎の予想を超え、とんでもない内容だった。

大黒屋の女主お志乃は、自分が二十のころ、軽はずみから深い仲となり、お鈴を生む結果を招いた男に、思いがけなく殺されたのであった。

男の名前は政吉《まさきち》といい、お志乃の実家美扇堂の手代をつとめていた。だがすべてをひそかに葬《ほうむ》ろうとした彼女の父親治部左衛門《じぶざえもん》から、金をあたえられて店を出され、お鈴も里子にやられた。

「腹は政吉に貸しただけ。赤ん坊は政吉の兄さんの弥七はんが、引き取って育ててくれはるのやったら、それでよろしゅうおすがな。この件はなかったこととして、忘れてしまいなはれ」

死んだお志乃の母親貞子《さだこ》は冷たかった。

お志乃が大黒屋総兵衛の後妻として嫁いだのも、こうした自分の負い目からで、政吉はその後、江戸に下ったという。

政吉が再び京に現われたのは、つい半月ほど前。かれはいっぱしの遊び人に変っていた。

大黒屋に嫁いだお志乃は、腹を痛めた我が子可愛《かわい》さから、実の母親だと名乗らず、弥七の幼馴染みだとのべ、早くに養母に死なれたお鈴に、なにかと目をかけていた。

「弥七の兄さんと幼馴染みだとは、ちゃんちゃらおかしいわい。お志乃、わしが大黒屋に乗りこみ、なにもかもぶちまけたら、おまえはおそらく大黒屋から離縁されるやろ。それが嫌やったら、わしに二百両そろえて出すこっちゃ。そしたらわしは、その金を持って京から再び去《い》に、今度こそみんなの前から消えたるわい」

かれは兄弥七とお鈴の手前もはばからず、堂々とお志乃に強請《ゆすり》をかけた。

「政吉はん、おまえさまがそうまで恥知らずにおなりとは、うちには思いがけのうおす。二百両のお金、出せんわけではありまへん。けどこうして一度、強請に屈したら、それは必ずくり返されまっしゃろ。うちは大黒屋に嫁いだもんの、若いときの過《あやま》ちをいまでも主の総兵衛はんに隠しているのを、もうしわけのう思うてます。そやさかい、政吉はんに昔の過ちをぶち明けられ、大黒屋から離縁されたかてもうかましまへん。そしたらお鈴と、晴れて母娘として暮せますさかい。どうぞ好きなようにしとくれやす」

お志乃は二回目、弥七の家で政吉と出会ったとき、美しい顔を引きつらせ、かれの要求を強く撥ねつけた。

政吉は、蛸薬師《たこやくし》通りに面した伊勢藤堂家・京屋敷の中間《ちゆうげん》長屋に、転がりこんでいるといっていた。

「政吉の奴は、この長屋からもどるお志乃はんを中間長屋に誘いこみ、なんとか考え直してもらい、十両でも二十両でもせしめようと、なだめすかしたにちがいありまへん。そやけど頑《がん》としてそれを撥ねつけられ、あげくお志乃はんを殺してしまいましたんやろ。そのあと死体の始末に困り、堀川に投げ捨てたんやと思うてます。実の母親をいきなり現われた実の父親に殺されたお鈴が、いかにも不憫《ふびん》。身許が知れ、世間さまからあれこれ噂され、肩身《かたみ》せまく暮していかなりまへんさかいなあ。わしは鯉屋の吉左衛門はんが下手人やと疑われ、お取り調べを受けているのを知りながら、そんなんから、本当のことを奉行所によう届けまへんどした。鯉屋の旦那さま、どうぞ許しておくんなはれ。吉左衛門はんにもどう詫びたらえぇのか、ほんまにすんまへんどした」

弥七は身をちぢめて平伏した。

「わたしは公事宿を営み、町奉行所に出入りさせていただいてますさかい、人間が起すおぞましい事件を、だいたい見たりきいたりしてます。けどこれはあんまり酷《ひど》おすなあ。お鈴はんが気の毒すぎますがな。それにしても、大黒屋のお志乃はん殺しを、わたしんとこの吉左衛門になすりつけ、知らん顔でやりすごそうとしはったんは、やっぱり罪深うおすえ。それだけはきちんと謝り、奉行所のお沙汰にも、したがってもらわななりまへん」

一切の話をきき終え、源十郎は苦々しげな顔で弥七を叱責《しっせき》した。

部屋の中に重苦しい沈黙が長くただよった。

一段と激しくなった秋雨の音が、お鈴の嗚咽《おえつ》する声に重なってきこえた。

「兄上どのに源十郎、すぐさま藤堂家の中間長屋に、手を廻さねばなりませぬな」

菊太郎は、お多佳から自分たちの行き先を告げられた銕蔵が、先ほどから岡田仁兵衛と二人、土間に立ったまま弥七の話をきいているのを知っていた。

「銕蔵の若旦那さま、早うそうしておくんなはれ。吉左衛門も全く災難どしたわ」

源十郎の声に勢いはなかった。

吉凶《きつきよう》の蕎麦《そば》

一

日毎《ひごと》に涼しくなっていた。

旧暦の七月末、いまの暦になおせば、八月末から九月に当る。

数匹の赤とんぼが、御幸町の六角通りを西に歩む田村菊太郎とお信《のぶ》の目の前をかすめていった。

三条・鴨川沿いの料理茶屋「重阿弥《じゅうあみ》」で働くお信は、菊太郎との関係から、店では特別にあつかわれている。

二人が深い仲になり、もう数年がすぎていた。

「お信、それではその先の麩屋町《ふやちょう》通りで、別れるといたそう。店の用は三条の瀬戸物屋へ、鉢物を注文に行くのだともうしていたな」

三条通りには、尾張の瀬戸や肥前の唐津などから運ばれてくるやきものの問屋が、軒をつらねていた。

「へえ、三条の美濃屋はんまで、店で使う小鉢物を、見せてもらいに行くんどす。今日はうちの墓参りに付き合うてくれはり、ほんまにありがとうございました」

二人は先ほど寺町通りの安養寺の門をくぐり、十数年前に卒《そっ》したお信の母親の墓にもうでてきた。菊太郎は閼伽桶《あかおけ》を下げ、お信のあとにしたがったのである。

「そなたが墓参りに行くともうしたため、ついうかうかと、誰の墓かも問わずに同行したが、お袋どのの墓とは知らなんだ。初めからわかっておれば、服装《みなり》ぐらい改めてまいろうに――」

「うちがいいそびれて悪うございました」

「いや、そなたが詫《わ》びる筋合いではない。わしみたいな男に、母娘ともども身を託すそなたを、お袋どのがあの世からご覧めされ、危ぶまれておられるのではないか。そうと思うと、わしこそもうしわけない気持じゃ」

かれは顔を翳《かげ》らせ、心からすまなさそうに詫びた。

二人が立ち止まった西に、池坊・頂法寺の六角の屋根が、澄んだ初秋の陽を浴びて見えていた。

「あなたさま、なにを仰せられるんどす。菊太郎さまにお会いしてから、うちも娘のお清《きよ》も安心して、幸せに暮させていただいてます。いま以上のことを、うちは望んでしまへん」

「お清はいくつになったのかな――」

「はい、十一歳になりました」

「実の父親でないわしは、お清の年すら正確に覚えられぬわい。公事宿《くじやど》『鯉屋《こいや》』の主《あるじ》源十郎やお多佳どのばかりでなく、弟の銕蔵《てつぞう》の奴さえ、わしにそなたと夫婦になれと、陰に陽にすすめておる。されどわしはいまひとつ、そなたたち母娘を幸せにしてやれる自信がなくてなあ」

「みなさま方からそれと合わせ、町奉行所への出仕を、うながされているからでございましょう。たとえ何千石をいただかれましても、うちら母娘を養うため、菊太郎さまが嫌々、お勤めにつかれるのは不幸のはじまり。うちの本意でもございません。うちがいまのままで幸せやというてるんどすさかい、それでええのとちがいますか」

二人の会話にきき耳を立てるように、どこからともなく飛んできた数匹の赤とんぼが、その頭上で静止して浮かんでいた。

「さようにもうしてくれるとありがたい。なにしろわしは長年、身勝手にふらふら暮してきており、どうも宮仕《みやづか》えは苦手なのじゃ。町奉行所の上役の機嫌をとり、同輩と常に仲良くやっていくことなど、できようはずもない。それより腹立ちまぎれに、上役を殺《あや》める事件さえ起しかねぬ。さような振る舞いにおよべば、銕蔵をはじめ多くの人々に、さぞかし迷惑をかけよう」

「おお恐《こわ》、もしそないになったら、うちは哀しゅうて死んでしまいます。うちはあなたさまが、鯉屋の相談に乗ったり、気ままに町奉行所のお手伝いをしてはるお姿が大好きどす。それがあなたさまに一番似合わしいのとちがいますか。うちのお母はんも、いまのままできっと喜んでくれてはります」

「ならばよいのじゃが——」

「いいも悪いもあらしまへん。うちとあなたさまは破《わ》れ鍋《なべ》に綴《と》じ蓋《ぶた》どすさかい」

「破《わ》れ鑵子《かんす》に木蓋《きぶた》ともうすのじゃな」

赤とんぼが頭上から飛び去るのを目で追い、菊太郎は機嫌よくいった。

昨日、かれはお信の長屋で一夜を明かした。

押し殺した声で喘《あえ》ぎ、自分にしがみついた彼女の姿が、脳裏によみがえっていた。

「さればわしは鯉屋にもどる」

「うちは美濃屋はんに立ち寄ったあと、お店《たな》に入らせていただきます」

「主の彦兵衛《ひこべえ》どのに、よろしく伝えておいてもらいたい」

「へえ、承知しました。ではお気をつけてお出かけくださりませ」

お信は六角通りの西をむいた菊太郎を、一礼して見送り、自分も麩屋町通りを上にと歩きはじめた。

彼女は公事宿鯉屋にもどる菊太郎を、泊り稼《かせ》ぎに行く〈夫〉だと思っていた。

会いたければ、いつでもすぐに会ってくれる。かれほど自分に似合わしい男はいなかった。

——破れ鍋に綴じ蓋、破れ鑵子に木蓋か。

菊太郎は胸の中でつぶやき、近づいてきた頂法寺の六角堂を眺めた。

かれがゆっくり足を運ぶ前方の左側には、旅籠《はたご》屋がそれぞれ看板を上げ、ずらっと並んでいた。

頂法寺は本堂が六角になっているため、俗に六角堂と呼ばれている。本尊は如意輪観音。平安遷都以前、この地域は愛宕郡土車《あたごごおりつちぐるまのさと》里といわれ、六角堂の前身となる小堂が建っていた。応仁の乱後、灰燼《かいじん》に帰した京の町で、同堂は庶民の信仰の場として真っ先に復興整備に着手され、長く人々に身近な存在として親しまれてきた。

旅籠屋が多いのは、六角堂が西国巡礼十八番礼所であることから、その宿泊客のためだった。古記録には、「此町にはたぬい有、旅人の一夜の宿かす町也。毎年此所へしょこく巡礼多くつき集る」と記されている。

はたぬい——とは、寺院を荘厳に飾る幡《ばん》・天蓋《てんがい》をいい、それを縫う仕立て屋の看板も見られた。

富小路通り、柳馬場通りをすぎる。

その先の六角通りの北側で、小ぶりの新しい家普請《いえぶしん》が行なわれていた。

間口は二間あまり、裏はどうやら空地のようだった。

去年の春、この界隈《かいわい》は失火で焼け、ところどころに空地が残されていた。

菊太郎は何屋ができるのだろうと、家普請をちらっと眺め、その前を通りすぎかけた。

「旦那、田村さまではございまへんか――」

あらかた壁塗りが終えられた家の中から、菊太郎にむかい弾《はず》んだ声がかけられた。

歩みを止め、かれは声の主に目をこらした。

人の好さそうな顔の中年男が、自分を見て微笑していた。

男は股引《ももひ》き姿だった。

「そなたは七兵衛《しちべえ》ではないか」

「へえ、その七兵衛、夜泣きそば屋の七兵衛でございますがな」

かれはにこやかな表情で答えた。

「ここしばらく見かけぬと思うていたが、そなた夜泣きそば屋をやめて、大工か左官《さかん》の手伝いにでもなったのじゃな」

菊太郎は相手の股引き姿から、勝手に決めつけた。

「田村さま、ところがそうではありまへんねん」

七兵衛の顔から笑みは消えなかった。

「さればいかがしたのじゃ」

眉をひそめ、かれはたずねた。

夜歩きの多い菊太郎は、夜泣きそば屋の七兵衛の両掛け屋台を見ると、必ずといっていいほど立ち寄り、そばを食べていた。

七兵衛が売るそばはコシがあり、汁の味が格別で、喉《のど》通りがよかった。

夜泣きそば屋の由来は、「そばうーり」と悲しげに客を呼ぶ声が起源とも評され、別に二《に》八《はち》そばともいわれている。

これについては諸説あり、二八が掛け算で十六の意から、そば一杯が十六文とも、またうどん粉二分、そば粉八分で製されていることから、二八そばと呼ばれたのだともいう。

また寒い夜、夜鷹《よたか》（街娼）がよく食べるため、夜鷹そばともいわれていた。

「田村の旦那さまから、そない正面切って問われると、わし、なんや咎《とが》められてるみたいでかないまへんわ」

「わしにさようなつもりはないわい」

「そやったらよろしゅうおすけど――」

「察するところこの家普請、さては七兵衛、そなた夜泣きそば屋をやめ、店を一軒構えたのじゃな」

「すんまへん。実はそうどすのやがな」

「されば自慢こそすれ、謝ることではあるまい。夜泣きそば屋が、一軒店を構えるとは大手柄、立派なものじゃ。この洛中に夜泣きそば屋がどれだけの数、商いをしているのかは知らぬが、その中で自分の店を持てる者は少なかろう。まこと慶事《けいじ》じゃわい」

「そない褒《ほ》めていただいて、わし穴があったら入りとうおすわ」

「いやいや、すべては七兵衛、そなたが作るそばが旨《うま》く、また真正直に働いてきた成果じゃ。ときどきわしが食うたそばの儲《もう》けも、屋根瓦一、二枚になったかと思えば、わしにも喜ばしいぞよ」

「屋根瓦の一、二枚どころか、田村の旦那さまには、太い大黒柱を一本買わせてもろうてます」

七兵衛の商う夜泣きそばは、京中、どの町内でも好評だった。

かれは特に粉を吟味してそばを打ち、出し汁にも工夫をこらしていた。

だが評判がいいからといい、かれは決して気持を驕《おご》らせなかった。

寒い夜、七兵衛がお菰《こも》(乞食《こつじき》)にそばを振る舞っているのを、菊太郎はたびたび見かけていた。

「そなた先ほど、お菰どのにそばをただで食わせていたが、わしが目にしただけでも再々、儲けのほうは大丈夫なのか」

「旦那さま、そら食うてもろうただけ損どすわな。そやけど、腹を空《す》かせたお菰はんが、旨そうにそばを食べてはるのを見ると、わしうれしおすのやわ。わしのそばを当てにしてくれてはるお人がいると思えば、少々、辛《つろ》うても気張れます。昔から観音さまなど尊《とうと》いお方は、この世にじじむさい恰好で現われはると、旦那さまもきいてはりまっしゃろ。あのお人たちを、お菰はんやと思うたらいけまへん。観音さまやお薬師さまの化身《けしん》やと考えたら、ありがたくそばを食べていただけます。そうどっしゃろ」

一度、七兵衛にこういわれ、菊太郎は深く感心した。

六角通りのわきに退《の》き、立ち話をしているかれや七兵衛の耳に、普請にはげむ大工や左官たちの威勢のいい声がとどいてくる。

夜泣きそば屋の七兵衛が、こうして一軒店を構えられるのも、これまで貧しい人々に慈悲をほどこしてきたかれに、いわば諸尊が報《むく》いた結果に相違ない。そう考えれば、菊太郎には十分納得できてきた。

「大黒柱を一本買わせていただいたとは、いかにも大袈裟《おおげさ》じゃのう」

「いやいや、わしはほんまのことをいうてるんどす。この何年来、田村の旦那さまには、どれだけのそばを食べていただいたやら、数え切れしまへん。お菰はんのそば代やというて、法外な銭をいただいたこともございました」

「わしがさようなことをいたしたかな――」

「田村の旦那さまは、ご自分のほどこしは、全部忘れてしまわはる質《たち》のお人どすわ。わしは何遍もそないして、銭をいただいてます」

「当のそなたがもうすからには、そんなことが、一、二度あったかもしれぬな」

江戸時代の全期を通せば、当然、物価は大きく変動したが、中期から後期にかけて夜泣きそばの代金は、だいたい十二文から十六文であった。

四千文で一両。七兵衛が店を一軒構えるまでになるには、相当な努力が要されたはずである。

江戸時代、日本人の食文化は飛躍的に充実した。寿司売り、天麩羅《てんぷら》売り、汁粉・雑煮売り、甘酒売りなどが、夜泣きそば屋と同様、両掛け屋台に釜や七輪を乗せ、町を流し歩いていた。

「一、二度だけやありまへんわいな」

七兵衛は急に力《りき》んだ。

「まあ七兵衛、それはともかくとして、店開きはいつじゃ。その節には、わしもさっそく寄せてもらわねばならぬ」

「へえ、壁塗りがようやくすんだばかりで、明日《あす》、明後日《あさって》というわけにはいかしまへん。そば所の丹波の出石《いずし》なんかでは、いまごろ夏そばが実をつけ、秋そばが白い花を咲かせてますやろ。それらのそばの実を手に入れてから、店開きをしたいと考えてます」

「それは悠長《ゆうちょう》な計画だが、同時にいかにもそなたらしい店開きじゃなあ」

「商いは最初が肝心。ここで末長くそば屋をやらせてもらいますからには、縁起のええ日を選び、十分準備してはじめとうおす」

「もっともな思案ともうせるが、ともあれ店開きの日が決まったら、ご苦労でも大宮・姉小路の鯉屋まで知らせてくれ。公事宿の連中にも呼びかけ、大勢で食いにまいってとらせる」

「ありがたいことどす。気張って旨いそばを売らせてもらいますさかい、何卒、店開きしたあとには、どうぞご贔屓《ひいき》にしとくれやす」

「店の名はなんとつけるつもりじゃ」

「あっさり、そば屋七兵衛とつけることに決めてます」

「なんとも色気《いろけ》のない屋号だが、まあそばは色気で食うものでもなし、それもよかろう」

「田村の旦那さま、今日はお会いできてうれしゅうございました。おおきに――」

七兵衛が菊太郎に軽く頭を下げたとき、六角堂の鐘楼から正午《ひる》を告げる鐘が、ぐわんとひびいてきた。

二

手代の喜六がきものの裾《すそ》をはたき、帳場に坐った。

鶴太は丁稚《でっち》の日課として、鯉屋の表を掃除しており、わずかなゴミを箒《ほうき》でちり取りに掃《は》きこんだところだった。

「おい鶴太、お与根が早う片付けてもらいたいというてはるで。台所に行って、昼をすませいな」

喜六は昼食を終え、帳場にもどってきたのであった。

かれは鶴太に呼びかけ、舌をつかって音を立て、上歯をちゅっとせせった。

「へえ、いま掃除をすませましたさかい、すぐ食べさせていただきます」

「早うすませな、堅うなってしまいまっせ」

なぜか喜六は苦々《にがにが》しげな顔でいった。

しばらくあと、掃き道具を片付けた鶴太が、暖簾《のれん》をくぐり、土間にもどってきた。

「喜六はん、昼をいただいたというのに、なんやご機嫌が悪うおすのやなあ」

土間に立ち止まり、鶴太が小声で問いかけた。

「昼食はありがたいけど、いまにおまえかて機嫌が悪うなるわいな。菊太郎の若旦那さまは、ちょいちょい外に出かけ、三条の重阿弥みたいな料理茶屋で、ご馳走《ちそう》を食べてはるからええやろ。けどわしらみたいな奉公人には、もううんざりじゃわいな」

「喜六はん、するとまた昼御飯はそばどすかいな」

　鶴太が早々に眉を寄せた。

「すった山芋をかけた山かけそば、甘く煮付けた鰊《にしん》を乗せた鰊そば、鴨南《かもなん》ばんなど、種物そばならまあ我慢もできる。けど今日なんかは、刻みネギを添えただけの素《す》そばなんやで。いくらお与根が精一杯頑張って出しを引いたかて、それにも限度があるわいな」

「へえっ、そばつづきのうえに、今日は刻みネギだけの素そば。普通、刻みネギは薬味どっしゃろ」

「薬味は七味《しちみ》唐辛子《とうがらし》。ぴりっと辛うて、掛けすぎたら素そばが食えんようになるさかい、気をつけなあかんねんで」

　喜六の小声に送られ、鶴太は奥の台所にやってきた。

　そこの板間には、猫のお百《ひゃく》を膝にかかえた菊太郎が、悠然《ゆうぜん》と坐っていた。

「これは菊太郎の若旦那さま――」

　思いがけない顔を見て、鶴太は小さく首をすくめた。

主の源十郎と下代《げだい》（番頭）の吉左衛門は、手代見習いの佐之助と丁稚の正太をそれぞれしたがえ、町奉行所の詰め部屋と公事の掛け合い先へ出かけている。

二階に公事願いの泊り客もいなかった。

「鶴太、白々しくなにが若旦那さまじゃ。わしが台所でそばを打っていたのを、そなたはすでに知っていたであろう。帳場にもどった喜六のうんざりした声も、そなたのまたそばどすかいなと嘆く声も、わしははっきりきいていたぞよ」

「菊太郎の若旦那さま、いくらくつろいではったかて、そんな余分な声なんか、きかはらんでもよろしゅうおすがな。うちの不服そうな声は、手代の喜六はんの不機嫌に、調子を合わせたもんどすわ。うちは丁稚、人さまの厄介事《やっかいごと》を丸くおさめる公事宿というても、お店奉公《たなぼうこう》をしているからには、下代はんや手代はんのご機嫌うかがいが大事。一旦、にらまれると、今後のご奉公に障《さわ》りますさかいなあ。うちは田舎育ちで、ほんまはそばが大好きどすねん」

「鶴太、そなたは公事宿の奉公人にはなはだ打ってつけじゃ。将来、大成いたす素質をしっかりそなえておる」

「そない褒めてくれはり、気色《きしょく》悪うおすけど、そばとうちの将来に、なんぞ関わりがあるんどすか」

「そばには直接、関係はないが、そなたの本心を隠し、白を黒といいくるめてしまう才能を、わしはいささか皮肉をこめ、褒めているのじゃ。公事宿は出入物《でいりもの》（民事訴訟事件）でも吟味物《ぎんみもの》（刑事訴訟事件）でも、まずなにより依頼者の意を第一にし、対決（口頭弁論）や糺《ただし》（審理）の白洲《しらす》にのぞまねばならぬ。世間で口舌《こうぜつ》の徒《と》はなにかと軽んじられるが、公事宿仲間では有力な武器。舌先三寸《したさきさんずん》で人を生かしも殺しもいたそうでなあ。毎日、そばを食わされてうんざりしながら、わしの姿を見て、そばは大好きともうすそなたの変り身の速さは、たいしたもの。ゆえに大成いたす素質をしっかりそなえていると、わしはもうしたのじゃ」

「それだけ見透かされていたら、うちはぐうの音も出まへんわ。ほんまをいうてしまいますけど、毎日、そばの大盤振《おおばんぶ》る舞《ま》いで、喜六はんばかりでなく、うちかてもうあきあきしているんどす。若旦那さまはそれほどそばがお好きどすかいな」

鶴太は悪びれたようすもなく、あっさり本心を明かし、菊太郎の前に坐った。

小女のお与根が、すでにかれの箱膳を置いていた。

「うむ、はっきり問われたら答えねばならぬが、わしはまことそばが大好物なのじゃ。値が安くて手軽に食べられ、食せば身体の工合《ぐあい》もよいともうすからのう。わしは銭もなく諸国を放浪していたとき、いつもそばを食うていたわい。晦日《みそか》そば、棟上げそば、引っ越しそば、煤掃《すすは》きそば。そばほどわしらの身近にある食い物はないぞよ」

「そないにお好きどしたら、ついこの間、店開きした六角通りのそば屋七兵衛にお出かけやして、自分独りでどれだけでも食べはったらいかがどす。いくら好きでも自分で粉から練り、そば切りまでしはるのは、もう病としか思えしまへん」

ここ半月余り、菊太郎はなにを考えてか、そば粉を練り、たびたびそばを作っていた。かれが台所の調理場にまき散らす白いそば粉の始末は、いつもお与根の仕事だった。

「はい鶴太はん、熱いおそばができましたえ——」

鶴太が口をとがらせていったとき、お与根が湯気の立つどんぶり鉢を、箱膳の上にどんとすえた。

「そなたにいわれるまでもなく、わしは外に出かけるたび、そば屋の七兵衛の許に立ち寄り、評判のそばを食べておる。七兵衛のそばは、つなぎのうどん粉が二分、そば粉が八分と割り合いもよい。されど要するに、吟味した材料と適度な味付けゆえ旨いのじゃ。店開きした当初から、名物として天麩羅そばを工夫して売り出したのも、繁盛の理由といえるだろうなあ。わしもそば好きとして、もしこの鯉屋が店じまいしたり、居候《いそうろう》もほどほどにしてほしいとここから追い出されたら、そば屋でもやれぬかと思案しているのじゃ。それゆえあれこれ自分で試みているのじゃわい。ただの道楽とはわけがちがうぞ」

「菊太郎の若旦那さま、この鯉屋が店じまいするなどと、ひどく縁起の悪いことをいわはりますのやなあ。源十郎の旦那さまがきかはったら、気を悪うしはりまっせ」

「わしは店じまいとは口にしたが、店がつぶれるとはもうしておらぬ」

「そんなん、どっちでも同じどすがな。それより若旦那さまは、七兵衛はんとこがえらく繁盛しているのを見て、いっそ重阿弥のお信はんに、そば屋をさせようかと考えてはるのとちがいますか。それやったらそばについて、そら一通り、自分で体験しとかなあきまへんわなあ」

　鶴太は箱膳からどんぶり鉢を取り上げ、ふうっと息を吹きかけ、菊太郎が打ったそばを音を立ててすすった。

「わかったようにもうすが、実は鶴太、わしにその気持がないではない。そばは庶民の手軽な食べ物。まずまずのものを客に供していれば、食うてはいける。それに武士にあるまじく、わしはものを作るのが好きでなあ」

「若旦那さまの肝煎《きもい》りで、もしお信はんがそば屋の店を開かはったら、うちが一番初めの客として、お店の金をくすねてでも寄せていただきますわいな」

「気持はありがたいが、店の金をくすねてこられたら迷惑じゃわい」

「それは言葉の文《あや》、それほどに思うているというてるんどすがな」

　かれはあきあきしたそばを食うにしては、さも旨そうに出し汁をすすった。

　そばは中国が原産地。日本で古く曾波牟岐《そばむぎ》、久呂無木《くろむぎ》と呼ばれた。

由来はそばの実が稜角《りょうかく》で、黒褐色のためだった。植物としてタデ科ソバ属に属する一年草。二、三カ月の短期間で収穫でき、救荒《きゅうこう》作物として重宝されてきた。

食用法には、雑穀とまぜた粒食や、そばがき、そば餅などの粉食がある。現在、最も一般的なそば切りは、近江・多賀神社の社僧慈性の『慈性日記』によれば、慶長十九年（一六一四）二月、江戸の常明寺で振る舞われたのが初めだという。

「鶴太どうじゃ、今日のそばの工合は――」

「へえ、しゃきっとした歯ざわりがなかなかのもんどす。それに出し汁も旨うおすわ」

かれは最初の不服顔を忘れ、食べ終えたそばを褒めそやした。

「汁はお与根がこしらえてくれたのじゃ」

「そしたらお信はんがそば屋をはじめはったら、お与根はんを鯉屋から引きぬき、うちは出前の小僧に雇うてもらえますなあ」

「そなたはいろいろ働くところがあって結構じゃな。それより鶴太、表の帳場へ行き、喜六から硯《すずり》と筆、紙をもろうてきてもらえまいか」

「急になにをしはるんどす」

「一句浮かんだゆえ、書き留めておくのじゃ」

菊太郎の指図にしたがい、帳場に立っていった鶴太は、すぐ頼まれた品々をたずさえ、板間にもどってきた。

「礼をもうす」

菊太郎は鶴太に一声かけ、筆に硯から墨をふくませると、半紙にむかいさらさらと文字を書きつらねた。

「若旦那さま、なにをお書きやしたん」

「思いついた一句を、忘れぬうちにしたためたのじゃ」

「見せておくれやすか」

「ああ、よいぞよ」

菊太郎が差し出した半紙を受け取り、鶴太は文字を目でたどり、つぎには声に出して読み上げた。

「山路きてそば売る茶店《みせ》の水車——どすかいな。若旦那さまが、銭を持たんと諸国を歩いてはったころを、思い出しての発句（俳句）どすな。それで当時、若旦那さまはなにをして稼いではったんどす。まさか枕探しではなし、やっぱり腕を生かし、道場破りなんかしてはりましたんやろなあ」

「鶴太、そなたは全くあれこれ賢《さか》しらな奴じゃな。問われたとてわしの過去を、そなたに気安く語らねばならぬいわれはないわい」

かれが鶴太を笑顔でにらみつけたとき、菊太郎の若旦那——と、帳場から喜六の呼ぶ声がとどいてきた。

誰かがかれを訪ねてきたようすだった。

「なんじゃ、喜六、わしに客か——」

「へえ、六角通りのそば屋の七兵衛はんがおいでなんどすわ」

七兵衛が店開きをしたとき、鯉屋の奉公人たちは、主の源十郎や菊太郎に幾度も店に連れていかれ、七兵衛とは顔馴染《かおなじ》みになっていた。

「七兵衛がわしを訪ねてきたのじゃと」

菊太郎は猫のお百を膝からそっと下ろし、板間から立ち上がった。

暖簾をはね上げ、帳場に現われた。

鯉屋の土間に、七兵衛がしょんぼり立っていた。

「そなた七兵衛、なにかよくないことでも起ったのじゃな」

この時刻、かれは六角通りの店で、そばを打つのに大忙しのはずだ。

ここ七日余り、菊太郎は七兵衛の店をのぞいていない。かれの急な訪問、しかも元気のない姿が、菊太郎に不吉なものを感じさせた。

「田村の旦那さま、とんでもない事態になってしもうたんどすわ。独りでいろいろ考えましたけど、どないにも思案がつかしまへん。そこでふと思い出したのが、公事宿にいてはる田村の旦那さまどした。わしの困り事については、目安《めやす》（訴状）で相手を訴え、出入物として お奉行さまに裁いていただくより、ほかに方法がありまへん。わしかて商売の邪魔《じゃま》をされて、黙って引っこんでるわけにはいかしまへんさかい。相手が仕掛けてきたからには、店を高利貸しのかたに入れても、どこまでも争ってやりますわいな」

七兵衛は菊太郎にむかい、一方的に息まいた。

「七兵衛、まずなにが起ったのかきかねばならぬ。まあ落ち着け。そして上にあがるのじゃ。温和なそなたが、目安で相手を訴えて決着をつけたいとは、よほど腹にすえかねることであろう」

「ほんまに腸《はらわた》が煮えくり返っておりますわいな。極道な商売人ばかりが集まり、わしを目《め》の仇《かたき》にするんどしたら、自分たちがもっと売り物に工夫し、お客はんに喜んでもろたらええのどすがな。それもできんと、することにもこと欠き、わしの店への仕打ちがあんまりどす。これほどの嫌がらせ、わしは四十すぎになりますけど、どこでもきいた覚えがありまへん」

「七兵衛、ともかく奥の部屋に上がれ。そなたの腹立ち、ゆっくりきいてつかわす。目安でしか解決できぬのであれば、この鯉屋の主源十郎はもちろん、わしとて渾身《こんしん》の力をかたむけ、始末をつけてくれる。どうせそなたがはじめたそば屋の繁盛を、ねたんだ邪魔立てであろうが——」

「わしがあんまりやというのは、店のすぐ裏の地所《じしょ》を、何軒かのそば屋が、話し合うて買い取りよったんどすわ。そしてそこへ大きな甕《かめ》をずらっといくつも埋め、あろうことかその中へ、下肥《しもごえ》をどんどん溜め入れてるのどす。そやさかい、くさい臭いが店まで流れてきて、全く商売にならしまへん。あいつらはわしの商いを、つぶす魂胆《こんたん》なんどっしゃろ」

「七兵衛、そなたいまなにをもうしたのじゃ」

耳にはしたが、途方もない邪悪な方法をきき、菊太郎は事実としてすぐ理解できなかった。

「菊太郎の若旦那さま——」

黙って帳場に坐っていた喜六も、驚きの声をもらし立ち上がった。

三

晩秋の冷えが足許をひんやりさせている。

公事宿鯉屋から連れ立って出た田村菊太郎と主の源十郎は、六角通りを東にすすみ、町を南北に走る柳馬場通りまでやってきた。

そこで二人ともやはりと眉をひそめた。

左手のむこうに七兵衛の店が見えている。

この前そばを食べにきた折りには、時分どきでもないのに、店に人の出入りが激しかった。

それがひそっと静まっている。

白地に「そば屋七兵衛」と黒く染め出された暖簾が、一人の出入り客もなく、風にひらめいていた。

「源十郎、ひどいものじゃな」

「全くどすなあ。七兵衛はんのところへは、三回そばを食べに寄せてもらいましたけど、いつのときも店先に活気がみちてました。それがどうどす。ここから眺めても、店は死んでるみたいどすがな」

二人は足の運びをゆるめ、互いにささやき合った。

「見てみろ、七兵衛の店先を通りかかる男女が、わざわざ前を避けてすぎていくわい。あれでは繁盛どころではあるまい」

「やっぱり糞尿《ふんにょう》の臭いが、ただよってきてるんどっしゃろなあ」

「店のすぐ裏に大きな甕をいくつも埋め、糞尿を大量にぶちまけているからには、板囲いがされていたとて、臭いがあたりに広がって当然だろうよ」

「食い物商売に糞尿の臭いとは、あんまり酷《ひど》おっせ。どんだけ旨いそばでも、鼻先におわいの臭いがついてては、誰でも気色悪うて、食う気にならしまへん。客足が遠のいて当り前どすわいな」

「寒くなる季節でまだましだが、これが真夏であれば、糞尿の臭いがぷんぷんただよい、蛆《うじ》がわき蠅《はえ》が飛び、不潔きわまりない。いくら商売仇をつぶすつもりだとはもうせ、いたす仕業がまことにおぞましい。ところで同業者仲間（組合）の総代たちは、この不埒《ふらち》を知っているともうすのじゃな」

「へえ、きのうわたしが店にもどって若旦那から話をきかされたあと、すぐ吉左衛門と喜六に調べさせました。それによれば、総代たちは知ってても知らん顔ですまそうと、もうし合わせているそうどすわ」

「さては、七兵衛の店をつぶす魂胆の奴らから、金をにぎらされているのじゃな」

「おそらくそれに相違ございません。総代たちにしてみれば、荷売りの夜泣きそば屋が一軒店を構え、いきなり繁盛してよその客足まで奪っており、それでは仲間のまとまりを損ねるとして、店のつぶれるのを静観する態度に出ましたんやろ。総代たちの店は、ここからだいぶ離れていて、遠くの火事にすぎまへんさかい」

「七兵衛が商いをはじめた界隈に、いったい何軒のそば屋があるのだろうなあ」

かれの店にいよいよ近づきながら、菊太郎は源十郎にたずねた。

「喜六の話では、十七、八軒やそうどす」

「ふうん、それだけのそば屋があるのか」

「そば屋は十七、八軒。そやけど若旦那、そば好きの客は、そこのそばが旨いときけば、少々遠くからでも食べに行くもんどっせ。そやさかい客足を奪われたのは、界隈のそば屋だけではありまへんやろ。また寿司屋も天麩羅屋も一膳飯屋も、評判のそばを食われてしまい、やはり同じ理屈で、客足が遠のいているといえますわいな」

「なるほど、そなたのもうす通りじゃ。きのう七兵衛からきいたのによれば、注文が多いため、新たにそば打ち職人と小僧各一人を雇い、出前もはじめたところだともうしていた」

「隣りで倉が立てば此方《こちら》で腹が立つと、世間ではいいますさかいなあ。店開きしてすぐ繁盛しているのを見せつけられたら、ほかの食い物屋は面白うありまへんわ」

「源十郎、そなたは七兵衛が悪いともうしているのではあるまいな」

「いいえ、とんでもない。ただ人間が心の中にそっと秘めている道理を、いうただけどすわ。人間は相手が少しでもよくなるのを、ほんまのところ喜べしまへんさかいなあ」

「自分たちの怠惰《たいだ》や愚《おろ》かしさに思いをいたし、気持を新たにして商いに励めばよいのじゃが、すぐ邪《よこし》まな考えを抱き、ばかな術策を弄《ろう》する。まことに愚かな生き物じゃわい」

「けど人間がそうやさかい、奉行所と連れ立ち、諸事、争いごとの解決に手を貸す公事宿という商売が、成り立つのどっせ」

「それは確かに。まあそなたと問答していても仕方がないわい。ところで同業者仲間も仲間だが、七兵衛が店を開いている界隈の町年寄たちも、糞尿の甕の件には目をつぶっているのじゃな。とすれば、これには相当の数の不埒者たちが、からんでいると見ねばなるまい」

「へえ、そうやと思います。京の町触れを改めて確かめてみましたけど、町中に糞尿の甕を置いてはならぬとは、どこにも書いてありまへんどした。七兵衛はんとこの店をつぶそうとしている連中は、これを知って仕掛けたんどすわ」

「七兵衛も大勢を敵に廻してとは、厄介じゃな」

「仲間の衆も、当初はたかが夜泣きそば屋、店を構えてもたいしたことないやろと、高《たか》をくっていたんどっしゃろ。ところがどっこい——」

店に近づくにつれ、二人の鼻孔に糞尿の臭いがかすかに感じられてきた。

そば屋の同業者仲間は、「麵類売仲間《めんるいうりなかま》」という。

文化都市京都には、多種多様な伝統技術が伝えられ、豊かな市民生活が営まれていた。

日本の各地から運ばれてきた物資や原材料は、京都でちょっと加工され、〈京〉の名をかぶせた新しい商品として、再び地方に送り出されていく。

京都は手工業生産の町として、その物産総数は八百余りにもおよび、職業の専門化と分業化は、ほかの都市に例を見ないほどであった。

こうした商品の多様化と需要の大衆化が、統制の必要を生じさせ、そば屋にも同業者仲間を結成させていたのである。

ついでに記せば、糞尿商仲間もあり、これは糞屋《くそや》と買子《かいこ》とで構成されていた。

糞尿は農作物の肥料として重要。商品作物の栽培がさかんになるにつれ、需要が多くなり、京都はその大きな供給源であった。

当時、この地の人口は約四十万人。ここで生れる糞尿は、京都近郊の農家だけではなく、摂津《せっつ》や河内の村々からも目をつけられ、糞尿商が成立した。

かれらは高瀬船や牛馬などで、京都の糞尿を地方に運び、近郊農家に危機感をいだかせた。

ために享保八年（一七二三）、近在の百姓総代たちから、京都市中の糞尿が他国へ流出するのを禁じてもらいたいとの訴えが、京都町奉行所に出されたくらいであった。

町奉行所はこの訴えにうなずき、糞尿の他国への積み出しを禁じた。焼印を押した糞尿桶《おけ》以外、高瀬船や牛馬に乗せてはならないと命じていた。

「とにかく、七兵衛の商いに難癖をつけるにしても、奴らは容易でない妙案を考えたものじやな。おそれいるわい」

「若旦那、感心していてはあきまへんねんで」

「ああ、それはよく承知しておる」

菊太郎は源十郎にたしなめられながら、七兵衛の店の暖簾をはね上げた。

「お、おいでやす――」

思いがけずいきなり客を迎え、戸惑い声が掛けられた。

出前のため新たに雇われた小僧だった。

店内は約十坪、飯台に小座布団を敷いた空樽《あきだる》が並んでいる。

客の姿が一人もない代りのように、糞尿の臭いがむっと二人をつつんだ。

「わ、若旦那、これはひどうございますなあ」

「いかにも、これでは客は逃げるわい」

二人は小声でいい、店の中ほどの空樽に、むかい合わせて腰を下ろした。

壁に品書きがずらっと貼《は》られていた。

「な、なにになさせていただきまひょ」

中暖簾をくぐり、急いで出てきた前掛け姿の若い男が、丁重《ていちょう》にたずねた。

かれも戸惑いぎみだった。

「天麩羅、天麩羅そば二つじゃ。それに銚子を二本つけてくれ。ついでたずねるが、主の七兵衛はおらぬのか——」

　若い男を眺め上げ、菊太郎は柔和な表情で問いかけた。

「へえ、七兵衛の旦那さまなら、奥にいてはりますけど」

「さればここに呼んでもらいたい」

　菊太郎の言葉が終わらないうちに、再び中暖簾がゆれ、七兵衛の前掛け姿が現われた。

「これは田村の旦那さま、早速、ようきておくれやした」

「そなたから一通り、話はきいてわかったものの、今日は鯉屋の源十郎と確かめにまいったのじゃ。なにしろ古今未曾有《ここんみぞう》の邪魔立てじゃなあ」

「わたしが公事宿鯉屋の主の源十郎どす。何遍も寄せてもろうてますさかい、覚えていてくれはりまっしゃろ」

「へえ、よう覚えております。むさ苦しいといえばええのかどうか、ともかくこんな嫌な臭いのする店に、ようきてくれはりました。お礼をもうし上げます」

「だいたいの次第は、若旦那さまと店の手代からききました。けどこれだけあくどい仕打ちをされたら、やっぱり商売も上がったりどすなあ。早いことというたら、旨いはずのそばの出し汁かて、こんな臭いの中では、小便を飲まされてるように思えてきまっせ」

「ほんまどすわ。そやけどわしの店に味方してくれはるお客さまが、そんでもちょいちょいきてくれはります。そやさかい、そば切りだけには手がぬけしまへん。まあ意地を張って、店を開いている工合どすわ」

小僧が飯台の上に、湯飲みを置いていった。

店の奥から、今度は油の匂いがただよってきた。

それが糞尿の臭いと混ざってただよい、妙に鼻がこそばゆかった。

「そばと酒は後まわしにして、ともかく店の裏手を見せてもらおう」

「へえ若旦那、そないさせていただきまひょ」

空樽から菊太郎が立ち上がり、源十郎もすぐ応じた。

「早速、そうしておくれやすか。おおきに、おおきに。どうぞ見てやっておくれやす」

七兵衛は二人の先に立ち、中暖簾をくぐり、奥にとすすんだ。

奥にはそば打ち台が二つと、竈《かまど》が三つそなえられ、棚にどんぶり鉢や徳利《とつくり》がきちんと並べられている。

菊太郎たちを迎えに出てきた若い男が、天麩羅を揚《あ》げていた。

「こっちにきて見とくれやす」

茹《ゆ》で上げたそばを洗うため、調理場には内井戸が掘られている。

七兵衛はその内井戸のそばに寄り、目で格子窓を指した。

畳にしたら半畳ほどの大きさの格子窓から、菊太郎たちは外をのぞいた。

そしてまず目についたのは、土中に埋めこまれた多数の常滑《とこなめ》の大甕。十個が四列、整然と並べられ、その半数に糞尿が満々とたたえられていた。

板囲いはほんのもうしわけ程度。北側に入口らしい開き戸があった。

「これは明らかに全くの嫌がらせじゃなあ」

「いまは風が凪《な》いでますけど、北風が吹いたら、店はまるで雪隠《せっちん》の中みたいになりますわいな」

七兵衛が菊太郎と源十郎に嘆息したとき、板囲いの開き戸が、ぎしっと音を立てて開かれた。

天秤棒《てんびんぼう》をかついだ糞尿の買子らしい男が二人、大甕に近づいていった。

男たちは大甕のかたわらに肥桶《こえおけ》をすえ、器用な手と足つきで、糞尿をざっと大甕の中に流しこんだ。

強い臭いが、ぱっと菊太郎たちの鼻孔をなぐった。

「何回目になるかなあ」

「わしは今日のところ三度目やがな」

「わしらは頼まれ仕事で仕方ないけど、そこのそば屋、このせいで商売が上がったりやろなあ」

「いくら駄賃《だちん》をはずんでもろたかて、なんとも後味が悪いわいな」

二人は大八車でどこかの町内へ汲《く》み取りに行き、近くに止めた大八車から、その肥桶をここに運んでいるようすだった。

「一つ連中を締め上げ、どこの糞屋から頼まれてやっているのか、吐かせてはいかがじゃ」

「菊太郎の若旦那、血気にはやって、そないな無駄はやめときやす。どっちにしたって、ぁの買子たちは雑魚《ざこ》にすぎまへん。七兵衛はんを目の仇にしている相手は、はっきりしてますさかいなあ」

菊太郎たちの声がきこえたのか、大甕に糞尿を流しこんでいた買子たちが、ぎょっとした顔を格子窓にむけた。

「おいそこの買子、仕事をすませたらこっちにきて、天麩羅そばを肴《さかな》に、いっぱい酒でも飲まぬか。わしがおごってとらせるゆえ、遠慮はいらぬ。そのおわいの臭いを嗅《か》ぎながらそばを食うのも、風流かもしれぬぞよ」

男たちを締め上げるといきどおっていた菊太郎が、一変して気楽な声を二人に浴びせつけた。

「と、とんでもありまへん。な、何卒、堪忍しておくれやす。わしらは糞屋の買子、埃《ほこり》みたいなもんどすさかい」

「お気持はありがとうおすけど、どうぞ遠慮させとくれやす」

「堪忍と遠慮か、ならば仕方がない。さればこんな妙な男が、そば屋の格子窓から自分たちを誘いよったと、糞屋の主にもうしたてるのじゃな」

菊太郎は笑い声をひびかせていった。

「若旦那、あんまり人を嬲《なぶ》ったらあきまへん。ほな店にもどり、それこそ天麩羅そばでいっぱいやりまひょうか。嫌な臭いの中からでも、旨そうな匂いもしてますわいな」

源十郎が格子窓から目を離し、菊太郎をうながした。

ところが店に引き返すや、そのかれの顔がさっと緊張した。

二人が席を立ってきた飯台のすぐ近くに、人相の悪いならず者が四人、菊太郎と源十郎を威嚇《いかく》する態度で、腰をすえ待ち構えていたからである。

小僧が声もなく脅《おび》えていた。

「七兵衛、どうやらお客らしいぞよ」

「へ、へえ」

「へえではない。しかも質《たち》のよくない客のようじゃ」

四人のうちの一人、頬のこけた若い男が、空樽から立ち上がり、菊太郎の言葉にすぐ反応した。

「なんじゃと――」

「わしらとやり合う気か」

「青二才のくせにしゃらくさい」

「さて、ここではせまい。どちらが青二才か、店の外に出てためしてみるか」

「おう、やったろうやないけえ」

「市助《いちすけ》の兄い――」

そばにいた若い男が、かれの顔を仰いだ。

「てめえ、なにを怖《お》じけづいているんじゃ。相手はたかが青侍《あおざむらい》、わし一人でぐうの音も出んように、叩きのめしてやるわい」

いずれ四人とも、七兵衛の店を目の仇とする連中の意を汲む手先にちがいなかろう。

菊太郎は四人に先立ち、すっと表に出ていった。

かれのあとを追い、市助たちがあわただしく表に飛び出した。

「青侍の正体も知らんと、むこう見ずな男たちや。やめておいたらええのに」

源十郎は小声でつぶやき、空樽にゆっくり腰を置いた。

直後、表でつづいて悲鳴が上がり、ぎゃっと叫び声もひびいた。

べきっときこえた鈍い音は、誰かが腕の骨でも折られたのだろう。

気を取り直した七兵衛が、外のようすをうかがうため、表にむかった。

入れ代りに、白い顔に苦笑を浮かべ、菊太郎が店にもどってきた。

四

「面倒なご相談をおかけしますけど——」

同業者の公事宿「鳴海屋《なるみや》」の下代が、主の助右衛門《すけえもん》に代ってと断わり、鯉屋を訪れたのは、翌日の昼すぎだった。

「わたしに相談とはなんどす」

「実は六角通りのそば屋の一件なんどすわ」

「ああ、それどすかいな。あれどしたら、今日にも目安状を書き上げ、奉行所に訴え出る手はずをつけているところどす」

「それについてどすけど、主の助右衛門が、今夕《こんゆう》にでも当方で一席もうけ、ご相談させていただきたいと、もうしているのでございます。どないでございまっしゃろ」

「すると、七兵衛はんの店にひどい嫌がらせを仕掛けていた連中が、和解の話し合いを、鳴海屋はんに持ちこんできたんどすな。この鯉屋を通じて訴訟沙汰にされたら、奉行所のご裁《さい》許《きょ》（判決）では負けると、先を読んだわけどすか」

鳴海屋の下代儀兵衛《ぎへえ》を帳場に坐らせ、源十郎は冷たい声でたずねた。

「腹蔵《ふくぞう》なくいうてしまえば、そないなことどす。なにしろ事件には、鯉屋にいてはる田村菊太郎さまが一枚かみ、公事に当るのが鯉屋さまとわかりました。そば屋の七兵衛はんに意地悪していたお人たちも、これではただですまへんと判断しはった工合どす」

「そらそうどすやろなあ。うちの菊太郎さまは、七兵衛はんの店ですごんだならず者四人を、あっという間にへこまし、二人の片腕をへし折ってしまわはりました。それにしても、商売仇への意地悪でも程度ゆうもんがおまっせ。食い物屋の裏に、大きな肥甕《ぎょうさん》を仰山埋めこみ、嫌な臭いをただよわせ、商いの邪魔をするのは、いかにも無茶なんとちがいますか。誰の目にも非は明らか。七兵衛はんから公事を頼まれ、わたしも目安状を書くため店をのぞいてきました。あれはほんまにひどうおすわ。鳴海屋はんのご相談には応じさせていただきますけど、この解決、少し厄介やと伝えておいておくれやす。こっちかて敢《あ》えて事を荒立てるつもりは少しもありまへん。そやけどこの一件には、麺類売仲間や糞尿商仲間ばかりでなく、七兵衛はんが店を構えておいやす界隈の町年寄まで、からんでおりまっしゃろ。訴訟沙汰になれば、ひどい怪我人《けがにん》が何人も出てくるはずどすさかいなあ。念のためにいうときますけど、当の七兵衛はんは、騒ぎがいよいよ大袈裟になりそうないまにいたり、なんとか穏便《おんびん》にすまされへんもんかと悩んではります。わたしとしてはこの尊い気持を、相手の連中に爪《つめ》の先ほどでもわかってもらいとうおすわ」

このときお与根に呼ばせた菊太郎が現われ、無言で源十郎の横に坐った。

かれは膝にかかえたお百の喉を、静かになでていた。

「さようどすなあ。こうして使いにきたわたしかて、あれほどにせんでもええのにと思うてます。自分たちで自分たちの墓穴《ぼけつ》を掘ったみたいどすさかい」

鳴海屋の儀兵衛は四十五歳。白髪《しらが》まじりの頭をうなずかせ、源十郎に同意した。

「菊太郎の若旦那さま、いまおききやした次第どすけど、若旦那さまのお気持はどないどすやろ」

源十郎は当然ながら、かれにも意見を求めた。

「鳴海屋がこうして使いをもうし出てきたからには、一応、相談には乗ってつかわさねばなるまい。表沙汰にいたせば、困る立場の人間が数多く出る。場合によれば、闕所《けっしょ》（地所・財産を没収すること）、所払い、島送りの憂《う》き目にあう者とて現われようでなあ。まことのところ七兵衛は、それを案じておる。しかしながら、こちらが弱腰を見せ、遠慮することはならぬぞよ。表沙汰にせぬのであれば、それなりにきっちり痛めつけてやることじゃ」

「和解に仰山、銭を取るのどすかいな」

強気の菊太郎の言葉をきき、源十郎が現実的に銭の名を口にした。

「ああ、その通りじゃ。源十郎に鳴海屋の下代、そなたたちはわしがあっという間にならず者をやっつけ、追い払ったように思うているようじゃ。されど、そうできるようになるまで腕を磨くには、相当の歳月とわしの努力、精進《しょうじん》がついやされておると、考えねばなるまいぞよ。要はそれなりに資本《もとで》がかかっておるのじゃ。ここを見落してもらっては困る。それになにより、これからあの場所で七兵衛にそば屋を営ませていくのも問題。正直に商い、多くの客に喜ばれるのが、商人の正道とはもうせ、思案にあまることがやはりないでもない」

「そらそうどすなあ」

儀兵衛が菊太郎にうなずいた。

一軒の店が大繁盛すれば、付近に構えられたほかの店の客が激減する。

二人はそこをいっているのであった。

「それをどう解決すればよいやら。まあこれからじっくり思案するといたそう。それにつけても源十郎、わしらが徒《いたずら》に動こうとしているのではないことを、相手にわかってもらう必要がある。目安状の下書きを見ておいてもらったらいかがじゃ」

いつの間に坐ったのか、菊太郎は自分の後ろにひかえた下代の吉左衛門と目でうなずき合い、源十郎をうながした。

「滅相もございまへん。さようなもの、見せていただかなくてもよろしゅうございます」

「儀兵衛はんがそういわはるんどしたら、敢えて見せしまへん。けど鳴海屋の旦那には、相当な腹づもりでわたしらを迎えてもらわななりまへんなあ」

「へえ、それはわたくしの口からも、十分にお伝えしておきますさかい、あとは何分、穏便に治《おさ》める方法を、お考えやしておくれやす」

「やい、鳴海屋の下代、そなたは如才なく、いまも穏便にともうしておる。されどあれだけの仕打ちをした連中に対して、ただ穏便ではすまされぬわい。鳴海屋の懐《ふところ》が痛むわけではなし、不埒者にはたっぷり灸《きゅう》をすえてやらねばならぬ。わしがそうもうしていたと、主にしっかり伝えておくがよいぞよ」

「へえ、その点は重々、わきまえております。ではこれで失礼いたしますけど、お迎えのお駕籠《かご》は七つ（午後四時）すぎ、二つ寄せさせていただきます」

儀兵衛は辞儀《じぎ》をしてもうし出た。

「いや、駕籠は一つでよい。わしは駕籠に乗せられ、その中で串刺しにされるのはかなわぬでなあ。鉄砲で狙《ねら》い撃《う》ちされるのも、ご免こうむりたい。それに鳴海屋が支度いたす場所にも、まいりたくないわい。相談の席は、三条の料理茶屋重阿弥にいたしてくれ」

菊太郎にいわれ、儀兵衛はかれの顔を下から掬《すく》い上げて眺めた。

「鳴海屋の下代、なにか不服でもあるのか」

「いいえ、とんでもございまへん。若旦那さまの仰せ通りにいたします」

かれは吉左衛門と鶴太に見送られ、たびたび辞儀をくり返し、店にもどっていった。

「若旦那、えらく用心しはりますのやなあ。相手はもう負け犬、わたしはそれほどにせんかてええと思いますけど——」

「源十郎、そなたはすでに老《お》い耄《ぼ》れたか。これもわしの駆け引きの一つ。たっぷり銭をせしめてやらねばならぬのじゃ」

「銭どしたら、わたしは若旦那さまに、そないご不自由はさせてへんつもりどすけど」

「そなたにはわしが守銭《しゅせん》奴《ど》に見えるのかな」

「いいえ、そんなん一度も思うたことはありまへん」

「今度の一件、八方を丸く治めるには、銕蔵の奴や町奉行所のお偉方にも、銭をまかねばならぬのじゃ」

「わ、若旦那、するとやっぱり、お白洲《しらす》で決着をおつけになるお考えどすかいな」

「そうでないことぐらい、そなたもすでに承知していようが」

「きいて安心いたしました。同業者の鳴海屋が、事件にせんと内済《ないさい》ですませたいと客から頼まれてきたかぎり、公事宿同士の仁義として、相談に応じなならりまへんさかいなあ」

「わしはそれなりな腹案《ふくあん》を持っておる。鳴海屋との話し合いはついたも同じじゃ。まあわしに委せておけ」

菊太郎はひょいと立ち上がると、お与根、お与根と、奥にむかい彼女を呼んだ。

銚子をつけさせるためだった。

鳴海屋の迎えの駕籠は、七つを告げる太鼓が、二条城で鳴らされると同時に、鯉屋のまえに到着した。

「主はお出迎えの用意のため、先に三条の重阿弥にまいっておりますゆえ、わたくしがお供をさせていただきます」

鳴海屋の下代儀兵衛が、真新しい店の半纏《はんてん》を着て、駕籠のそばにひかえていた。

「ならば源十郎は駕籠、わしは鳴海屋の下代と連れ立ってまいる」

菊太郎は無造作にいい、すぐ源十郎を乗せた駕籠が、かつぎ上げられた。

四半刻（三十分）ほどあと、かれらは重阿弥の離れ座敷に坐っていた。

床には重阿弥の主が大切にしている与謝蕪村《よさぶそん》の「叡山図《えいさんず》」がかけられ、お信が緊張した顔で、部屋の隅から菊太郎を見守っていた。

「これは鯉屋はんに田村の若旦那さま、すんなりほんまにようきてくれはりました。お腹立ちのほどは、すべて下代の儀兵衛からきいてます。まことに不埒を仕掛けたもんで、いくら公事宿を営んでいるとはいえ、わたしもこんな胸糞《むなくそ》の悪い始末をつけとうはありまへん。そやけどこれも鯉屋はんと同様、うちらの商いどすさかい」

「鳴海屋はん、横着な考えを持った連中には往生しますなあ」

「源十郎に鳴海屋、愛想のいい合いは、もうやめにいたせ。そこでわしはずばっとたずねるが、今度の一件、表沙汰にせぬため、相手は金をいくら出し、どういたししたいともうしているのじゃ」

菊太郎はお信の酌《しやく》で盃を干し、単刀直入にただした。

「相手の衆も、田村の若旦那さまが七兵衛を贔屓にしているのも知らんと、ほんまに下手をうったもんどすわ。五百両、これでどうどすやろ」

「なにっ、たったの五百両じゃと。それではあまりに少なすぎる。この一件には、麵類売仲間、店の界隈の町年寄、さらには糞尿商仲間もからんでいるのじゃぞ。糞尿商仲間は京都市中を京廻り村組、山科郷村組、西京廻り村組、中筋西岡村組の四つに分け分担しておる。糞尿商の稼ぎはなかなかのもの。四つのどこが、麵類売仲間に加担したかは問わぬが、千両は積んでもらわねばならぬわい」

「若旦那さまは糞尿商のことを、よう知ってはりますのやなあ」

「それくらい承知しておらねば、目安状など書けぬわい。それにわしは四人のならず者とやり合い、危ない目にもおうてきた。ならず者に刺されたら、この世とも別れねばならぬ。こうしてここで相談に乗るまでには、長い研鑽《けんさん》が積まれていると思うてもらいたい」

「なるほど、若旦那のご意見には、長年の蘊蓄《うんちく》が傾けられているんどすのやな。そやけど千両を吹っかけはるのは、相手の弱みにつけこんで反対にやりすぎ、ちょっと阿漕《あこぎ》なんとちがいますか」

「なにが阿漕じゃ。鳴海屋、そなたはいくつになる」

「へえ、そろそろ五十どすけど」

「五十にもなろうとする男が、なおわからぬのか。仮にこの一件が無事片付いたといたし、七兵衛が今後、このまま店をつづけていったら、どうなると思うのじゃ。必ず再び、今回と似た事件が起ろうぞよ。それゆえ争いの元を絶《た》ち、同時に七兵衛の面目もたててやらねばならぬのじゃ。七兵衛に店を閉じさせるについて、十分な償《つぐな》いの銭ばかりか、花道も用意してやらねばなるまい。それを果すには、どうしても大枚の銭が要《い》るのじゃ」

「菊太郎の若旦那さま、いったいどないにしはるおつもりなんどす。わたしも肝心なところをきいていいしまへんけど――」

千両と知り、源十郎が驚いてたずねた。

「七兵衛には店を閉じさせ、もとの夜泣きそば屋にもどす。その代りに、金を使うて町奉行所を動かし、七兵衛に受領名《ずりようめい》をもろうてやるのじゃ。受領の口宣《くぜん》発行の権利を持つのは、勧修寺宮《かじゆうじのみや》、仁和寺宮、大覚寺門跡。これらに金を納め、七兵衛に受領名をいただいてやるのがよかろう。七兵衛は丹波の出身。さしずめ丹波介《たんばのすけ》などの受領名が似合わしかろう。夜泣きそば屋でも受領名を持っておれば、格式があり、名分が重んじられる。されば今後の争いの元が絶て、七兵衛も納得して店を閉じられようぞ」

受領とは中古の官職の一つ。国司《こくし》の長官をいい、当時はすでに形骸化していたが、禁裏に直接結びついている。

それだけに裕福な町人や職人たちが、喉から手が出るほど欲しがる権威であった。

「なるほど、それはよいお考えでございますなあ」

鳴海屋助右衛門が、手で膝を叩いた。

墨痕《ぼっこん》鮮やかに丹波介と書かれたそば屋の屋台提灯が、夜の闇の中でゆれている。そんな光景が、それぞれの胸裏に浮かんできた。

「それにもう一つ、七兵衛を麵類売仲間の永代年寄にいたすのじゃ。これは京中のそば屋が、旨いそばを作るにはどういたせばよいか、相談に乗ってもらうためと思うがよかろう」

「いやあ若旦那、これですっきり決着がつきますわいな」

源十郎の声に、鳴海屋助右衛門もうなずいた。

庭のほうから、急に木犀《もくせい》の花の匂いが濃くただよってきた。

ひとでなし

一

新緑が二条城をこんもり包んでいる。

京の東山も緑なら、堀川に沿って植えられた柳も、一斉に若葉を芽ぶいている。

すがすがしい風が、人々の気持を軽くはずませる季節になってきた。

「今日もまたよさそうな天気やわ。五月晴《さつきば》れとは、こんなんをいうのやろうなあ」

六尺棒をたずさえ、二条城番士が二人、同城の堀端をゆっくり巡回していた。

そのうちの一人が、朋輩《ほうばい》にのんびりした顔でつぶやいた。

「桜が散ったらつぎは新緑。わしはようもこんなにきっちり季節がめぐってくるもんやと、いつも感心してるわいな。一生のうち一遍ぐらい、春夏秋冬が、順序をちがえてきてもよさそうなもんなのに、この分ではそれはないみたいじゃ」

「きちんと季節がめぐってきて一年がすぎる。ありがたいことに、それが自然の理《ことわり》というもんやで。おまえみたいな埒《らち》もない思案をする奴を、へそ曲りと呼ぶのやわい。罰当《ばちあた》りなことを考えるんやないねんで」

色黒で小柄な中年すぎの番士が、六尺棒を堀端の石にとんと突き、大男の相手をたしなめた。

六尺棒の音に驚いたのか、蛙《かえる》がさっとお堀に飛びこみ、ぽちゃんと小さな水音をひびかせた。波紋が少しだけ広がった。

「へそ曲りの罰当りのと、遠慮のない口を利《き》いてくれるやないか——」

「おまえと組んで一年になるけど、そんなん何遍でもいうたるわい。ついでに大男、総身に知恵が回りかねという狂歌もあるねんで。おまえについてやったら、大男、おかしな知恵が回りすぎとでも、いうたらええのかなあ」

「けっ、なんとでもぬかしとれ。大男、なにいわれても腹立たずじゃ。わしは少々小ばかにされたかて、子どもの頃からつとめて怒らんようにしてるんじゃわい」

「おまえ、やっぱり子どものときから背が高かったんかいな」

小柄な男は、見上げるほど上背のあるかれを、気の毒そうに仰いだ。

「ああ、そうや。わしはいつもなにかあると、すぐ人から大男、大男と後ろ指さされてきたわいな。背が高いというだけで、損をした場合は数々やったけど、得《とく》をしたんはあんまりなかったなあ。近所の柿が枝からのうなれば、すぐ妙な目で見られる。わしではないというても、なかなか信じてもらえへん。ほうぼうの鴨居《かもい》に頭をぶっつけたのは、数え切れへんほどじゃわい。いま所司代さまからあたえられたお仕着せかて、この通りやろう」

大男のかれは、六尺棒を持ったまま、相役《あいやく》にむかいぐっと右腕を突き出して見せた。黒染めのお仕着せの袖は、かれの肘《ひじ》あたりまでをおおうだけで、手首と腕先は剝《む》き出しだった。

「いわれてみると、大男が損なのはわからんでもない。そやのに相棒のわしまでが、おまえを小ばかにした口を利いてしまい、すまなんだなあ。さっきの言葉は忘れてほしいわ」

「早速、そないに詫《わ》びてくれておおきに。その一言で胸がすっとしたわい」

かれら二人は、二条城の北西に構えられる御蔵屋敷のあたりから、お堀沿いに東にむかい、大屋根を広げる所司代屋敷のほうに回りこんだ。

東山の上に、陽が昇ってまだ四半刻ほどの早朝で、日中ならたびたび行き来する武士の姿は、全く見かけられなかった。

京都の町は、北の中央に禁裏を仰いでいる。

その禁裏から西南に歩いて四半刻もかからない距離に、二条城は約半里四方の広壮な構えを置いていた。

慶長八年（一六〇三）、徳川家康の上洛時の宿所との名目で普請《ふしん》された同城は、以降、次第に多くの櫓《やぐら》や殿舎をととのえ、天皇や公家、社寺や京都市民に大きな威圧感をあたえてきた。

全屋敷地は約八万坪。二の丸を中心に多数の殿舎が建ち並び、白亜《はくあ》と堀、四面にもうけられた巨大な長屋門など、ただならぬ威容を見せつけていた。

もっとも同城の豪華な殿舎は、ほとんど無人にひとしく、二条城定番の武士や番士が、日に一度巡回するだけだった。

にもかかわらず、約半里四方にわたる同城の堀回りには、常に二組の小者番士が、一定の距離をあけ見回っていた。

また同城のまわりには、目付《めつけ》屋敷、東西両町奉行所、所司代屋敷、同下屋敷、奉行所組屋敷(お長屋)などがずらっと建ち並び、武家町を構成している。市民が近づくことは、京都町触《まちぶれ》によって一切、禁じられていた。

町人がここに近づけば、お堀端を巡回している小者番士にまず咎《とが》められる。

堀川の西に位置する二条城周辺と、「鯉屋《こいや》」など公事宿《くじやど》が軒をならべる一画は、町の人々から特別な目で見られていたのだ。

「さて、間もなく六つ半(午前七時)になるなあ」

「長屋門でほかの組と交替、半刻(一時間)ほど休憩するものの、ほとんど一晩中、お堀端を歩きづめとは、ほんまに難儀じゃわい」

「そやけど冬の夜の厳しかったことを思えば、いまは極楽じゃわいな」

「それは確かにそうやわなあ」

大男の小者番士がうなずいたとき、かれの相役がふと足を止めた。

所司代屋敷の東端、堀川が目前に迫っていた。

「与平《よへい》、どうしたのじゃ――」

「権左《ごんざ》、あれを見てみい。なにか妙なものがお堀の中に浮かんでいるぞよ」

大男の小者番士は、権左衛門《ごんざえもん》というのだろう。

「妙なものだと――」

「ああ、浮かんでいるのは、どうやらうつ伏せになった女子。このお堀に身を投げたのじゃわ」

与平が立ち止まったまま、相役に伝えた。

「生きているのやろか。ともかく厄介《やっかい》なことをしてくれたもんや」

「権左、なんちゅうことをいいさらすのや。あれではもちろん死んでいるやろうけど、お堀に身投げするからには、よくよくの理由があってにちがいないわい。死んだ女子の身になってやれへんのか――」

「堪忍や、つい迂闊《うかつ》をいうてしまったがな。赤いものを身につけているのからして、身投げしたのは若い女子みたいじゃな」

「若い身空で死ぬとは、哀れなことじゃわい。早く城番頭《ばんがしら》に知らせ、お堀の中から引き上げてやらななららん」

「ああ、もっともじゃ。こうしてわしらが昼夜、お堀端を回っているにもかかわらず、その目をかすめて身投げするとはなあ。わしが北の御門に知らせてくる」

大男の権左は、所司代屋敷に面する北御門にむかい、身をひるがえした。

京都の二条城は、江戸幕府の西国における最大の出先機関であった。

天皇が住まわれる禁裏の動きをうかがうのを、第一の目的としていたが、番士たちは小さなことでは、同城のお堀に身投げする市民にまで目を配っていた。

京都には鴨川や堀川など、多くの河川が流れていた。

だがいずれも、人が身を投げられるほど深くはない。それゆえ入水《じゅすい》をはかる男女は、南の淀川、西の桂川まで遠出しなければならなかった。

このため二条城のお堀への入水者は、必然的に多くなり、最初の入水者は、筑前の琵琶《びわ》法師だったと伝えられている。

かれが身投げしたのは、九月の霖雨《りんう》が町を寂しく濡《ぬ》らしつづけた夜だという。

以後、秋の長雨《ながあめ》の夜には、お堀の水底から法師のかなでる琵琶の音が、かすかにきこえてくると、小者番士の間ではひそかにささやかれていた。

二条城のお堀は、入水の適所とまでいわれ、井戸に身を投げる男女はまれだった。入水された井戸は、慣例として埋めつぶされ、また新たに井戸を掘らねばならなかった。ために入水を決意した男女は、そのときでもあとあとの厄介を考え、二条城の深いお堀を死に場所に選ぶのであった。

ここで入水した男女は、京都町奉行所に直属する雑色《ぞうしき》が、引き上げに当った。かれらは悲田院《ひでんいん》年寄に支配され、二条城掃除のほか、行刑・警察的任務にもついていた。

やがて投身者が浮かぶ堀端が騒がしくなってきた。

町奉行所から与力や同心たちが駆けつけ、死体を引き上げるため、牢屋敷から屈強の男たちも、褌《ふんどし》姿で現われたのである。

「組頭さま、あの女子の仏は下半身があらわになるのを恥じて、きものの裾を臑《すね》の辺りで結びつけており、覚悟のうえの入水と見受けられまするなあ」

東町奉行所同心の岡田仁兵衛が、いっしょに駆けつけてきた組頭の田村銕蔵《てつぞう》に所見をもらした。

「どこの誰か、早く堀から引き上げて身許《みもと》を改めねばなるまい。船はまだまいらぬのか」

かれは堀の中ほどに静かに浮かんでいる入水者に、視線を当てたまま仁兵衛にたずねた。

「それでございまするが、二条城のお堀の藻刈船《もがりぶね》は、都合悪く三艘とも船底替えのため、角《すみの》倉会所《くらかいしょ》の船大工の許に運ばれておりますそうな。それゆえ牢屋敷の雑色が、石垣からお堀に下り、仲間とともに縄で引き上げるともうしております」

「藻刈船を三艘とも一度に船底替えに出すとは、二条城番士たちは、なにを考えているのじゃ。あきれた太平楽じゃわい」

「せめて一艘ぐらい、あと回しにしておかねばなりませぬわなあ」

仁兵衛が上役の銕蔵に相槌《あいづち》をうった。

二条城のお堀にはよく藻が生える。

三艘の船の所有は、名目上、その藻を刈る必要からとされていたが、本当のところは入水者を収容するためだった。

藻刈船はいつも城中の長屋にむかってのびる渡り橋の下につながれ、いざというとき、雑色たちが一斉に櫓《ろ》の音をきしませた。

余談だが、幕末に生きた円山派の画家・森一鳳《もりいっぽう》は、藻刈船を得意としてよく描いた。かれの筆になる藻刈船図は、商人の特別な思い入れからもてはやされた。藻刈《もか》るが儲《もう》かる、一鳳の画号がいっぽう、すなわち儲かる一方《いっぽう》と縁起をかつがれ、貴重視されたのであった。

「気をつけてまいれ。泳ぎは達者なのじゃな」

「へえ、河童《かっぱ》には劣りますけど、少しぐらいではへたばらしまへん」

鋳蔵の足許で、牢屋敷で兵松《へいまつ》と呼ばれている男が、褌姿でうなずいた。

かれは堀に垂らされた縄を伝い、巧みに水面に下りていった。その縄尻《なわじり》を数人の雑色がしっかりつかんでいる。

これが町通りに面した場所なら、さしずめ見物人でいっぱいになるはずだ。だが堀川をへだてた二条城の武家地だけに、町人姿は全くなかった。

鋳蔵に戯言《ざれごと》を返した二十五、六歳の雑色は、おだやかな平泳ぎで入水者に近づいた。

彼女の髪が水の面に広がっていた。

そこに泳ぎついたかれは、入水者の襟首《えりくび》をつかみ、今度は縄が垂らされた堀垣にむかい、また静かに泳いでもどりはじめた。

このとき城中の櫓から、五つ（午前八時）を告げる太鼓の音が、彼女の死を悼《いた》むように沈痛な音色でひびいてきた。

二

翌日は急に小寒い日に変った。

「花冷えならわかるけど、若葉が萌《も》える季節になりながら、ほんまに妙な気候やわ。おお寒、これはたまらんがな。一枚下に着こまな、風邪《かぜ》をひいてしまうなあ」

公事宿が店を連ねる大宮通り姉小路上ル。鯉屋のまえで、両手に箒《ほうき》とちり取りを持った鶴太が、大きな嚏《くしゃみ》を一つうち、洟《はな》をすすり上げぼやいていた。

そのかれをびっくりさせるように、東町奉行所同心組頭の田村銕蔵が、七、八人の同心をしたがえ、捕り物姿で町辻を下ってきた。

同心たちはそれぞれ手下を連れている。ほかに袖搦《そでがら》みをたずさえた雑色もくわえ、一行は二十八人余にふくれ上がっていた。

「て、銕蔵の若旦那さま、急いでどうしはったんどす」

鶴太は、辞儀《じぎ》も忘れてかれにたずねかけた。

「おお鶴太か、朝から励んでいるのじゃな」

「当然どすがな。柄《がら》は大きくても、うちは追《ぼ》い使われる公事宿の丁稚《でっち》どすさかいなあ」

「相変らず減《へ》らず口を叩きおって。見てもわかる通り、おまえと同様に追い使われ、朝から捕り物じゃ。人騒がせにもほどがあるわい」

かれに率《ひき》いられた一行は、組頭のかれと公事宿鯉屋が、特別な関係なのを知っている。急場とはいえ、気楽な口を利く鶴太を誰も咎めなかった。

禍々《まがまが》しい袖搦みを肩にした雑色の中には、昨日、二条城のお堀から入水者を引き上げた兵松の姿も見られた。

かれの服装は継ぎの当った膝切り一枚、黒い垢染《あかじ》みた足は裸足《はだし》。立場や身分の差がはっきりのぞいていた。

「朝から捕り物とは大変でございますなあ。人騒がせなのは、まあそうどっしゃろけど、皆さまなんでそないにお腹立ちなんどす」

普通、捕り物なら一行は意気ごんでいる。

鶴太の感じでは、みんなにそれがなく、そのうえひどく渋面だった。

「捕り物は捕り物でも、盗っ人や人殺しではない。子どもを質に取って町の辻堂に籠《こ》もった男を、捕らえにまいるからじゃ」

「へえっ、そうなんどすか。それでそいつが立て籠もった辻堂とは、どこなんどす」

「西洞院通りの錦小路。小さな庚申堂《こうしんどう》じゃわい」

「ああそういわはったら、筑後久留米《くるめ》の有馬さまの京屋敷の上に、いまにも崩れそうな庚申堂がございました」

「子どもを人質に取った奴は、そこに籠もっているのじゃ」

「それやと、子どもを殺されたら終わりどすなあ」

「鶴太、小賢《こざか》しい口を利くと、懇意《こんい》とはいえ許さぬぞよ」

銕蔵は自分が案じていることを鶴太にいい当てられ、むっとして、強い口調で叱りつけた。

庚申堂は町のところどころに見かけられた。

庚申は干支《えと》の一つ。帝釈天《たいしゃくてん》や青面金剛などがまつられ、庚申の日には庚申待ちといい、町の人々は寝ないで夜を守ったりしている。

同所は多く町の相談事を話し合う会所も兼《か》ねていた。

「そやかて、そうどっしゃろ」

「ええい、小癪《こしゃく》な——」

銕蔵はこんな奴に関わっておられぬとばかりに舌打ちし、同心の曲垣染九郎たちをあごでうながした。

このとき、鯉屋と白く染め抜いた黒暖簾《のれん》をかき分け、異腹兄《いふくけい》の田村菊太郎がぬっと顔をのぞかせた。

かれはまだ寝間着《ねまき》のままだった。

厠《かわや》に起き、もうひと眠りしようとしたとき、店の表から銕蔵とやり合う鶴太の声がとどき、何事だろうとふらっと出てきたのである。

「これは兄上どの——」

「錵蔵、朝からなにを騒いでいるのじゃ。鯉屋の奉公人が、そなたに無礼でも働いたのか」

「な、なにをもうされまする」

錵蔵の後ろにつづく一行が、菊太郎に一斉に低頭していた。

かれは組頭の異腹兄。公事宿鯉屋の居候《いそうろう》だが、所司代や東西両町奉行の面々が、京都の治安をさらに確保するため、高禄で出仕をうながしているのを、誰もが知っていたからだ。

「そなたは否定いたすが、わしは確かに懇意とはいえ許さぬぞよときいた」

「それは口がすべったまで。いわば時の勢いでございまする。わたくしに鶴太を叱ったつもりはございませぬ」

「いやいや、鶴太が無礼を働いたのであれば、わしは鯉屋の居候として、そなたに丁重に詫びねばならぬと思うたのじゃわい」

「兄上どの、わたくしを嬲《なぶ》っている場合ではございませぬ」

自分たちは西洞院通り錦小路の現場に急がねばならない。錵蔵はそのじれったさを表情ににじませた。

「わしにさような気はないが、そなた、朝からいやに急《せ》いているのじゃな」

「はい、不埒者が子どもを人質に取り、町辻の庚申堂に立て籠もったため、急行いたさねばなりませぬ」

「されば怒ることはない。鶴太がもうした通り、子どもが殺されたら終わりだろうが」

「それはいかにもでございまする。兄上どの、さればわたくしどもにご助勢くださいませぬか——」

「鶴太、町奉行所の同心組頭さまから頼まれれば、嫌じゃと断われぬわなあ」

菊太郎は寝間着の襟をかき合わせ、兄弟のやり取りをにやにや眺めている鶴太に、同意をもとめた。

「菊太郎の若旦那さま、そらそうどすわ。断わらはったら、今後、鯉屋の居候をしていられしまへんねんで」

「鯉屋の主《あるじ》源十郎は、こんなときのため、わしを飼うているともうしたいのじゃな」

「へえというても、怒らはらしまへんか」

「わしはそこでしゃちほこばっている町役人とはちがうわい」

かれは銕蔵に目をくれ、苦笑した。

「なればご助勢くださいまするか」

「承知した、銕蔵。つぎに鶴太じゃが、不埒者が立て籠もっている場所を知ってなら、わしの着物と帯、それに両刀を、あとから急いで持参してくれい」

「若旦那さま、その恰好のまま捕り物についていかはりますのかいな」

「このままでなにが悪い。この寝間着、重阿弥《じゅうあみ》のお信が、わしのために縫《ぬ》うてくれて間もないものじゃわい」

「へえ、そうどすかいな。こんなとき、お信さまののろけ話なんかきいてられしまへん。ともかくすぐ着物と帯、お腰の物をかかえてあとから行きますさかい、どうぞ出かけとくれやす」

　それでも鶴太は憎まれ口を叩き、店の中に走りこんでいった。

「兄上どの、いくらなんでも寝間着のままでは——」

「銕蔵、わしがよいともうしているからには、それでかまわぬ。盗賊の首領、あるいは不逞《ふてい》の浪人が、寝込みを襲われ奉行所の役人どもに引っ立てられていくと、町の衆は思うて見るかもしれぬ。ふふふ、それもまた一興じゃ」

「捕り縄を掛けておりませぬゆえ、誰がさように思いましょうぞ」

　この風変りな兄には逆《さか》らいようがないとあきらめたのか、銕蔵は意外にあっさり承知した。

　大宮姉小路通りの各公事宿の奉公人たちが、声をききつけて現われ、何事が起ったのだと問いたげに、かれらを眺めていた。

　そんな視線に見送られ、菊太郎はじめ銕蔵に率いられた同心や捕り方たちは、錦小路の庚中堂を目ざして急いだ。

破れ築地《ついじ》に囲まれた庚申堂には、すでに人だかりができていた。

「お奉行所のお役人さま方じゃ」

「いよいよ大捕り物がはじめられるのじゃな」

「あほなこというたらあかんがな。出刃包丁を持ち、高田屋の孫息子を人質にしているのは、親子二代にわたって高田屋に奉公してきた新兵衛《しんべえ》はん。実直であのおとなしい新兵衛はんが、こないな大胆な騒ぎを起すとは思いがけないわい。高田屋に対して、よっぽど腹にすえかねる言い分があってどっしゃろ。げんにきのうの朝、二条城のお堀から死体で見つかった娘はん、あれは新兵衛はんの独《ひと》り娘やがな。新兵衛はんを捕らえるより、高田屋の大旦那、総番頭らを取っつかまえ、事情を厳しく問いただささならんのとちゃうか。あそこは大きな呉服問屋やけど、ここ七日余りのうちに、八人もの手代や小僧、女子衆《おなごし》に、つぎつぎ暇を出したそうじゃわい」

「なんでいきなり八人もに、暇を出したんやな。そらあんまりやで」

「このごろ、世の中あんまり景気がようないさかいやろ。儲けを減らさんため、奉公人に暇をあたえるいうこっちゃ」

見物人たちが口々にいい合う話が、菊太郎の耳にもとどいていた。

鯉屋からここまで四半刻とかからなかった。

途中、菊太郎は銕蔵から事件の概略《がいりゃく》はきいていたが、高田屋が八人の奉公人をいきなり解《かい》雇《こ》したというのは、初耳だった。

庚申堂に到着した奉行所の一行は、曲垣染九郎に指図され、素早く破れ築地を取り囲んだ。

「新兵衛を刺激してはならぬ。捕り物道具やものものしい恰好を、見せてはなるまいぞよ」

下知は銕蔵ではなく、菊太郎があたえた。

東町奉行所に事件の突発を知らせてきたのは、久留米二十一万石有馬中務大輔《おおすけ》の京屋敷の中間《ちゅうげん》であった。

同屋敷にほど近い四条通り新町で、呉服問屋を営む高田屋は、久留米藩の御用達も果していたのだ。

御用達商人の孫息子が人質に取られ、脅迫されているときさつけ、久留米藩の京詰めの武士たちが、襷《たすき》に鉢巻き、袴《はかま》の股立《ももだ》ちをとってすでにひかえていた。

「町奉行所の方々、大儀でござる。卑劣な下手人を捕らえるためとあらば、いかなる助勢もいたしまするぞ」

武芸自慢らしい中年の侍が、組頭と見て、銕蔵にもうし入れてきた。

寝間着姿の菊太郎を一瞥《いちべつ》したが、なんとも相手の正体が解《げ》せぬとの顔付きであった。

「これは武芸で片のつく問題ではございませぬぞ。ものものしいその出で立ちは、かえって邪魔になるばかりじゃ。それほど腕が鳴ってなら、そこの西洞院川の川原で、お互いに真剣稽古でもいたされたらいかがでござる」

いまは埋めつくされたが、江戸時代、西洞院通りに沿って西洞院川が流れていた。ところどころに小さな川原があり、草も繁っていた。

菊太郎は相手を叱りつけんばかりに、厳しい声でいった。

「な、なにをもうす。折角の厚情にこ奴、無礼であろうが」

「ふん、それこそなにをぬかす。わしの恰好を見て、侮《あなど》ってであろうが、おぬしごときわしの相手ではないわい」

菊太郎はかれを嘲笑《ちょうしょう》した。

昨日、二条城のお堀に入水したのは、人質を取り庚申堂に籠もっている新兵衛の娘。高田屋は長年働いてきた奉公人に、いきなり無慈悲に暇を出している。

深い仔細《しさい》はこれからわかるとしても、なにかやり切れない腹立たしさが、菊太郎の口調をぞんざいにし、顔を厳しくさせていた。

「われわれに罵詈《ばり》雑言《ぞうごん》、刀にかけても許さぬぞよ」

「さような言葉、わしはどれだけでもきいてきたわい。さればその鈍刀《なまくら》、さっさと抜いたらどうじゃ。もぎ取って叩き斬ってくれる。おぬしの腕ぐらいでわしは斬れぬぞよ」

菊太郎は無性に腹を立てていた。

「久留米藩のご仁《じん》、ここなるお人は寝間着のままなれど、京都所司代ならびに東西両町奉行どのからも、お声がかりの特別なご仁でございまする。おひかえになられるのが、お身のためとぞんずる」

銕蔵にささやかれ、久留米藩の武芸自慢は、にわかに気勢を萎《な》えさせた。

「若旦那さま、お着物にお腰の物、やっと持ってまいりました」

「履物《はきもの》はいかがじゃ」

「大事なそれも忘れますかいな。若旦那さまの着流しに草履《ぞうり》姿は、粋《いき》どすさかいなあ」

銕蔵と菊太郎のまえから、久留米藩の武士たちがぞろぞろ引き上げた直後、鶴太が息を切らし駆けつけてきた。

菊太郎は衆目のまえで寝間着を脱ぎすて、ゆっくり普段の着物に着替えた。

裸になると、かれの筋肉は隆々としており、上半身の各所にはいくつも刀創《かたなきず》が見られた。

「鶴太、わしにいま腰の物は不要じゃ。しばらく預かっておいてくれ。ところで銕蔵、ここにまいる途中、あらかたは告げられたが、肝心の高田屋が八人の奉公人にいきなり暇をあたえたことは、きかされておらなんだぞ。その八人、いかなる顔ぶれか知らぬ。されど高田屋の孫息子を人質に取った新兵衛は、入水した娘がいるほどの年としても、若い手代や小僧にも、それぞれこれからの暮しについて、思案があったはずじゃ。儲けを確保するためとはもうせ、突然、解雇いたすのはいかにも横暴。ここはこことしても、詮議《せんぎ》ではこの点が大切になろう。新兵衛がとった手段はともかく、奴を決して追いこまれた気持にさせ、怪我人《けがにん》を出させてはなるまい」

「はい、よくわきまえておりまする」

「そなた独りがわきまえたとて、なにもなるまい。配下の同心や捕り方たちに、これは捕り物であって捕り物ではない。新兵衛を徒《いたずら》に刺激してはならぬと、厳しくもうしつけるのじゃ」

菊太郎の指図は即刻、全員に伝えられた。

各自は庚申堂をうかがうだけで、ひっそり鳴りをひそめた。

静かなのは、庚申堂の中も同じだった。

人質に取られた高田屋の孫息子の悲鳴も泣き声も、さっぱりきこえてこなかった。

お堂の北東角に、大きな百日紅《さるすべり》の樹が繁っていた。

菊太郎と銕蔵はその樹に寄りそい、不機嫌そうな目を、久留米藩京屋敷の長屋門にそそいだ。

菊太郎に一喝《いっかつ》され、藩邸にもどっていた武芸自慢が、門前で十人ほどの藩士たちとこちらを眺め、何事かささやき合っていたからだ。

「ばかどもがわしらを差し置き、勝手に動き出したら難儀じゃなあ」

「兄上どの、所司代さまならびに東西両町奉行のお声がかりともうしておきましたゆえ、無茶な手だしはいたしますまい。案じられるにはおよびませぬ」

「そうであればよいが。それで銕蔵、新兵衛は高田屋で雑役として働いていたのじゃな」

「はい、親の代からの奉公人だそうで。なお、死んだ娘の名は登勢《とせ》ともうしまする」

「さぞかし忠義一筋に励んできたであろうに、さような男にまで暇を出すとは、高田屋も横着な仕置きをしたものじゃ。大旦那は伝右衛門《でんえもん》、当主の若旦那は清助《せいすけ》ときいたが、人質になっている孫息子の名はなんともうす」

「正一郎《しょういちろう》とかきいておりまする」

　銕蔵は早くも家族構成も手下に調べさせていた。

「そこで疑問なのは、二条城の堀に身投げした新兵衛の娘じゃ。登勢は高田屋に奉公していたわけではなし、父親が店から暇を出されたぐらいで、なんで死なねばならなかったのであろうなあ」

「わたくしどもも、そこを解しかねておりまする。新兵衛と登勢は、高田屋に近い長屋で親娘二人住まい。暮しに困っているようすはなかったとまでわかっておりまするが――」

ここで言葉を濁《にご》した銕蔵が、西洞院通り錦小路の町辻にむかい眉をひそめた。

菊太郎も項《うなじ》をまわして振りむいた。

一重《ひとえ》の絹物を着た大旦那風の男と、それに瓜二つの若い男が、数人の番頭たちをしたがえ、こちらにやってくるのを見たからだった。

「ちえっ、小さな邪魔が退《の》いたと思えば、今度は大きなお世話か。銕蔵、あれは高田屋伝右衛門と若旦那の清助に相違あるまい。大旦那面《づら》をいたし、よくも白々しくここにやってこられたものよ。自分の一声で、新兵衛が人質を放すと思ったら大まちがいじゃ。そなただけ行き、奴らを追いもどせ。ごたごたぬかしたら、一同を引っくくり、牢にでも押しこめると脅《おど》してやれい」

険悪な顔で菊太郎に命じられ、銕蔵は町辻にむかい、百日紅の樹から小走りで離れていった。

このとき庚申堂の中から子どもの歌声がひびいてきた。

「大黒さんという人は、一で、俵ふんまえて、二で、にっこり笑うて、三で、盃いただいて、四で、世の中よいように、五つ、いつでもにこにこと、六つ、無病息災に、七つ、なにごとないように、八つ、屋敷を広めて、九つ、ここに蔵建てて、十で、とっくりおさまった」

これは遊び歌。京で室町時代の古くから、門付《かどづけ》芸人によって歌われているものだった。

最後のとっくりは十分の意。十でとうとう福の神とも歌われた。

「菊太郎の若旦那さま、あれは子どもの声どすがな。どないなってますのやろ」

「新兵衛が無理やり正一郎に歌わせているようすではない。これは長丁場になるやもしれぬぞ」

鶴太の問いかけに、菊太郎が答えた。

三

「新兵衛の親《おや》っさん、きこえるか――」

破れ築地の間から菊太郎が呼びかけた。

七つ（午後四時）の暮れの鐘が、あちこちからひびき、ほどなく一日が終わろうとしていた。

庚申堂の格子戸が、わずかな風できしんでゆれ、物寂しさがつのってくる時刻であった。

「ああ、きこえるわい。なにか用かいな」

お堂の中から新兵衛が、外の反応を待ちかねたように声を返してきた。

朝からこの時刻まで、菊太郎は捕り方たちの動きを、わざと封じていたのであった。

久留米藩京屋敷の武士たちの姿は、いつの間にか消えている。

人質に取られた高田屋の正一郎は七歳。新兵衛に合わせ、京の数え歌をいくつか、楽しげに歌っていた。

「坊さん頭は丸太町。つるっとすべって竹屋町。水の流れは夷川《えびすがわ》。二条で買《こ》うた生薬《きぐすり》を、ただでやるのは押小路《おしこうじ》。御池《おいけ》で出逢うた姉三《あねさん》に、六文もろうて蛸《たこ》買うて、錦で落として、四《し》かられて、綾《あや》まったけど、仏々《ぶつぶつ》と、高《たか》がしれてる、松《ま》どしたろ」

だが京の町名を北から南へ順によみこんだ地《じ》口歌《ぐちうた》を歌ったあとは、すっかり黙りこんでいた。

もっとも長い時刻、菊太郎と銕蔵は庚申堂を囲んだまま、ただ手をこまねいていたわけではない。ここに至ってしまった経過を、懸命に探っていたのだ。

庚申堂に近づこうとした高田屋の大旦那伝右衛門と当主清助、番頭たちは、自分らをとどめにきた銕蔵によって、本当に町番屋に閉じこめられ、厳重な禁足をいい渡されていた。

「わたしどもは、新兵衛に人質にされた正一郎の祖父と父親どすがな。どうして新兵衛に掛け合うたらいけまへんのや。あいつは高田屋の奉公人どした。わたしのいうことやったら、即座にきくはずどす」

最初、伝右衛門は横柄な口調で、銕蔵に食ってかかった。

「道理のわからぬ男じゃな。いくら高田屋の主たちとはもうせ、新兵衛はそなたたちの言い分に腹を立てたため、子どもを質に取り立て籠もったのじゃ。いま新兵衛が、正一郎を刺し殺す絞め殺すと、おめき叫んでいるわけではない。とりあえずお堂におとなしく籠もっている相手を、敢《あ》えて挑発してなんになろうぞ。そなたたちが口をはさんではならんのじゃ」

「組頭さまこそ、身内の気持のわからんお人どすなあ。わたしは町奉行さまとも面識があり、与力の偉いさまにも仰山、懇意にしていただいてます。そないに邪魔しはると、そのお人たちにいいつけさせてもらいまっせ」

伝右衛門は銕蔵に見下げたものいいをし、あげく横っ面をいきなり張り飛ばされた。

「こいつらを一歩も外に出してはならぬぞ。厳しくもうしつけておく。強《し》いて出ようといたせば、叩き殺してもかまわぬ」

不機嫌な顔でもどってきた銕蔵から話をきかされ、菊太郎は憫笑《びんしょう》をもらした。

「暇をあたえた奉公人の一人が、死ぬ気で反旗をひるがえしたのが、奴らにはわからぬとみえる。扶持や恩義、慈悲をいただいていてこそ主じゃ。高田屋の伝右衛門ともうす男、当主の清助も同様じゃが、一見、善良そうな顔付きをしている。しかしながらその見かけ通り、まことに善良でお人よしでないのが、人間の恐ろしいところじゃ。およそひとでなしは、さような顔付きの奴が多いときく。わしなら横っ面どころか、利き腕の一本でもへし折り、横柄な口をきくあごを、はずしたままにしておいてつかわす。庚申堂の中は、正一郎が遊び歌を新兵衛から教えられていたくらいで、いたってなごやか。そこで当面の行動じゃが、新兵衛の娘のお登勢が、どうして二条城の堀に身を投げたかをふくめ、高田屋から解雇された奉公人から、事情を聴取せねばなるまい。それがまず第一歩じゃ」

「新兵衛に対してなにも手段を講じず、庚申堂をうかがっているだけで、よいのでございまするか」

「娘に身投げされた哀しみ、高田屋から暇を出された怒りから、正一郎を人質に取ったものの、新兵衛の奴もこれからどうしたものかと、迷っているにちがいあるまい。わしらがお堂を取り囲んだからといい、激怒しているようすも見えぬ。やがて少し落ち着けば、わしたちの呼びかけにも応じてまいろう。新兵衛を強引に捕らえる愚《ぐ》はさけ、人質を無事に救出いたすのが先決じゃわい」

「いかにもさようでございまする」

こうした結果、まず判明したのは、身投げした新兵衛の娘の登勢と、高田屋に十三年も奉公していた手代頭の直吉《なおきち》が、夫婦《めおと》約束を交していた事実だった。

直吉も高田屋から暇を出された一人だ。

かれの国許は丹波の篠山。生真面目《きまじめ》に励んできた男で、かれは篠山にいる両親のため給金を前借りしており、一文の銭もあたえられずに店を追われたという。

　ほかに手代二人、小僧が二人、新兵衛と二人の女子衆が、解雇をいい渡されていた。

　二人の小僧はそれぞれ出身地がちがうものの、請人《うけにん》に引き取られ、まだ在京しているとのことだった。

　手代の二人は、あと半月の期限を切られたうえでの解雇で、高田屋の持ち長屋で、今後の思案に暮れていた。

「お店《たな》にも給金を払う都合がありまっしゃろけど、うちらかて暮しの算段をせなりまへん。そやのに、なんの前触《まえぶ》れもなく暇を出さはるのは、あんまり酷《むご》うおっせ。うちには働きが悪いとはいえ、連れ合いがいてますさかい、まあなんとか食うてはいけます。けど手代頭の直吉はんや久三郎はん、利助はんたちは、今更、どないしたらええのどす。いきなりお店から放り出されたら、行くところもありまへんがな。直吉はんは十三年、久三郎はんは九年、一番早く手代に引き上げられた利助はんは七年。みんなお店のためを考え、一生懸命に奉公してきたお人たちばかりどす。けどいまの始末を見たら、無駄奉公してきたことになりますわなあ。これらの歳月はどないもがいたかて、もう取り返しがつかしません。総番頭の市郎兵衛《いちろうべえ》はんや、三人もいてる番頭はんたちがやめさせられるんなら、納得もできます。けど弱い立場の者だけを選んで暇をあたえるのは、阿漕《あこぎ》すぎるのとちがいますか。新兵衛はんとこのお登勢はんがお堀に身投げしはったのも、手代頭の直吉はんがあまりのことに呆然《ぼうぜん》として、ついに寝付いてしまわはったからどすやろ。そら夫婦になるのを楽しみにしてはったさかいなあ」

二人の女子衆は、現場の庚申堂まで出頭してきたうえ、銕蔵と菊太郎に一様にいいつのった。

庚申堂に籠もったままの新兵衛は、高田屋の理不尽に抵抗するため、この暴挙を敢えて選んだに相違なく、独り娘に死なれたかれは、死を覚悟していると十分に考えられた。

こうしたおよその事情をつかんだうえ、菊太郎は新兵衛に呼びかけたのであった。

「新兵衛の親っさん、わしは町奉行所の者ではなく、田村菊太郎ともうし、公事宿に居候している男じゃ。悪いようには計らわぬゆえ、わしの話をきいてもらえぬか」

庚申堂の崩れかけた門から、せまい境内《けいだい》に入ったかれは、再び声を張り上げた。

「町奉行所の衆ではなく、公事宿の居候やとな。その居候が、なんでこないな物騒なところにきてるのや」

「それじゃが、実をもうせばわしの腹違いの弟が、東町奉行所の同心組頭をしていてなあ。いきがかりから、この件に口をはさむ次第になったのじゃ。お堂の中から見てもわかる通り、わしは侍の恰好こそしているが、大小はむこうに置いてきた。そなたを騙《だま》して捕らえるつもりは、金輪際、ないと信じてもらいたい」

「わしは高田屋の坊《ぼん》を、脅して無理矢理、ここに連れこんだんやありまへんねんで。わしの娘が死んだというのに、店から誰も線香一本上げにきてくれへん。それが腹立たしゅうて、文句の一つでもいうたろうと、店に行きましたのや。そしたらちょうど正一郎さまの坊が、新兵衛どん、どないしたんと出てきはったんどす。そやさかい、いっそこの坊と首でもくくって死んだろという気持になり、この庚申堂にきたまでどす。居候はんと同じで、出刃包丁一本持ってまへんねんで」

かれの言葉で、破れ築地の外がざわめいた。

一斉に踏みこんだら解決が早いと考えての動きであった。

「ここはもうしばらく、兄上どのの仰せにしたがうのじゃ」

だが組頭の銕蔵が全員に待ったをかけた。

「わしはいまの言葉を信じよう。ところでたずねるが、どうして久留米藩の中間が、そなたが高田屋の正一郎を人質に取り庚申堂に籠もったと、奉行所に急報してきたのじゃ」

「それは京屋敷のまえを通ったとき、わしを胡乱《うろん》な奴と誰何《すいか》しおったさかい、腹立ちまぎれに怒鳴り返してやったからどすわ。そやけど正一郎さまの坊を殺し、首をくくって死ねたらええなあと思うのは、やはりまだ変ってしまへんで。娘に身投げされ、これから先、生きていて楽しいことは、おそらくありまへんやろしなあ」

「高田屋の正一郎にたずねるが、そなた新兵衛とそこにいて、恐《こわ》くはないのか」

「そこのおっちゃん、うちやったら新兵衛なんかちょっとも恐いことあらへん。新兵衛はうちがもっと小っちゃな時から、ずっと面倒をみてくれた。うちには爺《じい》どすわ。深い理由《わけ》は知りまへんけど、新兵衛の爺に、うちの父親やお爺さまが酷いことをしたんやったら、うちは新兵衛の味方をせなあきまへん」

「これはこれは心強いかぎりじゃ。それにつけても腹は空《す》いておらぬか——」

「腹やったら、そろそろ空いてあたりまえどすがな」

正一郎は意外にしっかりした物言いで答えた。

「されば握り飯でも差し入れてつかわそう」

「公事宿の居候はん、その中にしびれ薬でも混ぜる寸法どすかいな」

「新兵衛の親っさん、それはないだろうが。わしは刀こそおびておらぬが、そなたが出刃包丁一本持っておらぬときかされても、庚申堂に飛びこみもせず、こうして話をしている。これもそなたを信じればこそじゃぞ。たとえそなたが凶器をたずさえていたにしても、わしは素手《すで》でそなたを捕らえる芸当ぐらい、造作なくできるつもりでいるわい」

「あなたさまのお名前はなんとおいいやす」

「わしか、わしなら田村菊太郎ともうす」

「ああ、田村さまどしたなあ。田村さま、なんならそうしはってもかましまへんねんで。わしは奉行所から厳しいお咎めを受ける覚悟を、もうつけてますさかい」

「そなたはこれほどの大騒ぎを起し、高田屋が奉公人たちにいたした非道を、世間に十分知らしめたと考えてなのであろう」

「へえ、それもそれどすけど、正一郎さまの坊が、少しお疲れみたいやからどすわ」

かれの言葉につづき、新兵衛の爺、うちは疲れてなんかいいへんと、力《りき》む声がきこえてきた。

「新兵衛の親っさん、とにかく握り飯を差し入れてつかわそう。わしも朝からろくに飯を食うておらぬゆえ、急に腹がへってきたわい。いっしょに食べて、そなたの言い分をもっとききたいものじゃ」

この声で庚申堂の外では、銕蔵がただちに飯の支度を命じているはずだった。

「わしの言い分はいろいろありますけど、高田屋の坊を殺して死のうと思ったのだけは、ほんまどっせ。いくらお店から暇を出されたあとでも、そないしたら主殺し、磔《はりつけ》ものどすわなあ。これはしっかり胸にきざみつけといとくれやすや。ご見物の衆も、ご同様に頼みまっせ」

新兵衛は急に大声を張り上げ、怒鳴るようにいった。

「親っさん、そなたのまことの目的は、それだったのじゃな。奉行所から主殺し未遂として扱われ、処刑場で無残に磔にでもされれば、高田屋の信用は一挙に落ち、おそらく廃業に追いこまれていくと目論《もくろ》んでであろうが」

菊太郎の問いに、新兵衛はすぐにはなにも答えなかった。

徒手空拳《としゅくうけん》のかれは、坊の正一郎が目的ではなく、自分の命を代償にして、高田屋の非道を世間に暴《あば》き、屋台骨をゆるがそうと企《たくら》んだのだろう。

「新兵衛の親っさん、高田屋の大旦那と若旦那、それに茶坊主の総番頭たちも、この騒ぎをききつけ、駆けつけてまいりおった。それゆえ近くの町番屋に閉じこめておいた。わしの弟の銕蔵が、偉そうな口を利く大旦那の横っ面に、一発くらわせたともうすわい。高田屋が忠義一筋に励んできた奉公人に、無慈悲な暇をあたえたことは、わしもきいて呆《あき》れ果てておる。大勢、人を雇うて商いをする者は、お店と奉公人は一つの家族、との考えがなければならぬ。わしは人と世間を思いやれぬ奴に、商いをする資格はないと考えてじゃ」

「田村さま、田村さまがいったいどんなお人なのか、わしにはわかりまへん。けどええことをいわはりますのやなあ。いまのお言葉は、お店に奉公している者みんなが、望んでいるほんまの気持どっせ。正一郎さまの坊には悪いけど、大旦那さまが銕蔵さまとやらに一発ぶっ叩かれたのは、いい気味どすわい」

江戸時代からつい最近まで、お店（会社）と奉公人（社員）は一つの家族、ために終身雇用を当然とする考えが、主流をしめていた。

終身雇用と年功序列、この二つが日本経済の基盤をなし、働く人々に安心をあたえてきたのだ。

だが現在では、美徳ともいえるこれが、利益を最優先する経済原理に否定され、危険をはらんだ混乱におちいっている。

なにがよくてなにが悪いのか。どんな経済社会を、これから造り上げていかねばならないのか。否定は簡単だが、働く者が安心できる新しい雇用のあり方を、考えねばならないだろう。

こうした二つを課す代りに、雇い主は奉公人を取るにもあれこれ重い掟《おきて》をもうけ、当人たちの態度にも厳しくのぞんだ。

主殺しやそれに相当する犯罪には、厳罰があたえられた。

新兵衛はそれを逆手に取ったのであった。

高田屋の正一郎と新兵衛のため、握り飯はいつでもとどけられるように、すぐ用意されていた。

「さあ菊太郎の若旦那さま、うちがお持ちしましたで。お堂の中のお二人に、早う食わせて上げとくれやす」

握り飯を盛った皿と土瓶《どびん》に湯呑み、それをお盆に載せ、鯉屋の鶴太が運んできた。

奉行所の者では新兵衛を刺激すると、銕蔵が考えてだった。

「新兵衛の親っさん、握り飯じゃ。ここから庚申堂の縁までわしがとどけるが、しびれ薬など絶対に入れておらぬゆえ、安心して食うてくれ」

「田村さま、おおきに。ありがたいことどす。縁側に置いてもらわんでも、わしがお堂の外に出ていきますさかい、そこに腰を下ろして、いっしょに食いまひょか」

「なにっ、わしと握り飯をともに食べるのじゃと——」

「お店をやめさせられたみんなも同じで、信用できるお人に訴えたい話は、いっぱいございますわいな。握り飯を食いながら、きいていただきとうおす」

「ようしわかった。握り飯も握り飯じゃが、わしが奉行所にもうし入れ、そなたを牢になど閉じこめさせぬ。公事宿鯉屋の預かりといたし、お裁《さば》きは鯉屋が引き受け、このわしが立ち会うといたそう」

菊太郎の大声で、庚申堂の外が大きくざわめいた。

ようすをのぞきにきた見物人たちは、この事件にどんな決着がつけられるか、我が身に引き付け、なりゆきに関心を寄せていたからである。

「あの田村さまというお人はなんじゃいな」

「すらりとした着流し姿の優男《やさおとこ》やけど、なかなか骨がありそうやないか」

「所司代さまも町奉行さま方さえ、一目も二目も置くほどのお人やそうやで」

「すると、お上《かみ》か将軍さまのご落胤《らくいん》とでもいうのかいな」

京都では天皇をお上とか当今《とうぎん》さまとか呼んでいた。

「そうかもしれんけど、そんなんどうでもええこっちゃ。とにかく弱い者にやさしい力持ちやったら、大歓迎いうことやわい」

破れ築地の間から、にわかに多くの顔がのぞいた。

このとき庚申堂の古びた観音開きの扉が、ぎしっと開かれた。

膝までの股引きをはき、小さな白い髷《まげ》をちょこんと後ろで結んだ新兵衛が、正一郎の手を引き、静かに現われた。

「田村さま、新兵衛でございます」

「新兵衛の親っさんじゃな。よくぞわしの思いに応え、外に出てきてくれた。わしが命に替えても、粗略《そりやく》にはいたさぬぞよ」

菊太郎の言葉通り、新兵衛の姿を見ても、奉行所の捕り方は、庚申堂の境内に踏みこんでこなかった。

「新兵衛のお爺、お爺はこのお侍さまといっしょに公事宿とやらに行ってしまうのか」

「ああ、正一郎さまの坊、わしはそうせなあかんのどす」

「うちは嫌じゃ嫌じゃ。新兵衛のお爺が行くところに、うちも連れていっておくれえな。そうでないと、舌を嚙《か》んで死んでしもうたる」

「この童《わっぱ》、いじらしいことをもうす。なれば新兵衛のお爺とともにまいれ。大人がいたしている醜いさまを、その目でいかほどか見るのもよかろう」

菊太郎にいわれ、正一郎は新兵衛の顔を仰いだ。

庚申堂のまわりに闇が這《は》いはじめていた。

数羽の鴉《からす》が東山を目ざし飛んでいった。

四

張り替えたばかりの障子戸。明るい陽射しが、小さな庭の緑を照らしていた。

「新兵衛はん、昼どきどすさかい、こっちにおいやす。今日はこのあと、お白洲《しらす》に出かけなあきまへんさかいいなあ」

鯉屋の手代喜六が座敷牢のくぐり戸から、新兵衛に声をかけた。

八日前、西洞院通り錦小路の庚申堂から連行された新兵衛は、東町奉行佐野庸貞《つねさだ》の快諾を得て、鯉屋の座敷牢に収容され、特別な待遇を受けていたのであった。

公事宿の座敷牢は、町奉行所から宿預《やどあず》けを命じられた公事訴訟人を寝起きさせる施設、牢屋に準じられている。

だが新兵衛の場合、小さなくぐり戸にもうけられた頑丈な南京錠もかけられず、出入りは自由、監視も置かれていなかった。

それればかりか東町奉行所から、吟味方与力二人が書き役をしたがえ、新兵衛のため事情聴取《ちょうしゅ》に出向いてきていた。

事件の発端となった呉服問屋・高田屋奉公人の解雇、かれの娘登勢の二条城お堀への入水、あげく庚申堂での立て籠もりなどが、ずっと詳《くわ》しくたずねられていたのだ。

新兵衛は座敷牢ですごしているが、かれについてきた高田屋の孫息子正一郎は、二階の客間に泊められている。

「新兵衛のお爺、こんなせまい座敷牢の中にいてんと、うちといっしょに、二階の部屋で寝たらええやないか。鯉屋の旦那はんも菊太郎はんも、そないしてかまへんというてはる。そうしよ」

正一郎はたびたびすすめたが、新兵衛はうなずかなかった。

「坊、お許しが出ているからといい、わしにそないな気随《きずい》はできしまへん。不埒をしたとして町奉行所に召し捕られ、牢屋にぶちこまれるところを、菊太郎さまのお計らいで、この鯉屋に預けられてるんどすさかい。義理を欠くような勝手はできしまへんわ」

「そらそうや。新兵衛のお爺、けどいっそ今度はここから逃げ出したら面白いやろなあ。庚申堂に籠もっていたとき、うちなんや楽しかったわ」

「これっ、不謹慎なことをいうてはなりまへん」

「いまちょっと思っただけで、奉行所のお人やあの菊太郎はんを、困らせるつもりはあらへん。それにしても公事宿いうところは、いつも騒々しい高田屋の帳場にくらべ、えらい静かなんやなあ。これで商いをしていかれますのやろか」

「それは商う物が全くちがうからどすわ。高田屋は呉服という品物を扱い、この鯉屋は奉行所に協力して、人の諍《いさか》いごとをうまくまとめるのが仕事。帳場が静かで当然どす」

「うち、あんな騒々しい商い嫌いやなあ。こうして静かなんがええわ。大人になったらうち、高田屋の跡目を継がなならんのやろか」

「へえ、若旦那さまにはほかにお子がなく、ご兄弟もいてはらしまへんさかい、そうせななりまへんやろ」

「そやけど、うちは本を読むのが好きやさかい、呉服問屋を廃業して、本読みになりたいなあ。いずれそないしたろ」

「坊、とんでもない冗談をおいいやすな」

新兵衛は一応、かれをたしなめたが、心の中では、それも悪くないと思っていた。

京で本読みは、別名「太平記読み」ともいわれ、『太平記』や他の書を大道《だいどう》で読み、講釈して銭をもらっていた。

だが、学者も本読みに分類され、正一郎がどちらを指していっているのか、新兵衛はそこまではたずねなかった。

今度の事件でかれが鯉屋に収容されたあと、東町奉行所では、手の空いた吟味方与力たちが、総掛かりで高田屋の帳面書類を大量に押収していた。

店から暇を出された手代頭の直吉はじめ久三郎や利助が、奉行所へ出頭を命じられ、小僧たちも改めて請人に、預かりの沙汰がいい渡されているという。

一方、店のほうでは、大旦那の伝右衛門、若旦那清助、総番頭市郎兵衛ほか三人の番頭が、連日、厳しいお取り調べを受けているそうだった。

また孫息子正一郎を引き取りたいと、高田屋父子から奉行所に要望が寄せられたが、それはあっさり却下《きやっか》されたと、鶴太が新兵衛に伝えていた。

「今度の吟味についてお奉行さまは、万事、菊太郎さまのお指図を仰げと、与力組頭の伊波又右衛門さまに命じはったそうどす。お奉行さまは、所司代の大久保忠真《ただざね》さまと相談をぶたはり、新兵衛はんが起さはった一件は、特別に吟味せなあかんとして、若旦那さまにお委せにならはったんどすわ」

京都所司代は幕府老中の直属。五畿内と近江、丹波など八カ国に散在する幕府直轄領からの訴訟を引き受け、西国大名の監視にも当っている。

なかでも、京都の治安維持を東西両町奉行所と図るのが、最大の役目とされていた。

「鶴太はん、その菊太郎の若旦那さまの正体は、やっぱりお上か将軍さまのご落胤なんどすかいな」

「そんなん、迂闊にいわれしまへん。ともかく菊太郎の若旦那さまは、公事宿鯉屋には福の神さま。京の町の衆にも、おだやかに暮していけるように計ろうてくれはる力強いお味方どすわ。もっとも根性が少しひねくれてはって、金の力や権力をふりかざす人間が大嫌い。けどそこが菊太郎の若旦那さまの、惚《ほ》れぼれするところなんどすがな」

鶴太や喜六たちの誰もがかれを慕っていた。

座敷牢におとなしく坐っていた新兵衛は、喜六の言葉にへえと小さく答え、身をかがめてくぐり戸から外へ出た。

今日、お白洲に出ることは、昨日、すでにきかされていた。

新兵衛の望みは、娘の登勢が高田屋の手代頭直吉と世帯を持つことだったが、登勢は入水して死に、直吉は店から暇を出されてしまい、いまはなんの生き甲斐《がい》もなかった。

おそらく今日のお白洲は、世間を大きく騒がせた自分に、お咎めが下されるためだろう。だがもうどんな処罰でも、平気で受けられる気持になっていた。

自分が起した事件は人々の噂となり、読売屋（瓦版屋）の売り物にまでされているという。多くの奉公人を使っているお店の主たちが、この顚末《てんまつ》を固唾《かたず》を飲みうかがっているそうだ。そんなお店の主たちに、奉公人を粗末にしてはならぬとの考えを、少しでもあたえられたら、新兵衛は自分がどうなってもよかった。

昼御飯はどうしてか赤飯《せきはん》だった。

「お白洲に出かけるのに、赤飯はなんや妙やけど、まあ今日で一件落着。鯉屋の旦那さまは区切りとお考えなんどすやろ。他意はありませんさかい、どうぞよう噛んで食べとくれやす」

新兵衛は台所座敷で喜六に、なぐさめ顔でうながされた。

お店さまのお多佳と小女のお与根が、神妙な顔で汁物を運んできた。

二階の客間から、正一郎のすすり泣きがとどいてきた。

かれの泣き声をきき、新兵衛はお白洲の結果がどうなるか、少しわかる気になった。

半刻ほどあと、かれは東町奉行所のお白洲に坐らされていた。

自分が荒筵《あらむしろ》にひかえさせられてから、白築地のくぐり戸から何人もの人が入ってきたが、緊張のため後ろを振り返る余裕もなかった。

「町奉行さまご名代、ならびに吟味方組頭さまである」

床几《しょうぎ》にひかえる同心にいわれ、新兵衛はへえと平伏した。

後ろの人々も同じ気配だった。

「もと高田屋の奉公人新兵衛、面《おもて》を上げい。一同の者も同様じゃ」

新兵衛はおそるおそる顔を上げると、正面に一度だけ取り調べを受けた伊波又右衛門と田村菊太郎が、平服のまま坐っていた。

「新兵衛の親っさん、さように堅くならぬでもよい。このお白洲はそなたのためのもので、そなたが主役。ついで暇を出された手代頭の直吉や、ほかの手代たちの今後を考える場所でもある。だが後ろにひかえる高田屋伝右衛門と清助父子、さらに総番頭市郎兵衛はじめ三人の番頭、おぬしたちもただの脇役ではないぞ。大店の主や番頭のくせに、全くどうにもならぬ連中じゃ」

菊太郎があごをひねって愚痴《ぐち》った。

「田村さまは町奉行さまのご名代。吟味役のわしから、一同にもうしきかせる。とくに伝右衛門と総番頭の市郎兵衛はよくきくがよい。お店の売り上げが減《げん》じたとはもうせ、長年、商いに励んできた奉公人に、無造作に暇をあたえるとは不心得の極《きわ》み。弱い立場の者をいきなり路頭に迷わせて、いかが相なろうぞ。市郎兵衛はじめ番頭ども、おぬしたちがお店に忠節をつくしてきたのはわかっておる。されどそうであれば、おのれたち自《みずか》らが、身を退ける覚悟があってしかるべきじゃ」

伊波又右衛門が高田屋伝右衛門たちを見すえてつづける。

「調べによれば、番頭どもは全員が御用達商人たちと飲み食いして金を散じ、好き放題をいたしておる。それのみならず、店の冗費をおさえ、商売の工夫をあれこれ進言してきた手代頭の直吉や久三郎たちを煙たがり、主たちに暇を出すようすすめるとは、許しがたい所業。忠言は耳に逆らうともうすが、市郎兵衛たちの甘言だけをきいて、伝右衛門も清助も店の計らいをいたすとは、不埒もはなはだしい。儲けの少ないときは少ないように、奉公人たちと力を合わせて働き、みんなが幸せだと思えるよう努力することが、大店の主たる資格であろうが。わしらが調べたところ、高田屋は相当な資産を有しておる。お店が立ちゆかねば、それを売り払い、奉公人の暮しを第一に考えるのが、伝右衛門ならびに清助の役目。番頭たちもその助けに当らねばなるまい。弊履《へいり》のごとく捨てるともうす言葉があるが、伝右衛門、この言葉の意味をぞんじているか。知っていれば、ここではっきりもうしてみよ」

　新兵衛の後ろで、伝右衛門が小さく咳払《せきばら》いをした。

「へえ、弊履とは、破れたはきものの意味でございまする」

「ほほう、それくらいはやはり知っていたのじゃな。そなたや番頭どもは、直吉たちを弊履のごとく捨て、あげくは新兵衛の娘登勢の望みを閉ざし、死にいたらしめたのじゃ。お店と奉公人は一つの家族。商いの主《ぬし》はおぬしではなく、この天下であることを、肝《きも》に銘《めい》じねばならぬ。手前勝手な仕置は、社会に不安を招き、ご政道のさまたげとなる。わしらとて容赦いたすわけにはまいらぬぞよ。本来なら高田屋はお取りつぶしになるところを、所司代さまならびに町奉行さまがたは、京の町役たちの意見も取り入れ、お計らいくださった。伝右衛門と総番頭市郎兵衛には隠居をもうしつけ、直吉を総番頭といたしてお店を仕切らせ、小僧はじめ暇をあたえた奉公人すべてを呼びもどせば、それで相許すと談合めされた」

　又右衛門が厳しい表情でいいきかせた。

「おい伝右衛門、そなた同心組頭に、所司代や町奉行所の偉いさまがたに、懇意が多くいると、威張ったそうじゃのう。しかしながらさような懇意でも、これはどうにもならぬことじゃぞ。伊波どのがもうされた処置が納得できねば、家産没収、島送りにでもされるのじゃな。そのときはこのわしが、ひとでなしのおぬしに、しっかり引導《いんどう》を渡してくれる。とにかくみんな、うまくやってくれぬかなあ」

　菊太郎は眉をしかめて渋面を見せた。

「わ、わたくしの不心得でございました」

「同様、大旦那さまと同様でございます」

「ならば承知してくれたのじゃな。されば正面におる新兵衛は一切お構いなし。改めて清助と直吉に、新兵衛を終生いたわってとらせるようもうしつけておく。本日のお白洲はこれで終わりじゃ」

「わしからもうちょっと言葉を添えておくが、伝右衛門に清助、跡継ぎの正一郎は、本読みになりたいともうしているそうだぞ。本読みどころか立派な学者に育て、世の中、どうすればみんながうまくやっていけるかをでも、考えさせてやれい」

　菊太郎は今度はまじめな顔でいった。

　かれの耳に、新兵衛がくすんと洟をすする音がとどいてきた。

四年目の客

一

みぞれがすぐ雪に変った。

比叡山の頂《いただき》を白くおおっていた厚い雲が、北風に動かされ、ゆっくり南の如意《にょい》ケ岳《たけ》にむかってくる。

京の町中からでも眺められる「大」文字の火床が、やがてかすみはじめ、つぎには見えなくなってきた。

「おお寒う。背筋がぞくっとしてきたわい。風邪《かぜ》でもひいたらかなんなあ」

公事宿《くじやど》「鯉屋《こいや》」の主《あるじ》源十郎は、肩を大きく震わせ、すっかり雪雲に閉ざされた如意ケ岳から目をそらせた。

この山につながる月待山の麓《ふもと》には、銀閣寺が営まれている。

銀閣寺は俗称、正式には慈照寺という。

かれは通名の起りともなった二層の銀閣や、白砂を敷きつめた銀沙灘《ぎんしゃだん》や向月台が、白い雪におおわれる美しい光景を、ふと胸裏で思い描いた。

「旦那さま、ほんまに寒うおすわ。北から吹いてくる風が、頬《ほ》っぺたに突きささるみたいで、耳も冷とうおす」

源十郎は大津街道（東海道）に沿う粟田口村まで、丁稚《でっち》の鶴太を供にして、用足しに出かけた。

そのもどり、三条大橋と高瀬川の小橋の二つを西に渡り切った場所で、鶴太の吐く白い息を見て、急に足を止めた。

「旦那さま、どないしはったんどす」

寒そうに首をすくめ、鶴太がたずねかけた。

かれの両耳は真っ赤になっていた。

「鶴太、縄暖簾《なわのれん》を出しているそこの店で、なんぞ温かいものでも食うてこか。そうしよ」

源十郎は自分にいいきかせるようにつぶやき、懐手《ふところで》をしたまま足を速めた。

「温かいものいうて旦那さま、あれは一膳飯屋どっせ」

「一膳飯屋でもなんでもええがな。夕飯までにはまだ間があるさかい、とにかく温かいものをちょっと食べ、温まっていこうな」

鶴太が発した躊躇《ちゅうちょ》の声に耳も貸さず、源十郎は縄暖簾を目ざした。

雪が主従二人を急《せ》かせるように、霏々《ひひ》と降りかかってきた。

「えんやほい、えんやほい――」

二人の後ろでは、伏見から二条にむかう高瀬船の曳《ひ》き人足たちの掛け声が、寒々しくひびいていた。

一膳飯屋とは、代金の安い簡易食堂。酒ももちろん出し、当然、どこの店もざわめいていた。

縄暖簾をはね上げ、腰板障子を開けた。

白い障子戸には、「大和屋」と店の名が書いてあった。

店内は飯台が八分ほど詰まり、さすがに人いきれと、片側座敷にいくつも置かれた火鉢の温もりで暖かかった。

「おいでやす――」

源十郎と鶴太を迎え、店の奥から威勢のいい声が飛んできた。

冷たい外の風が吹きこみ、暖かい店の中を少しだけひんやりさせた。

「この店、一遍きたことがあるけど、なんや前とようすがちがうなあ」

源十郎は小座布団をすえた空樽《あきだる》に腰を下ろし、表戸に目を這《は》わせた。

表戸の障子は真っ白。やはり大和屋と書かれていた。

「お客はん、なににさせていただきまひょ」

紺の胸前垂《むねまえだ》れをかけた小僧が、さっそく飯台に近づき、注文をたずねた。

「わたしに熱燗《あつかん》と煮物《にもの》、こっちには温かいごった煮汁でも頼みます」

「熱燗と煮物、それにごった煮汁どすな」

小僧はすぐ踵《きびす》を返していった。

「鶴太、おまえ酒は飲みまへんやろ」

「へえ、そらそうどす」

「もしときどき盗み酒でもしてるんどしたら、わたしに正直にいうて、一本飲んでもかまへんねんで」

「冗談いわんといとくれやす」

反発する顔で、鶴太は主の源十郎をにらみつけた。

「おまえ、そんな目でわたしをにらまんでもよろし。そのうちわたしが因《ちな》み親で、一人前にならなならんのやさかい、盃の一つぐらい空けてもええと、わたしは思うてるんやわ」

源十郎は気軽にいい、店の中を眺め渡した。

八分ほど詰まった飯台では、男たちが丼物をかきこんだり、銚子のやり取りをしたりして、にぎやかであった。

「今日はわたしが許しますさかい、鶴太、盃を一杯だけ空けなはれ。身体が温まります。それで酔いつぶれたら、わたしが大宮の店まで背負うていってあげますさかい」

源十郎は熱燗と鉢物などを運んできた店の小僧に、もう一つ盃を頼み、鶴太に自分の盃を手渡し、銚子を傾けた。

「旦那さま、おすすめどしたら飲ませていただきます。けどうちがぶっ倒れたら、ほんまにあとの面倒を、しっかりみてくんなはれや」

「盃の一杯ぐらいで、おまえがぶっ倒れるもんかいな。もしかしたら銚子の二、三本を空けても、平気な顔でいてるかもしれまへん」

二つの盃になみなみと酒を注《つ》ぎ、源十郎はさあ飲みなはれと、あごをしゃくった。

「そんなことありますかいな。そやけど丁稚のうちが、菊太郎の若旦那さまみたいに、蟒蛇《うわばみ》のように酒を飲んだら、やっぱり旦那さまはすぐ暇を出さはりますやろなあ」

鶴太は盃を一気に干し、源十郎に笑いかけた。

「菊太郎の若旦那さまは、お信はんが風邪をひかはったさかい、三日前から長屋のほうにお出かけや。お見舞いに訪ねさせた喜六によれば、蟒蛇どころではないようす。襷掛《たすきが》けの殊勝な恰好で、お信はんのひたいの濡《ぬ》れ手ぬぐいを取り替えたり、お粥《かゆ》をつくったりしてはるらしいわ。そやのに喜六の奴に、わしがこんな姿でお信の看病をしているのを、鯉屋の誰にももうすではないと、口止めしはったそうじゃ」

「阿呆《あほ》らし。そやけど菊太郎の若旦那さまにも、見栄《みえ》いうもんがありますのやろ。本気でお信はんに惚《ほ》れてはりますのやな」

ませた口調でいったが、鶴太の顔は蟒蛇どころか、すぐ赤くなってきた。

田村菊太郎と子持ちのお信との関係は、もう数年におよんでいる。お信の娘お清も、菊太郎にはよく懐《なつ》いていた。

それでいながら菊太郎は、公事宿鯉屋の居候《いそうろう》をずっとつづけている。

町奉行所からたびたび勤めの招致を受けても、いまのままの気楽が自分にはふさわしいといい、異腹弟の東町奉行所同心組頭・田村銕蔵《てつぞう》のすすめにしたがわなかった。

「町奉行所から扶持《ふち》をいただく身になれば、嫌な上役の機嫌も取り、朋輩《ほうばい》ともうまく合わせていかねばなるまい。わしはさよう器用にはできぬのじゃ。もっとも所司代さまが、わしを町奉行に任じてくれるのであれば、宮仕《みやづか》えも考えぬでもないが。しかしそれはとても無理だろうよ」

突飛《とっぴ》なことをぬけぬけといい、まわりの者を煙に巻いたりしていた。

「源十郎、そなた菊太郎の兄上どのを上手にたらしこみ、鯉屋で便利使いしておるのではあるまいな。兄上どのがおいでになることで、鯉屋は公事宿の仲間《なかま》（組合）内《うち》で一目《いちもく》置かれていると、わしはきいているぞよ」

銕蔵は源十郎に、嫌みがましい愚痴《ぐち》さえこぼしていた。

公事宿は、現在の弁護士事務所と同じ役割を果し、出入物《でいりもの》（民事訴訟事件）だけではなく、吟味物《ぎんみもの》（刑事訴訟事件）にも関わる。

菊太郎は剣にも、知恵にもすぐれている。こんな人物が弁護士事務所に居候していれば、なにかと重宝であった。

「銕蔵の若旦那、それはとんでもない言い掛かりどすわ。わたしかて町奉行所のお招きに添わはったらどうどすと、お話があるたび、何遍おすすめしたかわかりまへん。嘘《うそ》やと思わはったら、女房のお多佳にも下代（番頭）の吉左衛門にも、よう確かめとくれやす。菊太郎の若旦那さまが、自分の思うように動かはらへん腹立たしさから、このわたしに八つ当りとは迷惑。あんまりどっせ」

「いかにも、もっともじゃ。つい迂闊《うかつ》に不満をのべ、もうしわけない。許してくれ」

「へん、そんなお言葉一つでわたしが納得するのも、田村さまのご先代次右衛門《じえもん》さまの肝煎《きもい》りで、わたしの父親の宗琳《そうりん》が、公事宿を営ませていただいたご恩があるからどっせ。ほんまに邪推はやめとくれやす」

その先代次右衛門は、ずっと病に臥《ふ》せっている。

源十郎の父宗琳は、高台寺近くに隠居して、年の若いお蝶《ちょう》と余生を気楽にすごしていた。

鶴太は赤い顔で、ごった煮汁をふうふう息をかけてすすり、源十郎が二本目の銚子を半ば空けたときだった。

店の中ほどで銚子が土間に落ち、がちゃんと割れる音がひびいた。

源十郎が振り返ると、旅装束の中年の男が、しまったといった顔で空樽から腰を浮かせた。

そのかれに、店の小僧がすっと近づいた。

「な、なんやて。それはないやろ——」

つぎに男が、大きな怒鳴《どな》り声を上げた。

かれが誤って割った銚子の代金を、小僧がすぐさま請求したようだった。

「わ、わしはわざと銚子を割ったわけやないわい。三本、熱燗を飲むには飲んだけど、酒にも酔うてなんかいいへん。この店、わしは四年目にやっときた客なんやで。酒屋で仕入れた安酒を、高く売っておりながら、この店は客が粗相《そそう》して銚子や小皿を割ったら、その器《うつわ》の代金をまどしてほしいというまでになり果てたのかいな」

男は眦《まなじり》を吊り上げて小僧を罵倒《ばとう》した。

「何年目の客か、そんなん知りまへん。そやけどお客はん、それがお店の旦那さまのご意向どすさかい、どうぞ納得しとくれやす」

「店の旦那の意向じゃと。客が粗相して割った器をまどせとは、強突《ごうつ》くすぎるわい。この店の旦那は、そないなお人ではなかったはずじゃ」

まどしてとは、弁償しての意、京言葉であった。

「強突くといわれても、うちらはそないにしていただくよう、きつく命じられてますさかい」

「小僧、店の旦那に命じられたら、道理に合わんことでも、平気で客にいうのかいな」

「お客はん、それとこれとはちがいますがな」

「なにがちがうのじゃ。減《へ》らず口を叩きおってからに」

「減らず口を叩いているのは、お客はんどっしゃろ。うちはここのただの奉公人やさかい、旦那さまのおもうしつけにしたがっているだけどす」

小僧も容易にひるまなかった。

店の奥から、いつの間にか板場まで出てきて、男をにらみすえるありさまだった。

「へん、そうかい。そしたら、まどしさえしたら、店の器を割ってもかまへんのじゃな」

男はこういうやいなや、飯台の上の銚子をぐっと右手でつかみ、土間に叩きつけた。

やきものの割れる音が、また激しくひびいた。

「か、金を払えば、文句はないのやろが――」

大きな怒鳴り声とともに、男はさらにもう一本銚子をつかみ、土間で叩き割った。

それでも気持がおさまらないのか、今度は近くの小鉢を、板場の足許に投げつけた。

乾いた音と同時に、やきものの破片がまわりに飛び散った。

「客の粗相した器までまどせとは、せこすぎて面白うないわい。まどしさえしたらええのやったら、わしらもいっしょに器を割ってやろうやないけえ」

近くの飯台を取り囲んでいた数人の男たちが、一斉に立ち上がった。

それぞれ銚子や小鉢をつかみ、自分たちの足許で激しい音をひびかせた。

「お客はん、やめておくれやす」

「今更、なにがやめておくれやすじゃ。もう遅いわい」

店の中が騒然となり、銚子や小鉢を叩き割る音は、一つや二つではなくなってきた。

「旦那さま、どないしまひょ」

鶴太が小声で源十郎に問いかけた。

源十郎はちょっとだけ騒ぎを見つめていたが、すぐ白《しら》っとした顔で、また盃を口に運びはじめた。

「あれっ、先《さつき》の一組、酒代も払わんと、騒ぎのどさくさにまぎれ、消えてしまいよったがな」

自分は四年目の客だといった男は、憤怒《ふんぬ》の形相《ぎようそう》で、まだ土間に立ちはだかっている。

そのかれを押しのけ、男たちを追うほどの気迫は、小僧にも奥から出てきた板場にもなさそうだった。

土間には、銚子の首や小鉢の破片が散らばっている。飯台がひっくり返されていないのが、幸いなほどの荒れようだった。

「お客はん、いま逃げていきよったあの連中、仰山《ぎょうさん》飲み食いしよりましたわ。あいつらを食い逃げさせるため、お客はんはわざと銚子を割らはったんとちがいますかいな」

小僧では埒《らち》があかないと判断したのか、板場の一人が、険悪な顔で男に詰め寄った。

「そんなもん、わしが知るかいな。成り行きからそうなっただけやろ」

「ともかく、原因をつくらはったのはお客はんや。あの連中の飲み食いした分と、割られた器の代金を、全部払ってもらわななりまへん」

「おまえ、わしになにをいいさらすねん。あんまり阿漕《あこぎ》なことをぬかしたら、承知せえへんで」

「なにが阿漕どすな。そないにしてもらわな、店の旦那さまから、わしらの給金が差し引かれるんどす。どうしても払っていただかななりまへん」

「面白い。わしの分はともかく、よその奴の支払いまで、わしから取れるものやったら、取るがええわいさ」

売り言葉に買い言葉、男は少し離れた飯台の銚子をつかみ、また土間に叩きつけた。

まだ残っていた酒が滴《しずく》となり、まわりに飛び散った。

「これはどうしたんじゃ」

一瞬、店がしんと静まったとき、一見してならず者とわかる数人が、開いたままの表戸から姿をのぞかせた。この界隈《かいわい》を仕切っている男たちに相違なかった。

店の中に微妙な空気が流れた。

「このお客はんが――」

急に態度を変えた板場が、中の兄貴分らしい男に、これまでの経緯《いきさつ》を訴えた。

「なるほどそうかい。そらお客はん、とんでもないことをしてくれはったもんどすなあ。まあ土間に突っ立ってんと、空樽に腰を下ろしておくれやす。それはそれとして、ほかのお客はんにご迷惑をおかけしてはもうしわけない。関わりのないお人には、代金を払っていただき、まずはお引き取り願うこっちゃな」

寒いというのに素足に雪駄《せった》を引っかけた男が、目に凄味《すごみ》をにじませ、店の小僧や板場に指図をあたえた。

「へえ、そうさせていただきます」

板場が臆病《おくびょう》な声でうなずいた。

源十郎は代金を請求されるまま支払い、雪の降りつづいている表に出てきた。

「旦那さま、あの男、あとどうなりますのやろ」

「わたしにもわかりまへん」

「そないいうて旦那さま、店の稼業は公事宿どっしゃろ」

鶴太はまだ若いだけに、正義感を燃やしていた。

源十郎の白けた口調には、不服そうだった。

「店の稼業は公事宿でも、頼まれてもいいへんのに、しゃしゃり出られしまへん。その場に居合わせたからといい、余計な口出しはせんほうがええのどすわ。子どもが争うているわけやなし、あとはあの連中と男の双方で、話がまとまりまっしゃろ」

「それですみますやろか——」

「そんなことより、酒で身体が温《ぬく》もっているうちに、早う店にもどろうやないか」

源十郎に急かされ、鶴太は不承不承《ふしょうぶしょう》にうなずいた。

二

降り積んでいた雪が、数日かかりやっと消えた。

それでも冷えだけはきつかった。

「公事宿　鯉屋」と白く染め抜いた黒暖簾が、わずかな風にゆれている。

店内《みせうち》の帳場で、下代《げだい》の吉左衛門が帳付けをしていた。

かれの膝の上に、猫のお百《ひゃく》が目を細めて乗り、お与根はせっせと床を拭《ふ》いていた。

「今日は鯉屋の詰番《つめばん》。わたしは町奉行所に行ってくるさかい、あとを頼んどきます」

主の源十郎は、先ほど手代見習いの佐之助を供に連れ、吉左衛門に一声かけ、町奉行所に出かけていった。

公事宿仲間では毎日、月番の東西いずれかの町奉行所に、詰番を一人ずつ交替で出していた。

鯉屋では詰番には、源十郎か下代の吉左衛門が、手代の喜六などを連れて当っていた。詰番のかれらは、町奉行所の与力や同心に茶を淹《い》れたり、雑用を果したりする。かたわら公事に役立つ情報を、それとなく集めるのである。

下代、手代といった呼び方は、本来は文字の書ける者を指す言葉で、身分を表わすものではなかった。

鯉屋ではいま、京の最北部・広河原村から炭焼人頭《かしら》の六兵衛《ろくべえ》が、公事の訴訟のため逗留《とうりゅう》していた。

広河原村は山間《やまあい》の村だけに、炭の生産が主産業。炭窯《すみがま》は時代によって増減したものの、江戸時代にはだいたい五十基から八十基であった。

そこで焼き出された炭は、同じ村に住む炭仲買人の与次郎《よじろう》に買い取られた。つぎに鞍馬《くらま》の炭問屋に渡され、さらに京の炭問屋に売られる。

市中における炭一俵の値段は約三百文。年間の産出量は四千五百俵ほどで、与次郎の収入は相当な額になった。

炭焼人頭が鯉屋に持ちこんできた公事は、仲買人の与次郎が相手。炭の買い取り価格の三十文を、三十五文にしてほしいと掛け合い、一旦は承知した与次郎が、それを撤回《てっかい》したからであった。

その撤回をなんとか白紙にもどしてほしいと、広河原村の炭焼人三十九人を代表する初老の六兵衛が、鯉屋に依頼してきたのだ。

一方、与次郎も公事宿の「堀川屋《ほりかわや》」に弁護を頼み、一カ月ほど前から、奉行所でたびたび対決（口頭弁論）と糺《ただし》（審理）が重ねられてきた。

それで近ごろになりわかってきたのは、庄屋の茂右衛門《もえもん》の強欲《ごうよく》だった。

庄屋の茂右衛門が与次郎に上納金の増額を要求し、自身は京の粟田口に妾宅を構え、贅沢《ぜいたく》に暮しているのが明らかとなった。

数日前、鯉屋の源十郎は、今度の公事騒動の原因は茂右衛門の不心得にあるとして、同業の堀川屋の依頼も受け、諫言《かんげん》するため粟田口に出かけたのだ。

やがて下される町奉行所の裁許《さいきよ》（判決）は、炭焼人の勝ちに決まっていた。

「人間、誰でも金がほしいもんどす。このわたしでも十あれば二十、百あれば二百と、欲にはかぎりがありまへん。そやけど十あれば一つぐらい、初めからないもんとして、人のために使う気持が必要どす。そやないと、世の中がうまくまとまっていかしまへん。わたしは炭焼人頭の六兵衛はんから、頼まれて目安《めやす》状を書き、仲買人の与次郎はんとも、町奉行所で幾度も顔を合わせてます。そやけどお庄屋さまの強欲が明らかとなったいまでは、町奉行所のご裁許はもうはっきりしてます。咎《とが》められるのは、与次郎はんではのうてお庄屋さま。公事は炭焼人一同さまの勝ちどすわ。わたしは炭焼人頭の六兵衛はんから、勝っただけのお金はいただけます。それで堀川屋の旦那も同じ意見どすけど、できたらどこからも、怪我人《けがにん》を出したくありまへん。与次郎はんに上納金を増額せいいうてるのを引っこめ、内済《ないさい》（調停）で丸く収めるのが、一番なんとちがいますか。いまなら内済で収められます。けどこのままいけば、町奉行所もお庄屋さまに差紙《さしがみ》（出頭命令書）を出さはりまっせ。そしたら村支配不行き届きとして、お役ご免どころか、所払いを命じられるかもしれまへん。そないになったらどないしはります。欲を出してたらきりがありまへん。まあほどほどにしはるのが、身のためなんとちがいますか――」

源十郎は堀川屋も同意しているといい、広河原村の茂右衛門に、強意見《こわいけん》をしてきたのであった。

町奉行所で裁許をもらうほうが、容易で利益になった。

内済ですませるとなれば、双方が公事を取り下げ、またさまざま手間がかかり、それでいて儲《もう》けは大幅に減少した。

だが公事宿は、利益をはかるばかりが能ではない。事件の当事者たちに無益な争いをやめさせ、町奉行所の手を煩《わずら》わせず、内済に持っていくのが、公事宿の主の能力の一つでもあった。

町奉行所に詰番に出かけた源十郎は、胸の中で今日か明日にでも庄屋の茂右衛門が、誰か人を立て、内済ですませてもらえないかと、相談にくるにちがいないと踏んでいた。

こんなかれの推測は、二階に宿泊している炭焼人頭の六兵衛にも、もちろん伝えてあった。

六兵衛は毎日、公事宿でじっとしていては身体がなまってしまうといい、台所仕事や薪《まき》割りを手伝ってくれたりしていた。

数日前の雪の日には、広河原村はすっぽり深い雪におおわれているはず、雪崩《なだれ》でもなければよいがと、北の空を眺めて案じるほど、かれは仲間思いだった。

「六兵衛、公事宿で待機しているのを、天からさずかった保養だと考えたらいかがじゃ。京では銭湯《せんとう》ともうすものが、朝から店を開けている。いっそいまからわしとまいり、のんびりしてこようではないか」

今朝ほど田村菊太郎は、お信の風邪が治《なお》ったといい、鯉屋にもどってきた。

そのかれが、六兵衛を町風呂に誘い出かけてから、一刻（二時間）余りがすぎていた。

下代の吉左衛門が帳付けの手を止め、辺りを眺めた。

時刻をうかがう表情だった。

「おうい鶴太、鶴太はいまへんのかいな」

奥にむかい大きな声で叫んだ。

「へい、下代さん、なんのご用どす」

数拍おいて鶴太が、土間の中暖簾から姿をのぞかせた。

「どこでなにをしていたんやな」

「下代はん、いきなりうちを、叱《しか》らんといとくれやす。うちはお店《たな》さまにいいつけられ、納戸の片付け仕事をしてたんどすさかい」

「わたしはおまえを、叱ってなんかいいしまへんで」

「そやかてうちには、そないきこえましたがな」

「近ごろのおまえは、わたしのいうことに一つひとつ反発して、いけ好かんなあ。そろそろ正午《ひる》に近いのとちがいますか。今日は六角牢屋敷に、牢扶持をとどける日のはずどしたやろ」

「へえ、そうどす。もうぼちぼち出かけなあかんと思うてました」

「そしたらお店さまに断わり、仕出し屋に牢扶持を受け取りに行ってくれますか。そして民吉はんに会うたら、昨夜、旦那さまがいうてやしたように伝えるのを、忘れんときなはれや」

吉左衛門にいわれ、鶴太はへえとうなずき、中暖簾のむこうに姿を消していった。

六角牢屋敷には、十日ほど前まで鯉屋に宿預けにされていた民吉が、収容されていた。かれは五条のやきもの問屋の手代。使いこみの疑いがかけられ、主家と争う姿勢でいたが、そのうえ火付けの疑いがくわわり、吟味物に移されたのであった。

民吉の許には、牢扶持が二日に一度、公事宿の鯉屋からとどけられていた。

牢扶持は弁当。入牢者の自殺や不法な品物の差し入れを避けるため、仕出しは町奉行所から指定された店が当ることになっていた。

鯉屋から出かけた鶴太は、六角牢屋敷に近い因幡町の仕出し屋の八百政《やおまさ》に寄り、二包みの牢扶持を受け取った。

一つの布包みに二つ、もう一方には、六つの折詰めが入れられていた。

六角牢屋敷の正式な名称は、三条新地牢屋敷。六角牢屋敷と呼ばれるのは、六角通りに面していたからで、別名、六角の獄舎ともいわれた。

この獄舎は、以前は小川通りにあったが、宝永五年（一七〇八）三月の大火で焼失したため、この地に移されたのである。

『京都御役所向大概覚書《おぼえがき》』によれば、敷地は東西三十八間、南北二十九間。総坪数千百二坪。外側は竹柵《たけさく》、ついで築地塀《ついじべい》で囲まれていた。

入口は北に構えられ、牢は東に十八畳が三室。中央はキリシタン用で、その中央が十九畳半の本牢。奥の一角に四畳半の詰牢、西に一、二畳の牢が並んでいた。

西棟は南側が上り座敷、上り場。北側に十二畳の女牢がもうけられていた。

牢内には神泉苑から引いた水が流れ、全体の構えは当然、清潔なうえ厳重であった。

折詰めをつつんだ風呂敷を両手に下げ、鶴太は六角牢屋敷の竹柵をすぎ、棟門をくぐった。

夜には棟門は閉じられ、強風が吹かないかぎり、いつも表に篝火《かがりび》が二つ焚かれていた。

「ごめんやす。公事宿鯉屋の者どすけど、西牢の民吉はんに、牢扶持をとどけに寄せさせていただきました」

鶴太は門番の雑色《ぞうしき》に、慇懃《いんぎん》に頭を下げた。

「ああ、西牢の民吉に牢扶持を持ってきたんじゃな」

顔馴染《かおなじ》みになっている二人の門番のうち、初老の男が、表情をなごませてたずねた。

「へえ、西牢の民吉はんにどす」

「それで今日のご馳走《つつおう》はなんじゃ」

「魚の照り焼きに出し巻、それに鶏のうま煮が入っているそうどす」

「そら大ご馳走やなあ。鯉屋の小僧に頼んどくけど、今度八百政に、わしらは鮒《ふな》の甘煮《あまに》が食いたいと伝えておいてんか。もっとも、鯉屋に居候してはる菊太郎の若旦那が相手やったら、こんなこといえへんけどなあ」

「そんなん、菊太郎の若旦那さまでもかましまへんがな」

鶴太はこう答え、六つの折詰めを包んだ風呂敷の結び目をとき、二つを門番の二人に渡した。

「そやけどわしら、あの若旦那には、ほんまはびくびくしてるねんで。おお、これは豪勢《ごうせい》やわいな。なんの魚かわからんけど、照り焼きに出し巻、鶏のうま煮か。遠慮のうもろうとくさかいなあ」

折詰めをちょっとのぞき、門番が断わった。

「どうぞ召し上がっとくれやす」

「ほんならここを通ってもええねんで」

「おおきに、ありがとうございます」

風呂敷の端《はし》をまた結び直しながら、鶴太は門番たちにいった。

六つの折詰めは全部副食物。別に包んだ折詰めを、西牢の民吉にとどけるまでに、こうして多くが消えていくのであった。

田村菊太郎はこれまでときどき、牢扶持をとどけにきていたのだ。

こうした差し入れは、雑色衆に強要されているわけではなかった。だが魚心あれば水心の類《たぐ》いで、入牢者をいたわってもらうのと、なにかと面倒な手続きをさけるためだった。

江戸や大坂では、牢屋敷の管理監督は、町奉行所によって行なわれていたが、京ではこれがちがっていた。

南北朝の時代に起源を持つ「四座雑色《しざぞうしき》」の制度が、京の特殊性から残されていたのだ。

かれらは公吏として、皇室・門跡・摂関家の供奉《ぐぶ》や、将軍・所司代・朝鮮使節などの送迎や滞在中の警護、社寺の警備や祇園会《ぎおんえ》山鉾巡行《やまほこじゅんこう》のくじ取りにもたずさわった。

さらに所司代や町奉行所のもとで、洛中洛外の訴訟進達、法廷・刑場の立ち会いなどを、独自の立場で果し、京の治安維持のため働いていた。

牢屋敷は一応、所司代や町奉行所の管轄下にあったが、それは名目だけ。実質的には四座雑色の手で、管理運営されていた。

——余国にこれ無《な》く珍しき者
といわれるほど、京都の雑色は特別な存在だったのである。

「では参じさせていただきます」

鶴太は二人の門番に低頭し、今度こそ牢屋敷の建物にむかった。

本牢の正面は広い土間。右手に役部屋や控え部屋が構えられ、どうした必要からか、土間の真ん中に井戸があり、水に濡れた釣瓶《つるべ》が井筒に乗せられていた。

壁板には、袖搦《そでがら》みや龕灯《がんどう》など捕り物道具が、ずらっと掛かっている。

正面は頑丈な木格子《きごうし》。くぐり戸には大きな海老錠《えびじょう》がかけられ、その内と外に警備の雑色が、筒袖袴《つつそでばかま》で六尺棒を持ち、ひかえていた。

かれらはじろっと鶴太を眺めた。

「おい、錠を開けてやれ。西牢の民吉に公事宿から牢扶持じゃ」

再び役部屋で、賄賂《まいない》の折詰めを受け取った雑色頭が、くぐり戸にむかい命じた。

「へい、かしこまりました」

海老錠を開ける音が、梁《はり》を見せた高い天井にひびき、牢屋敷はいつきてもやはり、陰惨《いんさん》な雰囲気だった。

「わしについてくるのじゃ」

くぐり戸をまたいだ鶴太は、牢雑色の命令にうなずいた。

本牢は雑居牢《ざつきようろう》。昼でも暗いその前を通ると、牢内から射るような視線が、かれに注がれた。天井のない大きな建物の中に、頑丈な牢がいくつも並んでいる。

土間は冷え冷えとして寒かった。

「民吉とはどんな奴か知らんけど、牢扶持とはええ身分やないか」

「旨《うま》そうな匂いがするがな」

そんな声をききながら、鶴太は西牢に到着した。

「おい民吉、公事宿から牢扶持やで——」

膝をかかえ背を丸めていた民吉が、雑色の声ではっと立ち上がってきた。

「鯉屋の丁稚はん——」

「へえ、お元気でいてはりますか」

「元気は元気どすけど、一向にお取り調べがありまへん。どうしたんどっしゃろ」

「町奉行所の与力さまが、しっかり火付けの調べに当ってくれてはりますさかい、旦那さまが心配せんようにというてはりました」

二つの折詰めは、木格子の間から差し入れられた。

「わたしは使いこみも火付けもしてしまへん」

「そう信じてはるさかい、暖簾分けを受けたお店の旦那さまが、親店《おやだな》に盾突《たてつ》いてまで、民吉はんに肩入れしてはるのとちがいますか。それで鯉屋に、公事を持ちこんできはったんどっしゃろ」

鶴太は牢内の民吉に答えながら、その隣りの牢にちらっと目を這わせた。

——あれっ、中に居てるのは、この間一膳飯屋で銚子を叩き割った四年目の客やがな。やっぱりこないな始末になってしもうてたんかいな。

じっと宙を見つめているかれを眺め、鶴太は胸の中でつぶやいた。

薄暗い牢屋敷の梁天井に、大きな嚔《くしゃみ》の音が一つひびいた。

三

「旦那さまになにをもうし上げたいのやな。わけのわからんことを、いいおってからに——」

鯉屋の帳場で、六角牢屋敷から店にもどってきた鶴太を、下代の吉左衛門が叱りつけていた。

「下代はんにかて、一口では説明できしまへん。六角牢屋敷のあれは、なんかおかしおすわ」

「なにがおかしいのか、それをわたしにきかせなはれ。ただおかしいおかしいと苛立《いらだ》っているだけでは、なにもわからしまへんやろ。一口で説明できんでも、ぼつぼついうたら、旦那さまでのうても、わたしにかて理解できます。鶴太、おまえわたしを虚仮《こけ》にしてますのやな」

「いいえ、そんな気持は少しもありまへん。うちはただ旦那さまが、その場に居合わせてはりましたさかい、ようわかってくれはるはずやと、いうてるだけどす」

二人がいい争っているところに、六兵衛とともに銭湯に出かけていた菊太郎が、ひょっこりもどってきた。

菊太郎たちは途中、昼間からどこかでいっぱい引っかけてきたのか、酒の匂いをさせていた。

「吉左衛門、鶴太となにを揉《も》めているのじゃ。店の表までいい争う声がきこえているぞよ」

「若旦那さま、これはお帰りなさいませ。この鶴太が、牢屋敷の民吉はんに、牢扶持をとどけに行ってきたんどす。そしてもどってくるなり、町奉行所の詰番に出かけてはる旦那さまに、注進《ちゅうしん》せなあかんことができたと、意気ごむんどすわ。それはまあええとしても、その理由をたずねたかて、わたしではわからへんと生意気をいい、どうにもならしまへん」

日ごろからおとなしい吉左衛門は、味方を得たとばかり、菊太郎に訴えた。

「鶴太、源十郎に注進せねばならぬとは、容易ではないな。吉左衛門の耳には入れられぬことか――」

菊太郎は土間に草履《ぞうり》を脱ぎ捨て、帳場に上がってきた。

猫のお百がにゃあごと鳴き、かれの足許に歩み寄った。

「吉左衛門はんの耳に、入れられんことではありまへん。けど旦那さまやったら、あまりくどくど話をせんかて、すぐわからはるからどす。吉左衛門はんを虚仮にしているのでも、ばかにしているわけでもありまへん」

鶴太は菊太郎の姿を見て落ち着いたのか、急に語気をゆるめて答えた。

「源十郎ならどうしてすぐわかるのじゃ」

「いまも吉左衛門はんにいいましたけど、旦那さまはうちといっしょに、その場にいてはったからどす」

「その場とは、いったいどこなのじゃ」

菊太郎は鶴太をなだめるようにたずねた。

「それは三条小橋から少し西にきた一膳飯屋どす。三日前、うちは旦那さまのお供をして出かけ、雪に降られ、確か大和屋という店に立ち寄ったんどす」

「そこで源十郎となにを食べた」

「うちはごった煮汁、旦那さまは熱燗に煮物。菊太郎の若旦那さま、そんな食い物のことなんか、関係あらしまへんがな」

「そう、そうじゃな。それでその大和屋とかもうす一膳飯屋で、何事があったのじゃ」

「へえ、年は四十歳前後、旅姿のお客はんが、銚子を誤って土間に落して割らはったんどす。そしたらその店の小僧はんが、割った銚子の代金を、まどしてほしいと請求しはりました。それでそのお客はんが、わしは四年目にやっときた客、この店は客が粗相して割った器の代金を、まどしてほしいというまでになり果てたのかと、ひどく立腹しはったんどす。そのあまり、まどしさえすればええのかと怒鳴り、近くの飯台の銚子などを、土間に叩きつけて割らはったんどすわ」

「鶴太、そういうのは気持の問題、客の怒るのも、わからんでもありまへんなあ」

「吉左衛門はん、そうどっしゃろ」

「客が誤って割った器の代金を払ってくれとは、食い物屋ではあまりきかぬ。なかなかの強欲じゃわ」

「菊太郎の若旦那さまもそう思わはりますか」

「ああ、わしでもあからさまにさよう請求されたら、腹立ちまぎれに、銚子を叩き割ってやるわい。だが問題はそのあとじゃな」

「はい、そんなんで店の中が大騒ぎになったとき、町のならず者が店に現われたんどす」

「仲裁に入って銭にするためかな――」

「いや、そんなんとはちがうようどした。ならず者たちはその店で、わが物顔に振る舞うてましたわ」

「源十郎はそれを見て、見ぬふりをしていたのじゃな」

「へえ、旦那さまは、店の稼業は公事宿でも、頼まれてもいいへんのにしゃしゃり出られしまへん。子どもが争うているわけやなし、あとはあの連中と男の双方で、話がまとまりまっしゃろと、いわはりました。旦那さまに悪気があったわけではありまへん」

吉左衛門にたずねられてもいい渋《しぶ》っていた鶴太が、菊太郎にはいつの間にか、すんなり明かしていた。

それだけに吉左衛門は苦々《にがにが》しげな顔だった。

鶴太は大和屋の一件を語りながら、源十郎をかばう口調になっていた。

「それで鶴太、そなたは六角牢屋敷で、なにを見てきたのじゃ」

菊太郎が単刀直入にたずねた。

「銚子を割らはったお客はんが、民吉はんが閉じこめられてる西牢の隣りに、入れられてはったんどす。暗い目付きで、牢屋敷の梁天井を見上げてはりました」

「吉左衛門、銚子を叩き割ったその客、さてはならず者とやり合い、誰かに怪我でも負わせたのかな。それとも町奉行所の者が駆けつけたところ、お尋《たず》ね者とわかり、捕らえられでもしたのだろうかなあ」

「若旦那さま、そらちがいまっせ。お尋ね者どしたら、事を荒立てて人目を引かしまへんわいな」

「いわれてみればもっともじゃ。鶴太、その旅姿の男、やくざ者には見えなんだか——」

「いいえ、そんな風ではありまへん。旅姿で脚絆《きゃはん》をしてはりましたけど、はっきり堅気《かたぎ》のお人どした」

「並みの堅気の男が、いくら立腹したとて、まどせばよかろうといい、銚子や器を叩き割るとは、まあ考えられぬ。男にそうさせるなにか深い理由が隠されているはず。四年目の客だともうした男、その店とどうやら仔細《しさい》がありそうじゃな。割った器の代金も、さしたる額ではなかろうしなあ。それにしても、牢屋敷に放りこまれているとは、少し大袈裟《おおげさ》な扱いじゃわい」

「菊太郎の若旦那さま、きな臭《くさ》いものが感じられるんどすか」

「ああ、わしの勘では、なんともきな臭いわい。四年目の客の言葉と、この店は客が粗相して割った器の代金をまどしてほしいというまでになり果てたのかと、立腹したところが、どうも気にかかってならぬ。その大和屋、ならず者たちともおそらく曰《いわ》くがあるな」

「確かに。銚子や鉢をたとえ何十個割ったかて、たかがしれてますわなあ。ならず者たちに、頬っぺたを二つ、三つこづかれ、番屋に突き出され、そこで詫《わ》び金を払えばすみますわいな。それが牢屋敷にとは、だいぶ変どす。酷《ひど》すぎまっせ。若旦那さまがきな臭いといわはるのも無理ありまへん」

「この店の主は源十郎。わしの一存では計りかねるが、銕蔵の奴に、牢屋の男のことを調べさせ、何事もまずそこからはじめるのが筋道じゃ。ついては鶴太、そなたも焦《じ》れており、これは急いだほうが得策であろうゆえ、東町奉行所までひと駆けいたせ。そして牢屋の男の名と、なぜさようなところに捕らえられているのか、わしが探ってほしいと頼んでいると、銕蔵に伝えるのじゃ。わしはいまからその大和屋に、ちょっと様子をうかがいにまいる。夕刻には源十郎ももどってこようし、その頃にはおおよその事情がわかるだろうよ」

「菊太郎の若旦那さまが、きな臭いといわはるのどしたら、もうそれに決まってます。うちは早速、銕蔵の若旦那さまのところへ行ってきますわ」

「いまの月番は東ではなく、西町奉行所。くれぐれも内密に動くように、銕蔵にもうすのじやぞ」

「へえ、わかりました」

鶴太は吉左衛門に微笑《ほほえ》み、立ち上がった。

つぎに菊太郎が、いつの間にか膝に乗っていたお百を、ひょいと両手で抱き上げ、床《ゆか》に置いた。

「折角、心地よさそうに眠っているところを、すまぬなあお百。わしも呑気《のんき》にしているように見えながら、実はなかなか多忙でな。奥の竈《かまど》のそばにでもいれば、邪魔にはされぬぞよ。さようにいたすがよかろう」

菊太郎も土間に下りて、草履をひろった。

「ああ、そうじゃ。六兵衛どのを誘ってまいろう」

かれは土間に立ったまま、階段口から二階に、六兵衛どの、六兵衛どのと声を張り上げた。

「菊太郎の若旦那さま、なんでございます」

公事宿泊りの六兵衛も、店の者に倣《なら》い、かれを菊太郎の若旦那さまと呼んでいた。

「銭湯からもどり、ひと眠りしたい気分であろうが、わしに少し付き合うてくださらぬか。遠くで悪いが、ちょっと三条木屋町の近くまで、酒を飲みにまいる用ができたのでござる」

「酒を飲みに行く用とは、結構どすがな。さような付き合いなら、わしは近江国でも美濃国にでも、ごいっしょさせていただきまっせ」

六兵衛は湯を浴びさっぱりした顔を、階段口からのぞかせた。

「若旦那さま、銭をお持ちどすか――」

「いくらか持っておるが、吉左衛門、くれるのであれば、もらってまいる」

菊太郎は、吉左衛門が銭箱から急いで取り出し、上がり端《ばな》に持ってきた小粒金を、いくつか受け取った。

「されば出かける」

「お腰のものは――」

「それまでは要《い》るまい。脇差だけで十分じゃ。せめてこれはないと、腰の落ち着きが悪いのでなあ」

かれは小者の態度でひかえた六兵衛をうながし、鯉屋の表戸を開け、外に出ていった。

夕方になってから、また雪が降りはじめた。

「佐之助、店の暖簾を取りこみなはれ。旦那さまが、風邪を引いたらあかん、今日は早仕舞いやというてはります」

先ほど、源十郎が町奉行所からもどってきた。そして鶴太から、一膳飯屋の大和屋で四年目の客だといい、銚子を叩き割った男が、六角牢屋敷の西牢に閉じこめられていることを、すぐさま告げられた。

「若旦那がきな臭いといわはり、大和屋へお出かけやとは、鶴太の話をきいたらもっともや。わたしは片方がならず者たちでも、双方が大人やさかい、そこそこ決着がつけられるものと、高《たか》をくってました。けどそれは、見込みちがいやったんやなあ。鶴太がそれですみますやろかと案じてたけど、全くその心配通りになってしもうたわ。公事宿の主でも、頼まれてもいいへんのにしゃしゃり出られしまへんと、わかったような口を利きました。けどあれは取り消さなあかんわい。これはほんまに、負うた子に教えられじゃ」

「旦那さま、うちはそれほどの考えで、いうたんではありまへん」

中座敷の源十郎の前で正座した鶴太は、自分でも意外なことの発展に驚き、むしろうなだれていた。

「それにしても若旦那は、あの一膳飯屋でなにを探らはるつもりどすのやろ」

「鶴太、そら旅姿をしたその四年目の客が、銚子をいくつも叩き割るほど腹を立てた理由、つまり一膳飯屋とのなんらかの関わりやろ。また話し合いで解決する小さな揉め事のはずが、なんで西牢に閉じこめられているのか、その経緯《いきさつ》もつかまなならんわいな。そやけど旦那さま、男が大牢ではのうて、西牢に入れられているのはちょっと変どすなあ」

手代の喜六が、源十郎につぶやいた。

「西牢は、だいたい公事宿がらみのお人たちばっかりのはずや。独居房《どっきょぼう》の西牢では、人目があらしまへん。悪くしたらこれは、誰かにこっそり始末される恐れも考えられます。もしそないなことどしたら、わたしと鶴太が居合わせたあの一件の背後に、それだけ後ろ暗い事情が、隠されているというこっちゃ」
十八、十九畳半の大牢には、多くの人々が収容され、当然、牢名主《ろうなぬし》もいる。男をこの大牢に入れれば、多数の目があり、手出しは不可能。一方、西牢では、何年かに一度、収容者が急死する変事が起った。
所司代や町奉行所とは別な組織のもとで運営されている六角牢屋敷でも、どこからか暗い指図が、とどいたりするのである。

四座雑色の総代といえども、それにはしたがわざるを得なかった。

「もしそうなら、あの男はん大変でございますがな――」

「菊太郎の若旦那は、そんな恐れを嗅《か》ぎつけたさかい、銕蔵の若旦那の許《もと》に、おまえを走らせはったんやわ。二人の若旦那は、どんな裏話を持ってきはるんやろなあ」

「旦那さま、うちは大和屋であの男はんを見てますさかい、いまにもなにか起ったらと、案じられてなりまへん」

鶴太は西牢の男と、いわば最も接しているだけに、腰を浮かせるほど心配そうな顔になっていた。

「今夜、今夜だけ無事にすんだら、このわたしがなんとかしてやります。喜六、今夜だけ無事にすぎてほしおすなあ」

源十郎は鶴太にではなく、喜六に話しかけた。

かれには主の源十郎がどんな手を打つか、だいたいわかっていた。

表の土間から、佐之助が店の黒暖簾を取りこんだ気配が伝わってくる。

そのとき、銕蔵の若旦那さまと、吉左衛門がかれを迎える声がとどいてきた。

店や中座敷がにわかにあわただしくなった。

「源十郎、兄上どのはどこじゃ」

中座敷の襖《ふすま》が手荒く開かれ、田村銕蔵の姿が現われた。

「銕蔵の若旦那さま」

「兄上どのはおいでにならぬのか」

「西牢の男について探るため、三条の一膳飯屋にお出かけになりました」

源十郎が、まあ火鉢のそばに坐っておくれやすと、かれをうながし、鶴太に熱い茶をと命じた。

店仕舞いをすませた吉左衛門も、銕蔵のあとにつづいてひかえた。

「若旦那さま、なにかわかりましたか」

「西牢に放りこまれているのは、丹波の立杭《たちくい》の男で、名前は藤蔵《とうぞう》ともうす。深い仔細はまだ知れぬが、人を傷つけたのでも、無銭で飲食したわけでもない。西町奉行所同心の坂田宗三郎《そうざぶろう》どのが、町代《ちょうだい》の笹屋喜右衛門《きえもん》に頼まれ、町奉行所を通さず、お牢に預けたことだけが判明したわい」

「奉行所を通さずお牢に入れるとは、あってはならない無茶でございますがな」

すかさず喜六が大きな声で非難した。

「ときにはさような無法もまかり通る」

「西町の坂田さまいうたら、あまり評判のようないお人でございましたなあ」

源十郎がぽつんとつぶやいた。

「坂田どのは六角牢屋敷の小者に、わしだけで内々、調べたいことがあるともうしたそうじゃ」

「いっそ銕蔵さまが、真正面からぶつかってくれはったらどないどす」

「わしもさよう考えぬでもない。されど、町奉行所を通さずにいたした事柄。それだけに西町奉行所や六角牢屋敷の連中から、怪我人の出る恐れがあり、それはやはりむずかしいわい」

「笹屋喜右衛門は、河（川）原町筋で金物問屋を営む商人《あきんど》でございましたな」

「町代をつとめながら、笹屋の評判もはなはだよろしくない」

銕蔵は鶴太の運んできたお茶を、熱そうにすすり、苦々しげにいった。

町代は四座雑色と同じく、幕府の京都支配の末端をにない、権力機構に属する存在だった。同心と町代から強く依頼されれば、牢屋敷を管理する四座雑色も、町奉行所に無断で、罪人とは見えない人物でも預からねばならない。京都の六角牢屋敷の運営は、そんなところに、江戸や大坂の牢屋敷とは異なる曖昧《あいまい》さをそなえていた。

「若旦那さま、町奉行所を通さへんのどしたら、反対にこっちかて、どないにでもなりますわなあ」

「どないにでもなるともうし、源十郎、いかがするつもりじゃ」

「それはこのわたしやのうて、菊太郎の若旦那さまが決めはりますわいな。大和屋で手掛かりが得られなんでも、同心と町代がつるみ、牢屋敷を勝手に用いたというだけで、わたしらはどんなふうにでも動けますさかいなあ。明日はわたしと菊太郎の若旦那さまが、六角牢屋敷に出かけます。そしてひと芝居《しばい》打ってでも、丹波の藤蔵はんを、ここに引き取ってくることになりまっしゃろ。わたしも公事宿の主。牢屋敷から公事宿預けにしてもらうぐらいの横着は、させていただきまっせ。鯉屋の座敷牢なら安全どすさかい。あの大和屋と近辺の家々の変り工合、いまになって考えれば、やっぱりおかしおすわ。わたしの鼻にも、きな臭いどころか人間の腸《はらわた》の腐《くさ》った臭《にお》いが、ぷんぷんしてなりまへん。これはほんまどっせ――」

源十郎は、銕蔵の腑甲斐《ふがい》なさを非難する口調だった。

「菊太郎の若旦那さまのおもどりは、やはり遅うおすやろか」

きまずくなった雰囲気を和らげるように、吉左衛門が二人に問いかけた。

「若旦那のことどすさかい、どないなるかわからしまへん」

鶴太がぶすっとした顔でつぶやいた。

源十郎もかれも、牢屋に閉じこめられた男が、今夜にでもこっそり始末されるのを恐れていたのである。

四

六角牢屋敷の中は、寒々としていた。

漆喰《しっくい》の土間が厳しい冷気をただよわせ、冬期には獄舎に収容された人々を、震え上がらせるのであった。

長い土間のむこうから、薄い火明りに照らされ、田村菊太郎が歩いてくる。

幾度か牢扶持を運んできたが、今日は思い入れ深く暗い梁天井を眺め上げ、ゆっくり西牢に近づいた。

後ろには、鍵役小頭《かぎやくこがしら》と二人の雑色が、手燭《てしよく》をたずさえつづいていた。

夜中、にわかな足音をききつけ、薄い布団にくるまっていた収容者たちが、起き出してきた。太格子に顔を押し付け、何事だと問いたげにじっと見ていた。

「田村さま、ほんまにそんなことをしはって、ええんどすか。あとがどうなっても知りまへんで。わしらはもう恐ろしゅうおすわ」

鍵役小頭の甚助《じんすけ》が、鍵の束をがちゃがちゃさせ、菊太郎の顔色をうかがってたずねた。

「そなたたちに一切、迷惑はかけぬわい。そなたたちはこのわしを、藤蔵とやらもうす男の牢に、ただ閉じこめてくれればよいのじゃ。あとで役頭にでも詰問されたら、わしに脅《おど》され、やむなくさようにしたと、弁明いたすのじゃな。西牢の藤蔵、あれは町奉行所から正式に押送《おうそう》され、ここに入れられたのではないと、説明したであろうが。わしは藤蔵の身を案じ、今夜、同じ牢でともにすごす考えなのよ」

「そんな妙な話がありますやろか」

「わしが嘘をつくはずがあるまい。明日になれば、公事宿鯉屋の主源十郎が、必ずわしと藤蔵を迎えにまいる。この一件、なにしろ急を要し、こうするよりほかに手段《てだて》がないのじゃ。

所司代や町奉行が、わしのやることに文句はつけまい」

「へえ。田村さまには特別のお計らいをいたせと、常々、命じられております」

「ならばそれでよい。西牢の藤蔵が、夜が明けたら首をくって死んでいたとなれば、そなたたちはいかがいたす。誰かに殺され、さよう見せかけられるかもしれぬと、わしはもうしているのじゃ」

「そんなん、わしら困ります。そら濡《ぬ》れ衣《ぎぬ》どすわ」

「わしはそなたたちがいたすとは、もうしておらぬぞ。深読みいたすまい。人の目を盗み、とんでもないことが起るのが、この世の中じゃわい」

「仰せの通りでございます」

小声で話を交し、菊太郎と甚助たちは、西牢の一つに到着した。

雑色の一人が手燭をかざし、牢屋の中をうかがった。

淡い光が、布団から起き出した藤蔵を、ぼんやり浮かび上がらせた。

四つ半（午後十一時）すぎのこんな時刻、なにがあったのだといいたげなかれの顔付きであった。

「丹波の藤蔵じゃな」

菊太郎は低い声でたずねた。

「へえ、藤蔵どすけど——」

「わしは田村菊太郎ともうす。表向きは公事宿の居候。だが町奉行所の意向も受け、内々で勝手に事件の探索も果している。ともかく開けろ」

菊太郎は小声でささやき、甚助に牢屋の鍵を開けさせ、素速く牢内に身体をすべりこませた。

「甚助、これは寒い。布団を二枚、急いで持ってきてくれ。それに手燭と百匁《ひゃくもんめ》ろうそくを二本じゃ」

「かしこまりました」

甚助はすぐ牢屋の扉を閉め、がちゃんとまた海老錠をかけた。

見知らぬ来訪者を迎え、藤蔵はわけがわからないまま、顔にはっきり脅《おび》えを浮かべていた。

「お侍さま、こんな真夜中、どうしはったんどす」

「藤蔵、なにも案じるまい。わしはそなたの味方じゃ。そなたに危害がくわえられる恐れがあるゆえ、警護のため、夜中に敢《あ》えてこうしてきたのよ」

甚助が差し入れていった手燭の明りをはさみ、二人は向き合った。そして菊太郎は、厚い板壁に背をもたれさせて距離をおき、害意のないことを藤蔵に示した。

「それはありがとうございます。けど、わしにはなにがどうなっているのか、皆目わからしまへん」

藤蔵は薄布団の上に坐り、身体を上布団でおおい、まだ脅えを残した目で、菊太郎に愚痴った。

「さよう、さようであろう。わしとてかような事態は、考えもつかなんだわい。悪人を懲《こ》らしめるべき役目を負うた者たちが、悪事を隠蔽《いんぺい》する目的で、権威を笠《かさ》に、そなたを牢屋に閉じこめるなど言語道断。わしは先ほどもうした通り、そ奴らの手からそなたを守るため、推参したのじゃ。もう案じるまい」

それから菊太郎は、隣りの牢に公事宿鯉屋が弁護を引き受ける民吉がいることや、大和屋で藤蔵が銚子を土間に叩きつけたとき、その鯉屋の主源十郎と丁稚の鶴太が、居合わせていたことなどを語った。

「鶴太の奴が、そなたがここに閉じこめられていることに不審を抱き、わしたちにおかしいと告げたのよ。そこでわしは、大和屋へ酒を飲みに出かけ、そなたがなぜ捕らえられたのか、おぼろげながら察しをつけたわけじゃ。店の鶴太が隣りに牢扶持を持ってまいり、そなたを見かけたのが幸い。そうでなければ、そなたは闇に葬《ほうむ》られていたかもしれぬ。危ういところであったわい」

菊太郎は甚助がすぐに運んできた薄布団で身体をおおい、百匁ろうそくに両手をかざした。

「あのあと、町奉行所のお役人さまが大和屋にきはり、別に駆けつけてきた町番屋の若い衆と、わしの身柄《みがら》について、ちょっといい争いをしはりました。そしてとりあえず、わしを牢屋敷に預けると決め、ここに入れられた次第どす」

「町番屋の若い衆は、弥之助《やのすけ》ともうすが、その弥之助が駆けつけたのも幸運であった。さもなければそなたは、町奉行所の同心に手向かいしたとの理由をつけられ、有無をいわせず、斬り殺されていたであろうよ」

「町奉行所のお役人さまが、なんでそんな無茶をしはるんどすな」

「それはそなたが、大和屋の四年目の客だからじゃ。大和屋は近辺の土地とともに、町代の笹屋喜右衛門に乗っ取られた。そして西町奉行所同心の坂田宗三郎とならず者たちは、その喜右衛門から、なにかと甘い汁を吸わされているのよ。大和屋は以前と同じ一膳飯屋だが、店の主が代ってから、客扱いもひどく悪くなった。強欲な喜右衛門の指図を受けているからじゃ。そなたが店で暴《あば》れ、司直がそれを調べはじめたら、笹屋喜右衛門のこれまでの悪巧《わるだく》みが、それを糸口に白日の下に晒《さら》される。やつらにそれは不都合。急いでそなたの口をふさがねばなるまい。かれらの悪事は、おそらくこの件だけではなかろうしなあ」

菊太郎は手短に推測を語った。

「大和屋の前の旦那さまは、どないしはったんどす」

「御池の裏長屋に住み、生きてはおられるが、気の毒にも中風で寝付いたまま、口も利けぬありさまというわい。独り娘に婿を取り、楽隠居でもしようとしていた矢先、その娘が何者かに犯され、あげく首をくってしまった。されば悲嘆のあまり倒れるのも、無理はないわい。おそらくその娘は、喜右衛門の仕掛けた罠《わな》に、引っかかったのであろう」

「大和屋の旦那さまは、嘉吉《よしきち》といわはりました。わしには恩人。慈悲深いお人でございました」

「慈悲深いのも結構だが、世の中は善人ばかりではないぞよ。それでおよそのことは察せられたが、そなたと大和屋の嘉吉とは、どんな縁で結ばれているのじゃ」

「へえ、わけをいうたら長くなりますけど、まあきいておくれやすか。わしは丹波の立杭で陶工をしてました。けど博打《ばくち》で借りがかさみ、一家して夜逃げし、京にやってきたんどす。四年前の冬のことで、腹を空かせ、大和屋でただ飯を食うたのでございます。そのとき嘉吉の旦那さまから、なにがあっても逃げてはあきまへんと、懇々《こんこん》と意見をされました。それで家族は立杭に帰し、わしは近江の信楽《しがらき》にまいり、死んだつもりでまた、下働きの土こねからやきもの作りの仕事をさせてもらったんどす。国許に稼いだ金を送りつづけて四年目、やっと暮しの目処《めど》も立ち、丹波に帰る途中でございました。大和屋の旦那さまに、一言お礼をもうし上げるつもりでいたんどす。けどなんや店のようすが変で、割った銚子の代金を払えていわれ、あんなありさまになった次第でございます。やきものを焼いている職人が、やきものを叩き割るのは、正直、辛《つろ》うおした」

藤蔵はやっと安心したのか、菊太郎に自分の身の上と、大和屋との関わりを語った。

「陶工がやきものを叩き割るのは、いくら腹立ちまぎれとはもうせ、そうであろうな。笹屋喜右衛門や坂田宗三郎たちの悪事も、思いがけないところから漏《も》れ出したものじゃわ。ともかく、わしがここにきたかぎりもう大丈夫じゃ」

「どう大丈夫なんどす」

「明日には公事宿の主が動き、そなたは晴れて牢屋から出される。それで、そなたを闇に葬ろうとした連中は、腹を切るなり逃げるなりいたそうよ」

笹屋喜右衛門は、のらりくらりと詭弁《きべん》を弄《ろう》し、悪行を認めるまでに手間がかかるだろう。だが同心の坂田宗三郎は、立場上、あっさり腹でも切り、自分の始末をつけるにちがいなかった。

百匁ろうそくが点《とも》っているせいか、冷たい牢の中も、いくらか暖かかった。

おそらくいまごろ、喜右衛門と坂田宗三郎は、この急場をどう切り抜けるかあれこれ鳩首《きゅうしゅ》しているはずである。

もっとも、問題をうやむやにする方法が、一つだけ残されていた。

それは六角牢屋敷に火を放つことだった。

火事になれば、在牢者は再び集まる場所と期日を指定され、解き放たれる。

その混乱をねらい、藤蔵を斬り殺せば真相は闇の中。かれらは罪から逃れられる。

だが菊太郎は、こんな企《たくら》みもあり得ると考え、念のため鋳蔵と計らい、牢屋敷のまわりに警戒の人を配していた。

「捕らえるのじゃ、殺してはならぬぞ」

外で大きな叱咤《しった》の声が起り、焦げくさい臭いがしたのは、そのときだった。

あわただしい声と足音が、入り乱れてきこえた。

薄暗い牢の中が、騒然となってきた。

「落ち着け、落ち着くんじゃ。牢屋敷への付け火らしいが、火はもう消し止められたわい」

牢中に甚助の大声がひびき渡った。

廓《くるわ》の仏

一

梅が蕾《つぼみ》をふくらませている。

北野天満宮の境内《けいだい》から、鳩《はと》の群が初春の空にぱっと飛び立っていった。

大鳥居から楼門までの参道の左右に、大小の石灯籠《いしどうろう》がずらっと並んでおり、市蔵《いちぞう》は陽溜《ひだ》まりになるそこの大きな石灯籠の切り石に、もたれかかっていた。

そして空に飛び立った鳩の行方を、ぼんやり目で追った。

かれは北野遊廓《ゆうかく》随一の遊女屋「林屋」で風呂焚《ふろた》きをかね雑用を果しているが、店に出かけるまでには、まだ半刻（一時間）ほど余裕があったのだ。

かれのそばに安五郎《やすごろう》が腰を下ろしている。

安五郎は、北野松梅院裏のぼろ長屋に、市蔵と隣り合わせに住む住人。やはり北野遊廓で遣《や》り手婆《てばば》として働くお常《つね》に食わせてもらい、いつも腰痛を嘆いている男だった。

「あのお常は、昔、わしが店に通いつめて馴染《なじ》んだ女子なんやわ。店で客に相手にされんようになってからは台所で働き、つぎには遣り手婆として、女子の面倒見《めんどうみ》や客引きをしてんねん。わしに銭があった若い頃、身請《みう》けして世帯を持てたらよかったんやけど、稼いだ銭を溜めて、あれの許に通うのが精一杯。そのうち、いつかこないな歳になってしもうたんやわいな。左官《さかん》仕事なんかしてて、大金の溜まる道理がないさかいなあ。わしはいまお常に、お情けで食わせてもろうてるようなもんや」

左官は家の壁を塗《ぬ》る作業をいう。

腰痛が持病となって以来、手伝い仕事もできなくなっていた。

「おまえはええなあ。まだ足腰が丈夫で——」

安五郎は口癖のように市蔵をうらやみ、なにかと親しくしてきた。

だが一人住まいをしている市蔵は、自分の経歴などくわしいことは全く語らなかった。

「市蔵はん、わしらなんで生きてるねんやろなあ」

安五郎が、左手で腰をかばいながら身体を動かし、市蔵に疑問を投げかけてきた。

「そんなん、わしにもわからへん。いうたら死ねんさかい、仕方なく生きてるのとちゃうか。この世でわしらは、用なしで穀潰《ごくつぶ》しみたいなもんや。居てもいんでも、どうということもないわい」

市蔵は白髪《しらが》まじりの鬢《びん》を黒い爪《つめ》の指で掻《か》き、自嘲《じちょう》ぎみにつぶやいた。

「そやけど暖かいお天道《てんとう》さまの陽を、こうしてのんびり浴びてると、つくづくいま生きているんやなあと思うわ」

「安五郎はん、それはおまえの感じ方で、このお天道さまの陽を、何事もなくぬくぬく浴びてるのを、もうしわけないと思うている男も、いるかもしれへんねんで――」

「それは自分のことかいな」

安五郎は眉をひそめ、市蔵の顔をうかがった。

「そうかもしれん。わしは因果応報《いんがおうほう》について考えているんじゃわい」

「お、おまえ、なにか後ろ暗いことをしてきたんかいな」

「けっ、そんなこと迂闊《うかつ》に話せるかいな。わしが人を何人も殺してきた凶状持《きょうじょうも》ちのなれの果てやと打ち明けたら、おまえ困るやろな。まあわしは凶状持ちではないもんの、それに似てるかもしれへん。やっぱり死ぬ勇気がないさかい、生きてるんのやろなあ」

市蔵の凶状持ちとの言葉で、一旦、身体を退《の》かせた安五郎が、やれやれといった表情で、またかれに顔を寄せてきた。

飛び去った鳩の一群が、二人の頭上で輪を描いていた。

「市蔵はん、いまいわはった因果応報とは、人の行ないの善悪に応じて、その報《むく》いが必ず現われるということやろ。わしは度胸がないさかい、さほど悪いこともようせんかったけどなあ」

「妓楼《ぎろう》で働いてはったお常はんに入れ上げてきたさかい、腰痛持ちの貧乏暮しでも、お常さんのおかげで、楽隠居《らくいんきょ》ができてるのとちがうか。それでええのやがな」

「そういわれたらそうやわなあ。まあわしの行ないは、分《ぶん》に応じてたんかもしれん。そやけど市蔵はん、わしお常から、こんな話をききましたで。五辻《いつつじ》の呉服問屋の総領息子が、親父はんが死なはってから遊蕩三昧《ゆうとうざんまい》。何年も何十年もそれをつづけ、商売の株も家屋敷も人手に渡し、嫁はんにも逃げられてしまわはったそうどす。それでもまだ目が覚めんと、あっちこっちに不義理《ふぎり》を重ね、よそに嫁いだ姉さまが、そのつど尻拭《しりぬぐ》いをしてはったというわいな。ところがそのどら息子、あげくは太閤《たいこう》はんが行かはった有馬の湯で、ぽっかり浮かんでいたそうなんやわ。そこの湯の中で、突然に死んだんやなあ。葬式に集まったお人たちが、あのどら息子がさんざん苦しんで死ぬならともかく、湯治場《とうじば》の湯の中でぽっくり死ぬのは極楽往生。こんな理不尽《りふじん》なことはないと、腹を立ててはったんやて。こんなん、どないしてなんやろ。神さまや仏さまは因果応報いうてるけど、ときにはまちがえはる場合もあるのかいなあ」

　安五郎はお常が店に出かけるため、そろそろ自分のもどりを気にしているはずだと思いながら、つい最近、彼女からきかされた客の話を市蔵に語った。

「そのどら息子はいくつやったんかいな」

「五十ちょっとすぎやて。遊びが身についてしまい、とうとう最期まで、身持ちが改まらんかったそうやわ。そやのに、有馬の湯にのほほんと浸《つ》かりながら死ねるとは、ほんまに理不尽。因果応報の道理に、なんとも合わん話やがな。迷惑をかけられっぱなしの親戚縁者は、憤懣《ふんまん》やるかたないわなあ」

「そら安五郎はん、ものも考えようなんとちがうか。そのどら息子、人さまには不義理を重ねてきたかもしれんけど、前世でよっぽど善根《ぜんこん》を積んできはったんやわ。こう考えたら納得いきまへんか」

「前世でよっぽど善根、へえっ、確かにものも考えようどすなあ。やっぱり因果応報どすかいな。こらええ話をきかせてもらいました。急いで長屋にもどり、お常の奴にいうてやりますわ。お常もお客はんに、さっそくその話を披露《ひろう》しまっしゃろ。阿呆《あほ》らしいといわれるかもしれまへんけど、やがてはそんなところで、納得せななりまへんやろなあ」

安五郎は腰をいたわりながら、灯籠の陽溜まりから立ち上がった。

「わしはもうちょっとここで休んでから、林屋に出かけさせてもらいます」

「そしたらわしは長屋に帰ります。林屋へは、気をつけておいでやっしゃ」

安五郎は市蔵に言葉をかけ、おぼつかない足取りで、北野松梅院のほうに消えていった。

松梅院は徳勝院、妙蔵院とともに北野三祠官院《しかんいん》の一つ。鳥居前町の北にあり、明治維新の直後、廃院にされた。

このあたりの東から南には織物屋が多く、東の堀川までの小路を歩けば、どこからでも機《はた》の音がきかれた。

また北野天満宮の南には、北野遊廓がひろがり、京で一、二を争うほど繁盛していた。

北野天満宮をひかえているのと、愛宕山参詣《あたごやまさんけい》の道筋に当るためであった。

市蔵は視界から安五郎の姿が消えたあと、所在なさそうにまた空を見上げた。

境内には松がたくさん植わっている。

かつては北野の松原ともいわれたものだった。

松と松の間に天幕を張る。

太閤秀吉が天下に命じて開いた「北野大茶会」は、一日だけで突然終えられてしまったが、全国から馳《は》せ参《さん》じた大名や茶湯者《ちゃのゆしゃ》たちが、この松原にそれぞれ天幕を張ったり、にわか造りの茶室をもうけたはずだった。

——わしは死んだ気分で、なににも心を動かさず、妓楼で風呂焚きをしている。死ぬ度胸がなく、仕方なく生きているのやさかいなあ。わしは卑怯《ひきょう》な意気地《いくじ》なしで、ほんまにこの世の穀潰しじゃ。

市蔵は胸の奥で哀しくつぶやいた。

このとき、松原の中でわっと歓声が上がった。ここは近くの子どもたちには、恰好の遊び場でもあったのである。
七、八人の子どもたちが、口々になにか叫びながらこちらに近づいてくる。
小柄な八歳ぐらいの男の子が先頭を駆け、あとはそのかれを追い、市蔵のほうにむかっていた。

先頭の男の子が急につんのめり、短い枯れ草の中に転がった。

松の根瘤《ねこぶ》に足をとられ、転倒したのだ。

急いで立ち上がろうとする小柄な男の子に、あとの子どもたちが殺到し、まわりを取り囲んだ。

「やめてえな――」

起き上がりかけた男の子が、悲鳴に近い声でみんなに訴えた。

「なんで逃げるんじゃ。そんなもんけちけちせんと、新之助《しんのすけ》ちゃんに貸したったらええやないけえ」

餓鬼大将《がきだいしよう》らしい腕白《わんぱく》な顔付きの子どもが、小柄な子に上からがなり立てた。

子どもたちの服装《みなり》は、みんな粗末な膝切りに素足。だが一人だけ、袖なしの綿入れを着て、黒足袋《くろたび》をはいた男の子が混じっていた。

どうやらそれが新之助のようだった。

ほどほどの商家《しょうか》の息子らしいかれは、小柄な子を取り囲んだ輪から少し離れ、薄ら笑いを浮かべ、経緯《いきさつ》に目をこらしていた。

誰よりも早く市蔵の姿に気づいたらしく、かれにちらっと目を這《は》わせた。

新之助が、小柄な子が持っているなにかに興味を示した。

その機嫌をとるため、餓鬼大将が忠義面《ちゅうぎづら》で、小柄な子に無理をいいかけたのだろう。

「平八《へいはち》ちゃんは、新ちゃんに貸したったらええいうけど、新ちゃんに貸したら、だいたいそれをいじくり回し、最後には壊《こわ》してしまうさかい、わし嫌やねん」

「いじくり回し、最後には壊してしまうのやと。弥吉《やきち》、おまえ壊されてしまういうけど、そんなん、初めから壊れそうやったんとちがうか」

「そんなことあらへん。この間なんか、みんなで蟹《かに》をいじくり回し、足を一本一本もいで、かわいそうに殺してしまったやないか。あんなん、あんまりやがな」

「ああ、あの蟹かいな。あれは初めから死にかけてたのやわ」

「いや、ちがうわい。わしのお母はんが、そこの紙屋川から捕まえてきたばっかしで、まだ元気やった。わしは大事に飼《こ》うたろと思うてたんや」

かれは涙声で餓鬼大将に反発した。

北野天満宮の西には、紙屋川が流れている。

紙屋川は、本阿弥光悦《ほんあみこうえつ》が住んでいたことで名高い鷹峯《たかがみね》・大谷の山々を源流として南流、やがて天神川と名を改め、桂川に合流した。

紙屋川の名の由来は、平安時代、この川辺の宿紙《しゅくし》村に紙師が住み、紙屋院の管理のもとで紙を漉《す》いていたためと、『雍州府志』は記している。

この紙は宿紙といわれ、多少墨《すみ》の色が残るため、薄墨紙、または黒紙《こくし》とも呼ばれた。これに記された宣旨《せんじ》は、「薄墨の宣旨」といわれたという。

紙屋川には、子どもたちがよろこぶ沢蟹が、たくさん棲《す》んでいたのである。

「おまえがかわいそうやと思うのやったら、お母はんが蟹を捕らえてきたとき、すぐに川に逃がしてやったらよかったやないか。口ではかわいそうやといいながら、勝手をしてたら承知せえへんでえ」

平八と呼ばれた餓鬼大将は、巧みな舌鋒《ぜっぽう》で弥吉をやりこめた。

「弥吉、平八ちゃんのいう通りやで。わしは蟹の足を一本もいだけど、触《さわ》ったらぽろっととれてしもうたんやわ。あれはおまえが飯粒《めしつぶ》で、一旦、とれたのをくっつけてたんとちがうかいな。わしにはそうとしか思われへん」

餓鬼大将の腰巾着《こしぎんちゃく》らしい青洟《あおばな》を垂らした子が、弥吉をからかうようにいうと、ほかの子どもたちがわあっと笑い上げた。

「なあ弥吉、それを新之助ちゃんに貸したれや」

「今度は壊さへん、破らへんというてはるがな。たかが紙風船やないか。そんなん、女の子が持って遊ぶもんやで——」

「弥吉、おまえが人に見せびらかすように持ってくるさかい、こんなことになるねんで。持ってきたんやさかい、みんなでついて遊んだらええがな。こうなったら、破いてしもてもしようないわ」

腕白の中には、至極《しごく》もっともな道理をまくし立てる子どももいた。

「わし嫌や。お母はんが折角《せっかく》わしに作ってくれはったもんやさかい」

弥吉は胸許を必死な顔で押さえている。

「なんやと。そんならこれから、みんなで遊んだらへんでえ」

かがみこんだ青洟の腰巾着が、いまにも弥吉の手を払いのけ、その懐《ふところ》から紙風船を奪いかねないほど険悪な顔で迫った。

「そうじゃ、そう決めたろやないか」

「その前にわしら、そんなもん持ってきて人に見せびらかす弥吉の奴を、蹴《け》ったくってやろうやないか。ついでに紙風船も破いたったらええねん」

凶暴な声が、子どもたちの輪からひびいた。

平八をはじめとしたかれらは、新之助の機嫌を取るのに、汲々《きゅうきゅう》としているようすだった。

新之助もいつしか餓鬼大将の脇にすすみ、弥吉を悪しざまに罵《ののし》っていた。

番頭はんに頼んで、おまえのお母はんに暇《ひま》を出してもろうたる、父《てて》なし子《ご》のくせに生意気な奴ちゃ、との声もきこえた。

どうやら弥吉の母親は、新之助の家で働いているらしかった。

「こらあ、おのれらは大勢でよってたかり、小っちゃな弱い子をいじめる気か——」

市蔵は石灯籠の陽溜まりから、のそっと立ち上がっていた。かれらのそばに近づき、いきなり新之助と平八の襟首《えりくび》をつかみ取り、大声で叱りつけた。

「わあっ——」

青洟の腰巾着を先頭に、ほかの子どもたちが一散に逃げかかった。

「逃げるんやない。逃げよったら、この二人の首をへし折ったるでえ」

市蔵の大声で、かれらの足がぴたっと止まった。

「おっちゃん痛いがな。放してくれや」

「餓鬼大将のくせに、なにを弱音《よわね》を吐いているんじゃい」

かれは暴れる平八の襟首をさらに強くつかんだ。

「おっちゃんごめん。わしが一番悪いんやわ。平八ちゃんの手を放したってんか」

「おやこいつ、殊勝《しゅしょう》なことをいうやないけえ。ほなら手を放したるさかい、その代りそこの湊っ垂れども、こっちにくるのや」

いきなり現われた市蔵の姿を、弥吉は目を見張って眺め上げ、身体をすくめていた。

青洟の腰巾着たちが、おずおずとこちらにもどってくる。

市蔵は新之助と平八の襟首を放し、まあみんなそこに坐れやと、指図をあたえた。

おだやかに変ったかれの顔が、みんなを安心させたのか、子どもたちは市蔵を取り囲むように坐った。

「さて、わしは市蔵いうもんや。こうして顔を見ると、みんなええ子ばっかりやないか。新之助、おまえ自分が一番悪いのやといい、餓鬼大将をかばうとは、見上げた心根じゃ。おまえがほんまのところ、一番ええ子かもしれへんなあ。そやけど、おまえのとこに奉公してるらしい弥吉のお母はんを、番頭はんに頼んで暇を出してもろうたるというのは、男として最も卑劣な科白《せりふ》じゃ。たとえ子どもでも、絶対、口にしてはいかんことなんやで。わかったなあ」

「おっちゃん堪忍《かんにん》や。わし腹立ちまぎれに、ついいうてしもうたんやわ」

「悪いと気がついたら、それでええ。やっぱりおまえは、素直でええ子なんやわ」

新之助が前髪の頭を掻き、市蔵が微笑んだのを見て、子どもたちの間に、明るい笑みが広がった。

「ところで弥吉、誰かがいうてたけど、お母はんが作ってくれた紙風船にしても、それを人に見せびらかすように持ってくるさかい、こんなふうになるねんで。おっちゃんが見てたるさかい、懐から出し、ここでみんなでついて遊んだらどうやな。もし破れてしもうたかて、お母はんは怒らはらへんのとちがうか」

「おっちゃん、わしそうするわ」

弥吉はすぐうなずき、懐から紙風船を取り出し、息を吹きこみはじめた。

「一人ひとり順番にどれだけつけるか、おっちゃんに見せてんか」

市蔵の胸の中には、近頃にない至福《しふく》な気持が満ちていた。

子どもたちがじゃんけんで順番を決め、紙風船をつき出した。

不細工だが、薄渋紙《うすしぶがみ》で作られた紙風船は丈夫で、なかなか破れなかった。

「おっちゃん、今度いつここにくるねん」

「わしやったら、毎日のようにきてるけどなあ。ああそうや、明日までにおまえらの頭数だけ、竹とんぼをこしらえてきたろ」

市蔵の言葉で、子どもたちがわあっと歓声を上げた。

同時にかれの心で二つのものが激しくゆれ、鋭い痛みが胸をつらぬいた。

二
「ちょっとそこの若旦那——」

表道のほうから、嫖客《ひょうかく》を招く女たちの声がひびいてくる。

店の表座敷（張り見世《みせ》）には、金屏風《きんびょうぶ》が広げられ、幾つも点《とも》された百匁《ひゃくもんめ》ろうそくが、まぶしく金屏風に映《は》えていた。

それを背にして女たちが、千本格子の間からしきりに嫖客を誘う。

「そらうちにかて、客の好みがあるわいさ。いけ好かん男に抱かれているときは、目をつぶって耐《た》えるしかあらへん」

「うちら自分で客を選べるほど、器量《きりょう》もようないしなあ。年季が明けるまでしっかり稼《かせ》ぎ、一両でも二両でも持って、早く田舎《いなか》に帰りたいわ」

「ここの廓《くるわ》で働いている女子はんは四百人ほど。そやけど、あんたみたいにいまも早く田舎に帰りたいと思うているお人は、少のうおすやろ。ほとんどが望みがかなえられんまま、やけっぱちになってそんな気持を失い、自堕落《じだらく》に暮したすえ、死んでいくんどす。男に惚《ほ》れられて所帯を持てるのは、ほんの一にぎり。けどそれも、やがては旦那とうまくいかんようになり、多くがまたここにもどってきはります。三十まで床働きできるのは、よっぽど丈夫なお人どす。大概それまでに身体を痛めてしまい、労咳《ろうがい》（結核）にでもなって寝付き、あげくは近くのお堂に、無縁仏《むえんぼとけ》として埋められますのや」

客の行き来のとだえた折り、遊女たちはあたりを気にしながら、小声でささやき合うのであった。

北野天満宮の東や、北野馬場通りの東西には、大小の寺が建ち並んでいた。

これらの中には、もっぱら遊廓で死んだ遊女たちの弔《とむら》いを引き受ける寺が、いくつかあったのだ。

北野遊廓で稼ぐ女たちの出身地は、丹波や丹後が約五割、近江・若狭・但馬からが約三割。あとは京都・奈良・摂津などの出で、だいたい畿内の貧しい農漁村の娘でしめられていた。

そのためどこの遊廓でも、遊女と客が互いの前途をはかなみ、心中や足抜け事件を頻々《ひんぴん》と起している。

そうした事態にそなえ、廓全体で雇っている用心棒や、各妓楼の遣り手婆、奉公人たちは、遊女と客の関係に目を配り、微妙な変化も見逃さなかった。

特定の遊女に執心する客があれば、その身許を確かめ、懐工合《ぐあい》まで探《さぐ》り出した。常に危険な破綻《はたん》にそなえていたのだ。

「わしらの役目は、お客はんに無理してまで遊びにきてもらわんよう、気をつけるこっちゃ。少々ならええけど、女子に入れ上げての無理心中や、足抜けをそそのかされるのは、かなわんさかいなあ。お客はんに、細く長く遊んでもらわなならん。そやけど、そこそこのお店《たな》の若旦那や番頭、手代やったら、ちょっとぐらいのぼせ上がってもろうてもええ。金の取りはぐれがないさかいなあ。貧乏人から金を儲《もう》けるわけにはいかへん。やっぱり金儲けは、金持相手にかぎるわいさ」

廓の用心棒や店で働く男衆《おとこし》たちは、一見、おだやかな物腰だった。

だが足抜けなどすれば豹変《ひょうへん》して、遊女たちを冷酷に扱った。

足抜けをして捕らえられた女は、ほかの遊女への見せしめのため、無残なほどひどい目にあわされる。

両手足を縛られたうえ吊るし上げられ、簓《ささら》にした竹でさんざん打ち叩かれ、さらに穴蔵があれば、そこに閉じこめられる。

食べ物も水もあたえられず、絶命寸前に穴蔵から引き上げられたとき、女は糞尿《ふんにょう》にまみれ、目も当てられないありさまになっていた。

北野遊廓は「西陣」が近いだけに、客の大半が織屋や糸屋、染物屋で働く職人たちで、妓楼の格も上下さまざまであった。

林屋は数多い妓楼の中でも屈指の大店《おおだな》。千本格子の横に、暖簾《のれん》を下げただけのほかの妓楼の店先とはちがい、玄関は唐破風《からはふ》だった。

林屋の主《あるじ》は正左衛門《しょうざえもん》といい、俗に地廻りと呼ばれる用心棒から成り上がった男。数十年のうちに大店の主となるまでには、相当、阿漕《あこぎ》なこともやってのけてきた。

だがいまでは、そんな過去の片鱗《へんりん》さえうかがわせないほど、物腰のやわらかな人物になり変り、風呂焚きの市蔵にも、荒い言葉も吐かなかった。

かれはときどき、風呂を焚きつけている市蔵の許にやってくる。

薪《たきぎ》の束に腰を下ろし、満足そうに広い庭の眺めに目を細めていた。

「島原では、堀がめぐらされて大門が構えられ、店の女子が逃げられんように塩梅《あんばい》されてる。けどこの北野遊廓では、それほどのことはしてへん。そやさかい、ここで稼ぐ女子たちも気楽やろ。この間、ご挨拶《あいさつ》に顔をのぞかせた座敷で、お武家さまがいうてはった。遊廓を一口に廓《くるわ》というのは、女子の逃亡防止のため堀をめぐらしたところが、お城の曲輪《くるわ》に似ているからやそうや。わしも一つ賢《かしこ》うなりましたわ」

「へえっ、そうどすか。昔は遊廓を、傾城町《けいせいまち》というてたんどすなあ」

「女子の色香《いろか》で、国や城を滅ぼすからやわいな。何事もそうまでいったらあかんわなあ。もっともいまやったら、家やお店どすけど。わしは幸い女子の色香に迷わんかったさかい、どうやら妓楼の主になれたんやけど、市蔵はんはどないして、その歳まできてしまわはったんや。林屋の風呂焚きになってもろたんは五年前、口入屋《くちいれや》の紹介どしたなあ。六十近いそれまで、いったいなにをしてはったんどす。一人暮しやときいてますけど、まさかその歳まで、女子の色香に迷うてはったんとちがいますやろ」

市蔵の勤めぶりは実直。人物もしっかりしている。

かれの働きは、風呂焚きといえども、林屋を支える柱の一つになっていた。

「旦那さま、そんなむごいこと、改めてきかんといておくれやす。最初にお目見得《めみえ》したとき、若い時分は渡《わた》り中間《ちゅうげん》をしていたと、もうし上げましたがな。あとはあっちこっちで手伝い仕事をして暮し、この林屋に拾っていただいたんどすわ。女子の色香に迷うやなんてとんでもない。わしみたいな銭のない男に、女子はなびいてきいしまへん。このうえは、物の用に立たんようになるまで、粗相《そそう》なくここで働かせていただき、やがては老いぼれて、北野松梅院の長屋で死ぬのを待つだけどす」

市蔵は柔和な顔の正左衛門の目が、ときに油断なくきらっと光るのを眺め、風呂の焚き口に薪を差しこんだ。

「おまえ、悟《さと》ったみたいなことをいうてるけど、妓楼の風呂焚きも、冥加《みょうが》なもんどっしゃろな」

「それはなんでどす」

「いうたら無粋どすけど、風呂の湯加減《ゆかげん》をたずねるふりで、店の女子の身体を、また女子がお客はんと戯《たわむ》れてはるのも、のぞけるからどすがな」

「旦那さま、無茶をいわんといておくれやす。そらたまたま、どないしても見聞きしてしまう場合もございます。けどわしは、旦那さまがいわはる冥加やと思うたことは、一度もありまへん。なんどしたら旦那さまに、風呂焚きを代っていただきまひょか。そない気楽な仕事ではございまへんねんで」

市蔵から立腹ぎみに反発されると、正左衛門はかれから妙な迫力を感じて、ほんの冗談《じょうだん》やとつい弁解するのであった。

「市蔵の親《おや》っさんは、渡り中間をしてきたというてる。けどあの男は、そんな小っちゃな玉ではなかったやろ。ご面相はわしに似て好々爺《こうこうや》やけど、あるいはとんでもない世渡りをしてきた奴かもしれへん。わしなんか、いわば北野という狭い井戸の中で、ぱちゃぱちゃやってきた蛙《かえる》。それでも悪いことは大概してきただけに、そんな匂いだけははっきり嗅《か》ぎつけられるのやわ。けどそれも、深うたずねる必要もないやろ。物の用に立たんようになるまで働かせてもらい、あとは老いぼれて長屋で死ぬだけやと、いうてるのやさかいなあ。あれはおそらく本音。あんな男は爺《じい》さまとはいえ、いざとなれば、えらく役立つかもしれへん。まあことんぼを作っているのである。

かれは風呂を焚きながら、暇があれば、長屋から持ってきた青い割り竹を小刀で削《けず》り、竹の林屋にふさわしいさかい、飼うとけばええわい」

市蔵の毎日は、十年一日のごとく平凡につづいていた。

そのかれにちょっとした変化が起ったのは、この一カ月余りだった。

「市蔵の親っさん、おまえなにしてんねん」

北野遊廓で用心棒をまとめる能登屋七兵衛《のとやしちべえ》の小頭団六《だんろく》は、数日おきに、林屋の風呂の焚き口にやってくる。

かれの目的は、市蔵とたわいのない世間話をしながら、風呂場をのぞき見る不埒だった。

それを市蔵は、いつも黙認していた。

もっとも団六は一度だけ、若い遊女の身体を糠袋《ぬかぶくろ》で洗っていた客にのぞき見を気づかれ、木桟格子のむこうから、桶《おけ》で水を浴びせかけられたことがあった。

団六は今日も風呂の焚き口にきて、腰を下ろした。

林屋の風呂場は、三畳余りの板間と二畳ほどの檜《ひのき》造りの湯槽《ゆそう》でできていた。

檜風呂の中には、腰をかけられる木枠がもうけられ、たっぷりたたえられた湯槽の湯をわかす大釜は、鉄製の別こしらえ。湯冷まし用の水槽も、板間の隅にそなえられた粋なものだった。

「団六の小頭、わしがなにをしているのか、わからはらへんのどすか。こんな悪場所で暮していると、これを見忘れてしまうほど、初《うぶ》な気持を失ってしまいますのやな。人間、まわりのようすに馴染むのは、恐ろしいもんどすなあ」

遊廓はまじめな人々には、悪場所とも呼ばれていた。

「親っさん、なにしてんねんとは、わしのほんの挨拶。初な気持をなくしているかもしれへんけど、それがなにかぐらい、わしにかてわかっているわいさ」

急に不機嫌な表情になり、団六はぼやいた。

「これは竹とんぼ。お互いどこで育ったか知りまへんけど、子どもの頃はこんな物を自分の手でこしらえ、小頭もわしも、無邪気《むじゃき》に空へよう飛ばしましたわいなあ」

市蔵は小刀の手を止め、団六を仰いだ。

鬢《びん》の毛を太くのばした団六の顔が、遠い日の自分をしのぶように、ふとおだやかに変っていた。

市蔵も団六も互いに一瞬だけ、どうしてこんなうとましい生業《なりわい》をしているのか、悔《く》やんでいるのは明らかだった。

人は一生のうち何度も、はっきり自覚しないものの、人生の岐路《きろ》に立つものである。

ちょっとちがった方角に足を踏み出すと、とんでもない生涯を送ることになる。踏みちがうのはほんのわずか。だがそれが二年三年すぎるうちに大きく開き、歳月とともに、別世界の人になるのであった。

二人の表情に苦渋《くじゅう》がかすかに浮かんでいた。

「こんなところで、ほんまになつかしい物を見せてもらうもんや。それで市蔵の親っさん、こないに竹とんぼを数多くこしらえ、いったいどないするつもりなんや」

焚き口のそばに置いた古笊《ふるざる》の中には、竹とんぼの翼《よく》と細く削った竹の棒が、いくつも入っていた。

「北野天満宮の境内で遊んでいる子どもたちに、持っていってやるんどす。あいつら不器用やさかい、すぐ北野松原の枝に、翼を飛ばして引っかけてしまいますのや。そやさかい、つぎからつぎに作っても追いつかしまへん」

「天満宮さまにお参りせんでも、そら功徳《くどく》になるやろ。わしもちょっとぐらい手伝わせてもろても、ええねんで――」

団六がこういったとき、屋形《やかた》の中の風呂場の板戸が開き、さあいっしょに入りまひょうなと、客を誘う遊女の声がひびいてきた。

団六の目がいきなり好色に変った。

三

どこでも桜の蕾がほころんでいた。

公事宿《くじやど》「鯉屋《こいや》」の黒暖簾が、春のそよ風にひらめき、今日一日で桜がにわかに咲き出しそうだった。

「十二屋の坊《ぼん》、おまえ珍しいものを持ってるやないか。自分でこしらえたんやな」

鯉屋の源十郎は、上京・北町で有職《ゆうそく》菓子司《つかさ》・十二屋を営む昵懇《じっこん》の太兵衛《たへえ》の息子に、たずねかけた。

十二屋太兵衛は、所司代屋敷に菓子をとどけにきたついでだといい、久しぶりに鯉屋を訪れたのであった。

上京の北町は、北野天満宮の北になり、町のほぼ中央を、御前通りがつらぬいている。

平安時代、北町の東は〈乳牛の原〉といわれ、天皇供御《くご》の乳牛を飼育した場所だと、いまも伝えられている。

十二屋太兵衛の息子は新之助。しばらく見ないうちに、背丈がすっとのびていた。

「鯉屋のおじちゃん、これでございますか」

店座敷に正座した新之助は、自分が手に持つ竹とんぼに目を這わせた。

「おやっおまえ、すっかり大人びた口を利《き》くようになったやないか。行儀《ぎょうぎ》もええし、少し前の腕白坊主には見えしまへん。わたしも見習わななりまへんがな。これはいったい、どういうことどす。それはともかく、ちょっとその竹とんぼをわたしに見せなはれ」

源十郎は苦笑ぎみにいい、新之助に手をのばした。

かたわらでは田村菊太郎が、聡明《そうめい》そうな顔で坐る新之助に、微笑みかけていた。

十二屋太兵衛とはたびたび顔を合わせていたが、息子の新之助に会うのは初めてだった。

太兵衛が手土産《てみやげ》だといい鯉屋に持参したのは、薯蕷《じょうよ》まんじゅう一折。同じものを百個、所司代屋敷にとどけたのだときいていた。

白木造りの菓子輿《こし》でそれらを運んできた番頭と手代は、先に店にもどされ、父子だけでの訪れであった。

薯蕷まんじゅうは、「重阿弥《じゅうあみ》」で働くお信の娘お清の大好物。二つ三つもらっていってやろうと、菊太郎は頭の隅で考えていた。

「はいおじちゃん、竹とんぼ。そうどすけどこれは、自分で作ったんではありまへんねん」

新之助は残念そうに説明した。

「角を落して翼をうまく削り、薄く作ったるがな。菊太郎の若旦那さま、これはなかなかのできる映えどすなあ」

「大人になったわしらには、いかにも珍しいが、わしたちもかつてはこんな竹とんぼをよくこしらえ、空に飛ばして遊んだものじゃ。もっともだいぶ人にも世話をかけたがなあ」

菊太郎も源十郎も、遠い昔をしのぶ顔になっていた。

それは、市蔵や団六が林屋の風呂の焚き口で見せたものと同じだった。

菊太郎は異腹弟《いふくてい》の銕蔵《てつぞう》にせがまれ、たびたび竹細工を作らされていた。竹とんぼばかりではない。竹笛も竹馬もであった。

そんな折り、手の指を深く切ったことを、いまでもはっきりと記憶している。

驚いた義母の政江《まさえ》が目を引きつらせ、あふれ出てくる血を懐紙《かいし》で押さえ、菊太郎の指に手早くきざみ煙草《たばこ》を置き、白い包帯をまいてくれた。

彼女は作ってくれとせがんだ銕蔵と菊太郎を、激しく叱りつけたものだ。

「二人がなにをしているのか、目を配っておりませんでしたわたくしの粗相でございます。どうぞお許しくださりませ」

東町奉行所から組長屋にもどってきた父の次右衛門に、彼女が両手をついて詫《わ》びていた姿を、菊太郎はいまでも鮮やかにおぼえている。

「さような過《あやま》ちぐらい、そなたが詫びぬでもよかろう。右手指でもなく、また筆や竹刀《しない》をにぎれぬほど、深く切ったわけでもあるまい。兄が弟に竹とんぼをこしらえてやったのは、褒《ほ》めるべきじゃ。なあ菊太郎、それは兄として、名誉《めいよ》の負傷だわなあ」

次右衛門は満足そうに菊太郎に笑いかけた。

そんなことがあってから、政江と菊太郎の間に置かれていた距離が、ぐっと縮まってきた。

義母が自分を真剣に叱ってくれた。

それが菊太郎にはうれしかったのである。

しかし次第に、別の負担が重くのしかかってきた。

自分のことを心底から案じてくれている義母に、どう孝養をつくせばよかろうと、考え出したのであった。

正嫡《せいちゃく》ではないものの、田村の家は自分が継《つ》ぐとみんなが思っている。だが自分が遊蕩《ゆうとう》をはじめて屋敷を出奔《しゅっぽん》すれば、当然、お鉢は異母弟の銕蔵に回されるだろう。

品行方正、田村家の〈神童〉と噂《うわさ》された菊太郎は、翻然《ほんぜん》と行状を悪く変え、町のならず者と付き合い、賭博《とばく》にも手を染《そ》めた。

そしてついには義母政江の簞笥《たんす》から、七両の金を持ち出し、失踪《しっそう》したのであった。

父の次右衛門が中風をわずらい役職から退いたとき、家督はすんなり異母弟の銕蔵が相続するところとなった。

菊太郎にはまさに思うつぼであった。

かれは自分が規矩《きく》にしたがえない性格をそなえていることを、幼いときからすでに自覚していた。

また父が定刻通り町奉行所に出仕する姿を見ていて、いくら義母が庶子の自分に家督を継がせようとしても、所詮《しょせん》、それは世間に認められない無理だと、承知もしていたのである。

いまになれば、それがかえってよかった。

菊太郎は、源十郎から渡された竹とんぼの細棒を、指でくるくる回した。

昔のさまざまをよみがえらせる、なつかしい手触りであった。

「坊、この竹とんぼ、いま自分で作ったんやないというてたけど、ほなお父はんがこしらえてくれはったんかいな」

源十郎は十二屋の太兵衛に顔をむけて、笑いかけた。

「いいえ、お父はんではございまへん」

「もし誤って手に怪我《けが》でもしたら、まんじゅうの皮がにぎれまへんさかいなあ」

太兵衛は当然とばかりにいった。

有職菓子司ともなれば、家業に対してそれほどの慎重さが必要だった。

「ならいったい、誰がこしらえてくれたんや」

菊太郎が指でなつかしんでいた竹とんぼは、再び源十郎にもどされていた。

「これは、いつも北野天満宮はんで日向《ひなた》ぼっこをしてはるお爺ちゃんが、うちらにこしらえてくれはったんどす。竹とんぼをもろうてるのは、うちだけではなしに、近所の弥吉ちゃんや平八ちゃんなど、何人もどす」

「顔見知りの爺さまが、これを作ってくれているんやな」

「はい、五つも六つもこしらえてきて、みんなに只《ただ》で分けてくれはります。そやけど誰かがすぐ折ったり無《な》くしてしまい、いつも足《た》らしまへん」

「勢い余って、翼を飛び失せさせてしまう子どももいよう。いくら暇な爺さまとはもうせ、何人もの子どもに竹とんぼをこしらえてやり、しかも損じた分をおぎなうとは、たいそう心掛けのよいご老人じゃ」

「菊太郎の若旦那さま、竹とんぼも竹とんぼどすけど、新之助の奴がそのご老人に出会うてから、悪さがぴたっと止まり、率直になったのには、正直もうして驚きました。ご老人は子どもたちを集め、人をいじめてはならん、人は助け合って生きねばならんもんやと、面白い昔話でいい諭《さと》してくれてはります。そやさかい界隈の子どもたちは、もう遊び仲間をいじめたりしいしまへん。この新之助は父親のわたしがもうしてはいかんことどすけど、子どもながら家業を鼻にかけ、遊び仲間の子どもたちを陰であやつり、困った嫌な奴でございました。

そやけどそのご老人に出会うてから、わずかなうちに心根が素直になり、人間がころっと変ってしまいました。店で働いている奉公人たちも、不思議やと怪訝《けげん》な目で見ているくらいどす」

「十二屋の太兵衛はん、そらえらい結構なことどすがな。子どもはどんな腕白でも、大人になるまでには、何遍も人変りするもんどすわ。それで太兵衛はん、おまえさまはそのご老人に、お会いしはったんどすかいな」

源十郎は興味深そうに新之助を眺め、つぎに太兵衛にたずねかけた。

新之助はきまり悪げに顔を伏せていた。

「それが源十郎はん、わたしはご老人さまにお会いしてお礼をもうし上げたいと思い、店のまんじゅうを持参して、二度も北野天満宮へ出かけたんどす。けど二度とも、お会いするのはかないまへんどした。そのあと新之助に、薯蕷まんじゅうを持たせたときには、お渡しできたそうどす。けどそのご老人さまは、天子《てんし》さまもお食べになるこんな上等のまんじゅうを、わしみたいな者がいただくわけにはいかへん。そやからといい、おまえのお父はんに返したら失礼になる。天神さまの摂社《せっしゃ》にでもお供えするのが一番やとおいいやして、本殿のわきに回らはったそうどす。そしてずらっと並んだ摂社の一つひとつに、まんじゅうをお供えしてくれはったといいますのや」

老人が新之助のほか、界隈に群れる大勢の子どもたちをしたがえ、本殿の西や北に千木《ちぎ》をそろえる摂社の前に、まんじゅうを一つひとつ供えている光景が、菊太郎や源十郎の眼裏《まなうら》をかすめた。

「源十郎のおじちゃん、それがどすねん——」

太兵衛があとをつづけかけたとき、新之助がいきなり口を挟んだ。

「それがとは、いかがしたのじゃ」

新之助にたずねたのは菊太郎だった。

「市蔵いわはるその爺さまが、摂社にまんじゅうを供えてつぎにむかってから、後ろで鳥の大きな羽音がひびいたんどす。みんなが一斉に振り返ってみると、鴉《からす》が一つずつまんじゅうをくわえ、つぎつぎに飛び上がっていたんどすわ。平八ちゃんがど畜生《ちくしょう》といい、石を拾って鴉に投げかけました。けど市蔵の爺さまがそれを止めはり、こういわはったんどす。まんじゅうは全部、鴉か鳩に食わせたらええのじゃ。鴉や鳩たちはそら糞《ふん》をして、天神さまやお寺の建物を汚《よご》しおる。そやけど、お宮やお寺はんにそんなものが飛び交うてなんだら、なんや味気ないがな。あれらは殺生禁断の場所をちゃんと心得てて、安心して居着ているのや。ほかでは鷹《たか》や鷲《わし》が、いつ襲うてくるかわからへんさかいなあ。人間かて安心して休める場所がある者とない者とでは、なにかと随分ちがうもんやと、つぶやいてはりました」

新之助は八歳とは思えぬほど、よどみなく市蔵の言葉をすらすら伝えた。

かれはもともと利発な子ども。ただ大人たちが、かれに真剣に向き合ってこなかったにすぎない。市蔵の人生から発せられる滋味《じみ》のある言葉が、新之助の心の琴線《きんせん》を大きくゆすったのだ。

父親の太兵衛は、新之助が市蔵に出会ってから、全く人変りしたことに、感謝の気持でいっぱいだった。市蔵を天神さまの化身《けしん》、菅原道真《すがわらみちざね》にも擬したい思いだった。

子どもは親の背中を見て育つ。

貧富の差だけで、育ち方の異なるはずはなく、むしろ家貧しくて孝子顕《あら》わるの箴言《しんげん》もある。かれらは大人たちが営む世間の非理を、幼い目ながらじっと見て育ち、世間が子どもを育てるという側面も、強くそなえている。

大人たちは他家の子どもが悪戯《いたずら》をしても、激しく叱りつけた。子どもが親にそれを訴えても、叱られるようなことをしたおまえが悪いのだといい、取り上げないのが普通だった。

だが子どもたちは懲《こ》りもせず、再び悪戯をして叱りつけられる。

また子どもたちは仲間内で、殴り合うほどの喧嘩《けんか》をたびたびした。だが相手が泣き出せば、喧嘩はそれで終わりだとする不文律が存在していた。

こうしたことをくり返して、かれらは多くの物事を学習し、世間に出ていくのであった。

「新之助、それでその竹とんぼをこしらえてくれたご老人は、どこのお人なのじゃ」

「はい、それが――」

菊太郎がたずねたが、どうしたわけか新之助は、返事をいい渋《しぶ》った。

「菊太郎の若旦那さま、そ、それがでございます。そのご老人はあろうことか、実は北野遊廓の妓楼で、下働きをしておられるのでございます」

八歳にもなれば、遊廓や妓楼が秘密めいた場所だぐらいわかっている。

口を閉ざした新之助に代り、太兵衛がいいにくそうに答えた。

「なんどすと太兵衛はん、そのご老人、遊女屋で働いてはりますのかいな――」

源十郎が驚いた声で問い返した。

「はい、遊女屋に奉公してはります」

「奉公と一口にもうすが、そのご老人は遊女屋で、なにをしておられるのじゃ」

今度は菊太郎がたずねた。

「もっぱら風呂焚き。そのかたわら、竹とんぼを作ってくれてはるそうどす」

「遊女屋の名前はわかっているのじゃな」

「林屋といいます」

「太兵衛はん、林屋といえば、北野遊廓の中で、三本の指に入る豪勢《ごうせい》な造りの大店ではございまへんか」

「源十郎はん、ご老人さまはその林屋で、風呂番をしてはりますのやがな」

「わしは北野遊廓のその林屋とかもうす豪勢な造りの大店を知らぬが、源十郎に太兵衛どの、さてはそなたたちは、林屋に登楼《とうろう》しておるのじゃな」

菊太郎は顔に憫笑《びんしょう》を浮かべ、二人にただした。

「若旦那、子どもの新之助ちゃんの前で、なにをいわはりますのやな。こうなったらもう仕方ありまへん。林屋にご興味がおありどしたら、ご案内させていただきまひょ。その代りこの件はもちろん、重阿弥のお信はんの耳にも、入れさせてもらいまっせ」

「源十郎、わしが林屋にまいりたいとでももうしたか。勝手に先走るではない。それにしても、ご老人が林屋で風呂焚きをしているとはなあ。これは少々、不可解《ふかかい》じゃ」

「なにが不可解どす。世の中には人柄がよくても落ちぶれて、やむなくそんな下働きをしているお人も、仰山《ぎょうさん》いてはりますわいな」

「源十郎、新之助が持っている竹とんぼの削り工合、そなたたちにはわかるまいが、なまなかでない気迫が感じられるのよ。竹とんぼの翼ぐらい、誰にでも簡単に削れ、みんな同じに見えよう。されどその削り口は、尋常《じんじょう》ではないのじゃ」

菊太郎の言葉で、源十郎はぐっと口をつぐんだ。

かれが剣気や殺気《さっき》に似たものを、削り工合から察したのだと思ったからであった。

柳生流の凄腕《すごうで》だからこそ、自分たちにはわからないものでも、かれには見えるのだろう。

「遊女屋の風呂焚きか。源十郎、わしは一度その林屋を訪れ、ご老人にお会いしたいわい」

菊太郎がひどく興味を抱いてつぶやいた。

「ああ若旦那、そうしはったらよろしゅうおすがな」

新之助は昏《くら》い顔でうなだれたままだった。

四

今年は花冷えがきつかった。

京都の各所で桜が満開だというのに、ときおり雪がちらつき、桜見物も寒さにふるえながらになっていた。

北野天満宮は菅原道真にちなみ、梅の名所だが、桜も相当植えられている。

桜見物のもどりに遊びにくる客で、北野遊廓はどこも大忙しだった。

市蔵は風呂の焚き口をのぞき、薪を放りこんでいた。

「今年の桜は思いがけず雪に降られ、難儀そうに咲いてます。寒いときには、温かいお風呂がなによりどすわ」

広い湯殿から、遊女におだやかにいいかける声がとどいてきた。

林屋に登楼する客の中には、湯殿で遊女と歓楽にふける男も、遊女の身体を楽しんで糠袋で洗ってやる人物もいた。

男たちの好みはさまざまであった。

「風呂焚きの爺さま、ちょっと——」

湯槽から声がかけられ、湯気をふくんだ木桟格子が開けられた。

「なんでございまっしゃろ。お湯がぬるうございますやろか」

「いやそうではありまへん。わしは太平楽《たいへいらく》をさせてもろうて、すんまへん。これで酒でも、あとで飲んどくれやす」

気の利いた客になると、湯殿までわざわざ小粒銀を持ってきて、木桟格子の間から手渡すのであった。

「旦那さま、これはおおきに。ありがたくいただかせてもらいます。風邪《かぜ》などひかんように、ゆっくり温まっておくれやす」

こんなとき市蔵は、湯殿に慇懃《いんぎん》に頭を下げた。

だがこうした客はまれで、お湯をざあざあ使い流し、乱暴な言葉で、風呂焚きの親父《おやじ》、もっと火を焚かんかいと、急《せ》かせる男のほうが多かった。

——これもみんな自業自得《じごうじとく》やわ。

市蔵はこの冬からいっそう痛み出した腰や足をそっといたわり、納屋《なや》から薪を運び出してきて、風呂焚きをつづけていた。

井戸から釣瓶《つるべ》で水を汲《く》み上げ、手桶で運ぶ。大きな湯槽に水をはるのも重労働だが、湯加減を考えながら火を焚くのも、なかなか大変だった。

客が風呂を使い終わるまで、水汲みと風呂焚きを欠かせない。一組の客が風呂をすませると、湯槽に水を足し、洗い場の水桶もいっぱいにする。湯殿の床は、雑巾《ぞうきん》できれいに濡《ぬ》れを拭き取っておくのであった。

「林屋の風呂は、いつも真《ま》っ新《さら》みたいにしてあって気持がええわ。お湯もきれいやしなあ」

こんな客の声を耳にすると、市蔵は働き甲斐《がい》を感じるのだった。

今夜もかれは、風呂を焚きながら、竹とんぼを作っていた。

竹とんぼに使う竹は、天満宮前の竹屋から買ってきた。

火の燃え工合をのぞき、かれは小さな短冊形《たんざくがた》にした青竹を、小刀で一気に削った。

こうして竹とんぼをこしらえ、北野天満宮界隈で遊んでいる子どもたちにくれてやるのが、いまでは老いた市蔵の楽しみになっていた。

ところが最近、そんなかれの楽しみを乱すできごとが起きかけており、毎日、気持が落ち着かなかった。

林屋には十二人の抱え遊女がいる。

市蔵は風呂焚きだ。彼女たちと正面から顔を合わせることはほとんどない。また顔は見知っていても、言葉を交す機会は、さらに少なかった。

それでも一人ひとりについて、市蔵はだいたいの人柄を知っていた。

十日ほど前の風呂を焚きはじめたとき、霧里《きりさと》と名付けられる二十すぎの遊女から、かれはいきなり声をかけられたのであった。

おとなしい人柄、好感のもてる遊女だった。

「風呂焚きのおじさん、この間、風呂場の中からのぞかせてもらいましたけど、どうして竹とんぼなんか作ってはるんどす。お孫さんでもいてはるんどすか。おじさんが竹とんぼをこしらえてはるのを見て、うちは胸がきゅんと痛んでかないまへんどした」

彼女は白塗りまえの素顔《すがお》。まだ初《うぶ》なものを残した顔で、市蔵にたずねかけてきた。

「確か霧里はんどしたなあ。わしに孫なんていてしまへん。これは天神さまの界隈で遊んでいる子どもたちに、くれてやってますのや。わしにもまだ人さまに役立つことがあるのやと、よろこんでますのやわいな」

かれの胸の中で、お父ちゃんと泣き叫ぶ幼子の声が、哀しくよみがえっていた。

幼児の名はお千代《ちよ》。四つになったばかりだった。

彼女にせがまれ、市蔵はよく竹とんぼをこしらえてやったものだ。

かれは、奈良の生薬《きぐすり》の行商をしていると妻のおみねも欺《あざむ》き、いつも家を留守にしていた。

だが本当のところは、西国一円を荒らし回っていた「卒塔婆《そとば》の仁吉」一味の腕利きだったのである。

卒塔婆の仁吉の異名は、頭《かしら》の仁吉が背中に、卒塔婆の刺青《いれずみ》を入れていることから付いたもの。妻のおみねは、伊賀街道の笠置宿《かさぎ》に近い茶屋で、働いていた女子だった。

彼女は捨て子として育ったといい、互いに惚れ合い、姫路で世帯を持った。

そしてお千代が生まれたのである。

そのうちきっぱり足を洗うにかぎる。

頭の仁吉も、市蔵の決意にうなずいていた。

「わしらは盗みはしてきたもんの、誰一人として殺《あや》めてはいいへん。まっとうな堅気《かたぎ》になって善根を積めば、お天道さまもきっと許してくれはるやろ。おまえは、盗《ぬす》っ人《と》には似合わんやさしいところがあるさかいなあ。この仕事を最後にしたらええがな」

卒塔婆一味が、二年前から狙いをつけていた灘の酒屋を襲うため、仁吉をはじめ数人が、市蔵の家に逗留《とうりゅう》していた。

　そこを、ひそかに探索していた京都所司代の目付と、姫路藩・町奉行所の与力と同心に急襲されたのである。

　卒塔婆の仁吉とほかの仲間は、激しく抵抗して斬り殺された。だが市蔵は混乱にまぎれ、泣き叫ぶおみねやお千代の声を背後にききながら、辛《から》くも逃げのびた。

　あとで手を回して探ったところ、おみねは姫路の牢屋の中で、幼いお千代を絞め殺し、自分も首をくくって死んだそうであった。

　それからの市蔵は、京都の賭場《とば》で知り合った小浜《おばま》の中間頭・彦兵衛《ひこべえ》の許に転がりこみ、酒びたりの毎日を送っていた。

　やがて金で身分をととのえて堅気の中間になり、長い歳月のあと、はてに林屋の風呂焚きに納まったのだ。

「お父ちゃん、千代に竹とんぼこさえておくれ」

　十二屋の新之助たちに竹とんぼを作ってやろうといったとき、不意にかれの胸を激しくつらぬいたのは、お千代とおみねのさまざまな声であった。

　その自分が竹とんぼを削っているのを見て、遊女の霧里は、胸がきゅんと痛んだといっている。

「なんで霧里はんの胸が痛むんどす」

市蔵はのぞいていた焚き口から顔を上げ、彼女にたずねた。

「うちは丹波の福知山から、京に売られてきました。うちが小さなとき、いつも病みついたままのお父はんが、うちや弟のためによく竹とんぼをこしらえてくれたことを、思い出したからどす」

「お父はんがなあ――」

ごくりと生唾を飲みこみ、市蔵は霧里をじっと見つめた。

彼女の顔が、幼いお千代のそれに重なって見えてきた。

二人の間に数拍の重い沈黙が流れた。

顔を見合わせたまま、二人は互いの目に、薄い涙の幕がかかるのを眺め合った。

「おじさん――」

霧里が切なそうに声を小さくもらした。

「そうかあ、あんたもお父はんがなあ。ところで霧里はん、そっとたずねるけど、あんたどないする気でいるねん。あんたが馴染みのお客はんと、いっそ心中でもしようかとまで互いに思い詰めてはるのを、わしは実は知ってますのやで。驚かんと、竹とんぼにずっと目をやっていなはれ。なにを話しているのか、人に不審《ふしん》がられてはなりまへんさかい」

「案じてくれはり、おおきに。誰にも気づかれてへんと思うてたけど、おじさん、うちのそんなことまで知ってはったん」

「わしも昔は命を張り、相当、危ない稼ぎをしてきた男やさかいなあ。客と遊女はんのちょっとした話し振りだけで、だいたいが推察できるのやわ。霧里はんのお相手は、西陣の糸問屋の手代、多吉《たきち》はんいわはったなあ。多吉はんが、林屋にやってくる銭の算段《さんだん》ができんようにならはった。霧里はんのほうは、稼ぎの割りに年季がなかなか明けへん。それは林屋の旦那が、雑用《ぞうよう》をなんやかんやと大きく差し引いているからやわ。そやけど心中するくらいやったら、まず逃げたらどないや。わしが裏木戸をそっと開けといてやる。そのあとわしが住む北野梅松院の長屋に逃げこんできたら、ほとぼりが冷めるまで、なんとかかくまってやるわい。それにしても、きき耳を立てる者は、どこにもいてへんやろなあ」

市蔵は小刀で青竹を削りながら、小声で鋭く霧里にただした。

かれにはいつしか、姫路の牢屋で死んだお千代が、そのまま霧里として成長したように思われてきた。

「おじさんは逃げよいわはるん」

霧里の目が、にわかに吊り上がった。

「心中するほどの覚悟をつけてるのやったら、逃げるだけ逃げるこっちゃ。逃げ切れたら、もうけものやさかいなあ。多吉はんなら、北野梅松院裏の東左衛門長屋を知ってはるはずや。長屋は二棟、向かい合わせて八軒。右の最初がわしの詫《わ》び住《ず》まいやわ。今夜から木戸を開けといたるさかい、多吉はんとよう相談して、わしの家に転がりこみなはれ。今夜か明日あたり、多吉はんがきはるんやろ。あとはわしがなんとか考えたる。そうと決めたら、人に勘《かん》づかれんよう、慎重に動かなあきまへんねんで」

市蔵の言葉で霧里が足抜けを決意したのは、彼女が無言で涙を拭き、すっくと立ち上がった態度で、明らかに察せられた。

市蔵は彼女の後ろ姿をちらっと眺め、風呂の焚き口に薪を放りこんだ。

薪がぱしっとはじけ、激しく燃え上がった。

数日後、気候がやっと平年並みにもどった。

「菊太郎の若旦那さまは、これまで北野遊廓に、一度も遊びにきてはらしまへんのか」

鯉屋の手代喜六が、上機嫌でたずねた。

「わしの行動のさまざまを、そなたにいちいち告げる必要はないわい。そなたはわしを林屋に案内いたせば、それでよいのよ」

「それにしてもお店の旦那さまから、堂々と遊女屋に行ってこいと銭を渡される奉公人など、どこにもいてしまへんやろ。わたしは果報者《かほうもの》どすわ。これも若旦那さまのおかげどす」

「気楽にもうしておるが、そなたは目的を誤解しているのではあるまいか――」

田村菊太郎は陽がかたむいたなか、北野遊廓の入り組んだせまい町筋を、右に左にと曲った。

軒をならべる遊廓の造作《ぞうさく》に、つぎつぎ視線を移していた。

「そこの着流しのお侍さま、ちょっとお寄りやすな。今夜、店出しするええ妓《こ》がおりますさかい。ゆっくり遊んでいかはったらどないどす」

暖簾をかかげて出てきた遣り手婆が、菊太郎の姿に目を止め、ぱっと顔をかがやかせて招いた。

「またの折りに、こ奴をこさせてもよいが、今夜は無理じゃ。これから訪ねるお人があってなあ。ところでそなた、林屋を存じておらぬか」

菊太郎は喜六をあごで指し、彼女に手早く小銭をにぎらせた。

「若旦那さま、わたしなら、この店でお待ちもうし上げててもよろしゅうおすけど」

「喜六、そなたも困った奴じゃな。わしはまたの折りともうしたであろうが」

主従らしい二人、それにしては気安いもの言いに接し、遣り手婆は目をぱちくりさせていた。

「そなたは林屋を存じておらぬのか」

「いいえ。林屋どしたら、ここを西に行かはり、一本目の辻を曲って三軒目の大店どす。店は西向き、すぐにわかります」

六十すぎの彼女は、小銭をにぎらされたためか、さして落胆《らくたん》したようすもなく、指でさして教えてくれた。

「かたじけない——」

彼女に礼をいい、菊太郎が再び歩きはじめたとき、前方の北野馬場通りから、子どもたちの怒号《どごう》が幾つもひびいてきた。

十数人の男たちが、若い男女と一人の年寄りの両手を後ろで縛り上げ、裸足《はだし》の三人を拉致《らち》してくる。

その一団を遠巻きにし、三十人余りの子どもたちが、口々に悪態《あくたい》をついていた。

「やい悪党、その三人を離したれや」

「弱い者を引っくくり、殴ったり蹴ったりするのは、男の風上《かざかみ》にも置けへんのとちゃうか」

「わしら子どもやけど、甘う見たらあかんねんで。みんなでやってこましたるさかいなあ。やいやくざ者、覚悟つけとけよ。ほんまやで——」

子どもたちの罵声《ばせい》を浴び、十数人の一団が、やっと足を止めた。

やくざ者たちは能登屋七兵衛の身内。なかに小頭の団六もいた。

かれらが足を止めたのは、ばらばらと小石が飛んできたからであった。

「この餓鬼《がき》ども、なにをさらすねん」

若いやくざ者が、顔を怒らせてわめいた。

「なにをさらすとは、こっちのいうことじゃわい。おまえら町奉行所の者かいな。勝手をしおってからに。わしら、ここまではおとなしゅうしてきたけど、ここからもう一歩も前に進ませへんで」

この声とともに、三十人余りの子どもたちは、十数人のやくざ者をぐるっと取り囲んだ。

「て、てめえら、なんのつもりじゃい」

「ふん、そんなん、大人のくせにわからんはずがないやろ。市蔵の爺さまと男はんと女子はんを、助けるのじゃわい。おまえらのええようにされて、たまるかいな。わしら、ここにいる頭数だけやないのやで。応援がいま、北野馬場通りを走っているわい。三人の縄尻《なわじり》をこっちに渡さんと、えらい騒動になるねんでえ」

「じゃかましいわい。若い二人は、廓から足抜けした男と女。爺《じじ》いはそれを手助けして、かくまっていたんじゃ。わしらは廓の掟《おきて》にしたがい、三人を引っ捕らえたまでや。子どもの出る幕やないわい」

「子どもの出る幕やないかもしれへんけど、その市蔵の爺さまは、わしらには大切なお人なんじゃ。こっちに返してもらおうやないか」

「てめえら、この爺いに竹とんぼを作ってもらい、甘やかされてるらしいけど、この爺いは、もとは盗っ人やったそうや。ごく最近、身内《みうち》になった男がいうてたわい。子どものくせして、盗っ人をかばうつもりかいな」

「阿呆、盗っ人やったのは、遠い昔のことやろな。わしでも半年ほど前までは、盗っ人みたいに悪餓鬼やったわい」

若いやくざとやり合っているのは、十二屋の新之助であった。

「喜六、これはえらいところに出くわしたものじゃ。あれは十二屋の新之助。遊廓を仕切るやくざ者たちと、本気で争う構えでいるぞよ。どうやら風呂焚きのご老人が、店の遊女を足抜けさせ、用心棒たちにまとめて捕らえられたらしい。子どもたちはそれを取り返すため、ここまで追ってきたのじゃ。新之助は応援がくるともうしており、ご老人はよほど子どもたちに慕われているようじゃのう。これからどうなるか、ちょっと高みの見物とまいろう」

菊太郎は目前のやり取りに、目をこらしていった。

騒ぎをききつけ、遊女屋が建ち並ぶ界隈は、騒然となっていた。

「若旦那さま、十二屋の坊がいてはりますさかい、高みの見物はいけまへんがな。坊がやくざ者に、刃物で刺されでもしたら大変どす。早うなんとかしとくれやす。それもそれどすけど、若旦那さまは、林屋の風呂焚きの親父はんに、会いにきはったんどっしゃろ。十二屋の坊たちが、やくざ者から取り返そうとしているのが、その親父はんどすわなあ」

「もとは盗っ人か。わしはそこまで考えておらなんだが、思い描いていたのと、当らずとも遠からずじゃ。もっともそれは古い昔の話。ともかく、窮地を助けてとらせねばなるまい」

「そんなん、当然どすがな」

懐手《ふところで》をして騒ぎを見ていた菊太郎は、さっと袖から両手を出し、歩を前にすすめた。

「あっ、鯉屋にいてはった侍のおっちゃん」

「この青侍《あおざむらい》、てめえなんじゃい」

団六が居丈高な態度で、突然、現われた菊太郎の前に立ちはだかった。

「うるさい、邪魔《じゃま》立《だ》ていたすな」

菊太郎はいきなり団六の横っ面を張り飛ばした。

「い、痛え、この野郎——」

右に傾いた団六は、急に凶悪な顔になり、懐から匕首《あいくち》を引き抜いた。

「おぬしはわしとやり合うつもりか」

「おおさ青侍、あたりまえやわい」

「これは面倒じゃ」

　菊太郎のつぶやきが、市蔵たちの耳にひびいたとき、かれの身体はすでに動いていた。団六がうっとうめき、すぐ地面にずるずると崩《くず》れこんでいった。

後ろ手に縛られたままの霧里と多吉の二人が、身体を擦《す》り合わせるように寄り添い、なりゆきを呆然《ぼうぜん》と眺めている。

二人とも顔を青ざめさせ、生気を失っていた。

やくざ者たちが、二人と市蔵の縄尻をぱっと手放して退き、息を飲んで驚いている。

子どもたちの間から、わあっと歓声がわいた。

「わしは二条城の南、大宮通りに店を構える公事宿鯉屋の居候《いそうろう》・田村菊太郎ともうす者じゃ。腰の刀を抜き、おぬしたちの片腕を斬るぐらい造作もないが、ここで怖《お》じけづいてくれ、かたじけない。おぬしたちが捕らえてきた市蔵ともうされるご老人、それに男女二人は、わしが鯉屋にもうし受ける。引き取りにくるのであれば、相当な覚悟でまいるがよいと、関わりを持つ主たちに伝えておくのじゃ。わしが鯉屋で、しっかり談合してつかわすでなあ。なお、おぬしたちの面《つら》、一つひとつはっきりと目に刻《きざ》みつけた。ここに集まる子どもたちに、万一、仕返しでも企《たくら》めば、つぎには命がないものと思うのじゃ。わしは口だけではないぞよ」

菊太郎はゆっくり刀の鞘《さや》をはらった。

それを二、三度、宙でひらめかせた。

刀身のきらめきと同時にやくざ者たちの髷《まげ》が飛び、十二屋の新之助たちの足許に、ばさっと音を立てて落下した。

髷は四つ数えられた。

やくざ者たちが脅え声をもらし、子どもたちがまたわあっと歓声を上げた。

どこから飛んできたのか、桜の花びらが数片、市蔵や霧里たちの頭上にひらひら舞いかかった。

悪い錆《さび》

一

「これはひどい垢《あか》やがな」

「着てはる十徳《じっとく》から、嫌な臭いがぷんと鼻にただよってくるやないか」

「それより虱《しらみ》やわい。白髪《しらが》の頭の毛にも、十徳の裏の縫い目にも、虱がびっしりつき、うようよ這《は》っていよる。全く汚《きたな》い爺《じい》さまやで――」

お信が住む三条大橋東詰め、法林寺脇の長屋では、朝から大騒ぎであった。

当日の早朝、田村菊太郎はここから、居候《いそうろう》をしている公事宿《くじやど》「鯉屋《こいや》」にもどっていた。

騒ぎはそのあと起ったのである。

お信は家の中を片付け、三条鴨川沿いの料理茶屋「重阿弥《じゅうあみ》」に、出かける支度をしていた。

騒ぎを耳にしたお清にうながされ、表の腰板障子戸を開け、外をのぞいた。

お清はもう十一歳になっている。

菊太郎にすすめられ、七つのときから手習いをはじめ、今年に入ってから論語《ろんご》を読みだしていた。

昨夜はお清を真ん中にはさみ、菊太郎たちは川の字になって寝たのであった。

「菊太郎さまは物好きなお人でございます。うちみたいな子持ちの年増女《としまおんな》をお好きにならんでも、どのようなお人でも、奥方さまにお迎えになれますやろ。いつでもうちを見捨て、どうぞ勝手に落ち着いておくれやす。町奉行所からご出仕のお招きもおありやさかい、うちなんかと関わってはったら、世間体《せけんてい》が悪いのとちがいますか」

「おいおいお信、いきなりわしに因縁をつけ、いかがいたしたのじゃ。そなたまさかわしと、別れたいともうすのではあるまいな。わしにも女子の好みがあり、女子なら誰でもよいわけではないぞよ。宮仕《みやづか》えとてそうじゃ。奇麗でも気位《きぐらい》ばかり高い女子と所帯を持ち、決められた時刻に町奉行所に出かけ、上役どもにぺこぺこ頭を下げて暮すのは、真《ま》っ平《ぴら》じゃわい。もともとへそ曲りじゃでなあ。そなたに愛想《あいそ》づかしをされたら、わしは行き場がなくなる」

「それやったらうちとは、破《わ》れ鍋《なべ》に綴《と》じ蓋《ぶた》どすか」

ときに菊太郎とお信は、こんな会話を交していた。だが多くの場合、お互いふくみ笑いをして終わる結果になった。

「お母はん、外でなにがあったんえ——」

お清がお信の背中の間近からたずねた。

「長屋のお人たちが井戸端で、どっかのご老人さまの着ているものを脱がせ、お身体を洗いにかかっておりますのや。うち急いでお湯を沸《わ》かしときます」

お信は戸口から離れ、台所にむかった。

長屋は五軒が南北に向き合い、板葺《いたぶ》きの井戸が、一番奥にある、路地の中央に、どぶ板が渡されていた。

井戸端で老人は、十徳の衣服をつぎつぎに脱がされ、いまは褌《ふんどし》一つだった。

だが老人は、いやにがっしりした骨格をしており、薄汚れた外面《そとづら》とは、随分ちがっていた。

「お菰《こも》はん（物乞い）みたいにしてながら、爺さまはしっかりした体格をしてはるがな。これやったら身体を束子《たわし》でごしごし洗うたかて、風邪《かぜ》なんか引かはれんやろ。この陽気やさかいなあ」

「武助《ぶすけ》はん、おまえなにいうてんねん。この父《とっ》つぁまの工合《ぐあい》が悪いみたいやと、どっかから背負うてきたのは、おまえやろな。汚いさかい、井戸端で身ぐるみ剥《は》いで着替えさせるのはええとしても、水で身体を洗うのは、どうかと思うで。容体が悪くなったら、どないするねん」

雇われ大工の武助に異議を唱えたのは、これから町廻りに出かけようとしていた研《と》ぎ屋《や》の勘七《かんしち》だった。

「そらそうや。けどこの爺さま、熱なんか出してはらへんみたいやで――」

武助は老人のひたいに手を当て、熱の有無《うむ》を確かめた。

いまかれは、聖護院《しょうごいん》の大工の棟梁《とうりょう》に頼まれ、三条川東《ひがし》の空き家を、独《ひと》りで修繕《しゅうぜん》していた。長屋に連れ帰った老人は、この七日余り、その空き家に行くたび、風の当らない奥の陽溜《ひだ》まりで見かけていた人物。武助の足音をきくと、老人は寝ていた筵《むしろ》をはね上げ、すっと姿を消していたのだ。

十徳は汚れていたが、老人はどこか威厳《いげん》らしいものをそなえていた。武助が老人を咎《とが》めなかったのは、そのためもあったが、姿を消すとき、老人がかれに小さく低頭していくからでもあった。

——まるで根っからのお菰はんとも見えへん。軒下で寝てはるだけのこっちゃ。そのうちどっかへ去《い》なはるやろ。

武助には、女房のお里《さと》と七つになるおみねがおり、息子の武市《ぶいち》は、姉小路室町の小間物問屋に奉公に出ていた。

かれは生来《せいらい》のお人好しで信心深く、町辻に野ざらしのまま立つ大きな地蔵菩薩《じぞうぼさつ》に、それらしい板小屋を、建ててやるほどだった。

「あの地蔵さまが、わしの夢の中に現われやして、寒い寒いと震《ふる》えてはったんや。なんにもいわはらへんかったけど、夢に現われはったんは、大工のわしに、板囲いの小屋でも作ってくれと頼んではるのやわ」

「それは武助はんが、お地蔵さまが吹雪《ふぶき》を浴びてるのを見て、寒がってはるやろなあと思うたさかい、そないな夢を見たにすぎへんわいさ。ほんまにしょうもな」

かれから事情をきき、ふんとせせら笑ったのは、勘七の女房のお兼《かね》だった。

もっともその彼女が、武助がこしらえた地蔵さまのお堂に、ときどき花を供《そな》えている。

いま井戸端ではお里を手伝い、釣瓶《つるべ》で水をくみ、そばにかがませた老人の身体を拭《ぬぐ》っていた。

「そしたらともかく身体を拭《ふ》いて、わしの古着でも着せ、家に入って横になってもらおか」

「そやけど頭だけでも洗ってもらわな、虱が移らへんか」

勘七は武助の言葉をさえぎったくせに、老人の頭に目をすえつぶやいた。

「武助に勘七のおじちゃん。いまうちのお母はんが、急いでお湯を沸かしてはりますさかい、お爺ちゃんの頭を、それで洗って上げとくれやす。うちも手伝わせていただきます」

家の腰板障子を開け、井戸端の悶着《もんちゃく》を見ていたお清が、小走りに出てきて二人に告げた。

「ああ、お清ちゃんかいな。そらありがたいこっちゃ。そのお湯、使わせてもらお——」

「それにしても武助はん、仕事に出かけたはずやのに、これはどないしたんやな」

「わしの仕事場の軒下で、このお人が六、七日前から寝てはったんや。けど今日は、わしが物音をさせても立ち退《の》かはらへん。どっか身体の工合が悪いのとちゃうかとたずねたんやけど、低い声でうなるだけで、一言も口を利《き》かはれへんねん。そやさかい始末に困って、家に背負いこんできたのやがな」

「おまえ、どうせ背負いこんでくるんやったら、もっとましなもんにせんかいな。この爺さまは、どう見たって貧乏神やで。番屋に届けてお手当をしてもらうのが、一番なんとちゃうか」

「勘七はん、阿呆《あほ》ぬかさんとけや。確かにこのお人は、お菰はんかもしれんけど、貧乏神とはいいすぎやわ。ご病気らしいのに、手当もせんと番屋に届けるような無慈悲《むじひ》をしたら、今度はわしらが、福の神さまから罰を受けることになりかねへん。貧乏神と福の神は、ほんまをいえば兄弟。お互い代り合うて、人の家にきはるときくさかいなあ」

「おまえ、埒《らち》もないことをいうてるのやなあ。それで、お地蔵はんに板囲いのお堂をこしらえてやって、なにかいいことがあったんか。むしろあの年の冬、おまえんとこのおみねちゃんが、四条を歩いてて荷車にぶち当てられ、足の骨を折ったやろうな。そのうえ春には、武市が奉公している室町のお店《たな》に、盗《ぬす》っ人《と》が入ったがな。地蔵さまにお堂をこしらえてやったかて、功徳《くどく》なんかなにもあらへんわい。それがわかってるのかいな」

「わしはなにも地蔵さまの功徳を当てにして、板囲いのお堂をこしらえたわけやないわい。さてはおまえ、ええことを一つするたび、神さまや仏さまのご利益《りやく》を期待してんのやな。ふん、そんなあさましい奴とは知らなんだわい」

「なにを偉そうにぬかしてけつかるねん。わしはおまえのお人好しを、案じてやってるだけやわい。わしにやったら、なんとでもいうたらええがな」

二人の口争いは、お里とお兼がせっせと老人の身体を拭くかたわらで、果てもなくつづいていた。

「お爺さん、寒くおへんか――」

老人の身体を一通り拭き終えたお里が、かれにたずねた。

だが老人は、小さくうなずいただけで、やはり一言も漏《も》らさなかった。

「お里はん、この陽気や。もう寒いことなんかあらへん。お信はんがお湯を沸かしてくれてはるそうやさかい、それで髪を洗って、梳《す》かさしてもらいまひょ。こうも虱がたかってては、気色《きしょく》悪うおす。おみねちゃんにでも移ったら、大変どっしゃろ」

お兼が眉をひそめ、お里にいった。

虱は哺乳動物に寄生するシラミ目の昆虫の総称。からだは小さく羽はない。宿主《やどぬし》から血を吸い、血を吸われると身体が痒《かゆ》くなる。

不潔にしているとこの虱が発生し、きものの縫い目などに、白い卵をびっしり産みつける。

身体に寄生する虱は肌色で白く、頭髪に寄生する虱は、外敵から身をまもるため体色を変え、黒っぽくなっていた。

「そしたらお兼はん、それも手伝ってくれはりますか」

彼女がお里にいわれてうなずいたとき、お清が脚高《あしだか》の洗い桶《おけ》をかかえ走ってきた。

「おばちゃん、これ使うておくれやす。それに梳き櫛《くし》どす。お母はんがすぐお湯を持ってきてくれはります」

お清は洗い桶を井戸端にすえ、きものの袖から、小さな梳き櫛を取り出した。

この櫛は、櫛の歯がこまかく作られている。

これで髪を梳くと、髪にしっかり付着して産みつけられた虱の卵も、きれいに梳き落せるのであった。

約半世紀以前まで、日本人の多くは、虱とともに生きていたのだった。

「お里はんにお兼はん、さあお湯を持ってきましたえ。まだ沸かしてますさかい、存分に使うておくれやす。なんならうちが、そのお人の髪を洗わせてもらいまひょか」

釜を両手に下げたお信は、すでに襷《たすき》をかけていた。

「さすがお信はん、料理茶屋で働いておいやすだけに、気が利かはりますなあ。そしたらうち、このお爺さんを寝させる布団の用意と、きものの支度をしてきますさかい、あとを頼みとうおす」

「お里はん、お爺さんの越中褌《えっちゅう》も、替えて上げなあきまへんわなあ。勘七のためにうちが縫うた真《ま》っ新《さら》の褌がありますさかい、それを持ってきますわ」

女たちの声をきき、老人がまた低くうなった。

「爺さん、なにをうなってるねん。いいたいことがあったら、はっきりいうてんか」

武助が、うずくまったままの老人の肩に手をかけ揺すったが、老人はどこか一点を見つめ、低くうなりつづけるだけだった。

お信は洗い桶に湯を入れ、水でぬるめた。

つぎにそれを老人の両脚の間に置いた。

「さあ、頭をこっちに寄せておくれやす。お湯で洗い、ちょっと髪を梳かさせてもらいますさかい」

「お爺ちゃん、うちのお母はんがそういうてはる。なにも心配せんと、そないしよし。もう少し頭を前に出したらええのえ」

お清が大人《おとな》びた物言いをして、老人の頭に手を添え、手桶に近づけた。

かれの前にかがみこんだお信は、その頭にぬるま湯を注ぎ、巧みな手つきでまず洗った。

髪の汚れで、すぐ手がねばついた。

手桶の湯がにわかに黒ずんできた。

一通りそれをすませると、彼女は手桶の湯を替え、老人の少ない髪を梳きにかかった。

左手に髪を乗せ、一櫛一櫛、丁寧に髪を梳くのであった。

髪に梳き櫛を通すたびに、毛虱やその卵が、左手の上にぼろぼろ落ちてきた。

何度も何度もそれをくり返した。

老人はまだときどきうなっていたが、不快そうではなかった。

「お信はん、汚い始末をしてくれはって、おおきに。お爺さんの頭、毛虱の巣みたいどしたなあ」

家から武助の古着をかかえもどってきたお里が、立ちすくんでお信に礼をいった。

「お爺ちゃん、頭をきれいにしてもろうて、気持がええやろ。髪が引っぱられて痛かったら、早ういいや」

お清がうなり声を上げている老人に、いいきかせた。

手桶の湯は三度にわたって取り替えられた。

老人の髪を洗い終わると、白髪がはっきり目立った。

「さあ、今度は濡《ぬ》れた頭を乾かしまひょ」

お信はお清が持ってきた布で、つぎに老人の頭を拭きにかかった。

かれは目を閉じ、みんなのなすがままになっていた。

髪の濡れがまずまず取りのぞかれると、武助がお里の持ち出してきた自分のきものを、老人に着せかけた。

「お兼はん、越中褌をおくれやす。これだけは自分で締《し》めてもらわなあきまへん」

武助がお兼に手を差し出した。

そのかたわらでお信が、井戸端の溝に、汚れた洗い桶の湯を流していた。

老人が着ていた十徳が、すぐ横にまるめられている。

それは薄汚れ、襤褸《ぼろ》の小山のようだったが、彼女の目は、武助たちが老人の身体から剝がしたものを、見逃していなかった。

老人は意外な品を身につけていた。

気づかなければ見落してしまいそうだが、古渡《ふるわたり》・動物手更紗《どうぶつてさらさ》の腰差したばこ入れだった。

前金具は赤銅の双雁彫り。緒締《おじめ》は銀の石目彫り。鎖は銀の小豆《あずき》組。根付《ねつけ》は饅頭形《まんじゅうがた》の透彫《すかしぼ》り、百花百草が精巧に彫られていた。

キセル筒の金唐革《きんからかわ》は剝げてしまっていたが、いずれも相当金目のものであった。

老人は着せられたきものの中で、手をごそごそ動かし、越中褌を結んでいる。

やはり低い声でうなりつづけていた。

二

「そのご老人は、武助の家で昏々《こんこん》と眠っているともうすのじゃな」

鯉屋の客間に坐るお信に、菊太郎が柔和な顔でたずねた。

かたわらに、源十郎とお多佳の二人がひかえている。

特にお多佳は、訪れたのがお信だけに、お茶や菓子を自分で選び、座から立たなかった。

「はい、ひと眠りすると、ご飯をお召し上がりになり、すぐまた布団にもぐり、ぐうぐう大きな鼾《いびき》をかいて眠らはります。武助はんや長屋のみなさまは、要するに空腹と疲労、その二つが高《こう》じてたにすぎないというてはります」

「今日で三日目になるのだな――」

「はい、菊太郎さまが、法林寺脇の長屋からもどらはった直後でございました」

お信の言葉を、お多佳が目を細めてきいている。

菊太郎は源十郎たちの前でお信にはっきりいわれ、かれらしくもなく少しはにかんだ。

「虱だらけの十徳姿。そのご老人が、かようなたばこ入れをたずさえているとはなあ」

「長屋の武助はんや勘七はんたちが、なにかわけのありそうなご老人やさかい、番屋に届けるより先に、是非《ぜひ》とも菊太郎さまに、相談に乗っていただきたいともうしてます。それでこれを預かってきたんどす」

猫のお百が、お信になにを感じるのか、菊太郎のそばにうずくまり、険しい目で彼女をにらみつけている。

動物の鋭い勘《かん》で、菊太郎とお信の関係を察知しているようだった。

さしずめそれが人間なら、若旦那が熱くなっている相手はこの女子かと、嫉妬《しっと》の眼差《まなざ》しをむける態度であった。

菊太郎はお信が持ってきたたばこ入れを、両手で弄《もてあそ》んだ。

キセル筒を抜き、中身を改めた。

キセルは銀の小姓形・菊桐彫り。なかなか凝《こ》った造りであった。

小豆組の銀鎖を指でたどり、象牙《ぞうげ》の根付をしみじみ眺め、その銘《めい》を胸でなぞった。

たばこ入れの中をのぞいたが、刻みたばこはすっかり吸いつくされ、空だった。

「菊太郎の若旦那、このたばこ入れ、たいした逸品どっせ。並みの老いぼれ爺さんでは、とても持てしまへんなあ」

源十郎が菊太郎の手許から視線を上げてつぶやいた。

「いかにもじゃ。中でも饅頭形の透彫りの根付。中を空洞にして巧みに百花百草を彫ったこれは、大坂の雲甫《うんぽ》可順《かじゅん》の作品。可順ともうす根付師は、妙な人物でなあ」

「妙とは、どんなところがどす」

「生き方が変っておるのじゃ。もとは修験者《しゅげんじゃ》で、唐人物など奇妙な根付を彫らせれば、可順の右に出る者はおるまいときいている。それだけに偽物も多いが、これは誰が見ても本物。修験者として山岳を跋渉《ばっしょう》していたとき、可順は山野の草花を、よほどしっかり観察していたのであろう」

　象牙の中を空洞にして、多くの草花を彫り出すのは、容易な技術ではない。こうした透彫りの饅頭根付は、江戸の柳左という挽物師《ひきものし》が考案したといわれ、別名「柳左根付」とも称されていた。

　根付は印籠《いんろう》・巾着・たばこ入れなど提物《さげもの》の使用につれ、にわかに需要が興《おこ》った。根付や印籠などは、江戸時代のさまざまな工芸が美として凝縮《ぎょうしゅく》した品で、日本美の粋《すい》といってもよかろう。

　だが不幸なことに、これらの制作に当った職人たちの事歴は、わずかにしか伝わっていない。天明元年（一七八二）に刊行された『装剣奇賞』は「根付工」について、「近世これを刻して名を得し人少なからず　今其工の巧拙にかかわらず名称を録し　間《ママ》其象《そのかたち》を図して鑑賞に便す」と書き、五十四人の根付師の名を挙げている。

こうした中に異色の人物として、前身が修験者だった雲甫可順や、中山大和女《やまとじょ》のような江戸の女性もいた。

だが日本美の精粋ともいえるこんな根付も、明治維新以後、日本人の衣服や生活習慣が西欧化するにつれ、一変して不要品とされた。

一斗樽《いっとだる》いっぱいいくらといった安い値段で、欧米の好事家に売り払われ、海を渡った。絵画や彫刻などとちがい、日本の美術史研究で、印籠や根付など細密工芸品はまだ手付かずに近く、困難とはいえ、今後の研究が期待されている。

「若旦那、そのたばこ入れ、わたしにもちょっと見せておくれやす」

源十郎は菊太郎からそれを受け取ると、百花百草を彫り出した根付を、ためつすがめつ眺めた。

「どうじゃ源十郎、そなたもさような根付なら欲しかろう」

「欲しくてもこれだけの根付、小間物屋に頼んだかて、なかなか手に入らしまへん。手に入ったら、今度は金の算段《さんだん》をせななりまへんわいな」

「これなら五十両といわれれば五十両、百両といわれれば百両であろう。しかも雲甫可順ともうす奴、銭金を積んだだけでは、容易に仕事を引き受けぬときいている」

「ところでこの根付、その偏屈者《へんくつもの》が彫り上げてから、まだどれだけも経《た》ってしまへんわなあ」

「わしもいまそれを考えていたところじゃ。これほどの根付、大坂の雲甫可順とて、誰が身におびるかわからないまま、彫ったはずがあるまいでなあ。さればそこから、長屋で寝こんでいる老人の身許が、たどれるやもしれぬ」

「持ち主まではともかく、どこの店の依頼で彫ったかぐらい、わかりまっしゃろ。それで肝《かん》心《じん》なのは、その修験者やった雲甫可順はん、まだ生きてはりますやろか」

「ああ、ごく最近、耳にしたところによれば、大坂の堂島の裏長屋で、人に祈《き》禱《とう》をほどこして銭を稼ぎ、気がむいたら根付を彫って、気ままに暮しているともうす。どこかの遊女を、妻女にしているそうじゃ」

二人の話をきいていたお信が、自ずとうなだれた。話題にされている雲甫可順と遊女の関係が、どこか菊太郎と自分のそれに、似ていると思われたからであった。

「それにしても、これだけ金目のたばこ入れを持ってはるお人が、なにもお菰はんみたいに腹を空かせ、野宿なんかしてはらんでもよろしゅうおすのになあ」

「それはまあそれじゃな」

「そんなん、わたしにはさっぱりわからしまへん」

「いくら窮していたとて、当人には売りたくない品もあれば、目の利かない道具屋に足許を見られ、買い叩かれるのが、いまいましい場合とてあるわい。また古道具屋が、盗品ではないかと恐れ、買うのを避けたとも考えられよう」

「なるほど、そらいえてます。迂闊《うかつ》に身許も確かめんと、欲にかられ、大変な品物を安く買い叩くのも問題。往々《おうおう》にして、あとで厄介《やっかい》な目にあいますさかいなあ」

「まあ、それはそれとしてその老人、なにかの目的があって、姿をくらましているのではあるまいか。身につけていたのは十徳だときいたが、それに相違ないのじゃな」

人の手前もあり、お信にたずねる菊太郎の口調は、いつもより他人行儀《ぎょうぎ》であった。

「はい、十徳姿でございました。ひどく汚れてましたさかい、長屋のお里はんが洗濯《せんたく》をして、いつでも着られるようにしてあるそうどす」

十徳は素襖《すおう》に似て、脇を縫いつけた羽織のような衣服。江戸時代、漢学者や絵師、医者などが好んで着用した。

さらには動きやすいため、隠居暮しの人々が用い、十徳は老人の衣服ともなっていた。

「生地はいかがじゃ」

「袴《はかま》とも紬《つむぎ》で、そこそこの品でございました」

「しかれば金目のたばこ入れを所持した老人に、ふさわしい服装というわけか」

「ますますわかりまへんなあ」

源十郎が大きく肩で息をついていった。

「ご老人はほとんど布団で横になってはり、武助はんや勘七はんが、枕許でなにをきかはってもただうなるだけ。なにも答えてくれはらへんそうどす。やっぱりなにか、わけをお持ちのお人どっしゃろなあ」

お信は気の毒そうに、美しい眉を翳《かげ》らせた。

「それに決まっておろう。これほど金のかかるたばこ入れを所持いたす老人が、お菰であるはずがない。ただうなるだけでなにも答えられぬのは、容易に打ち明けられぬ事情があるからじゃ」

菊太郎は雲甫可順が彫った百花百草の根付を、右手で弄んでつぶやいた。

彫りは実に巧み。親指と人差し指を輪にしたより、やや大きな面の上下に、さまざまな草花が小さく精緻《せいち》に彫られている。また草花の組み合わせが見事で、ため息が出そうだった。

「それで若旦那、どないしはります」

「手掛かりはこの根付。修験者の雲甫可順が、大坂の堂島でまだ息災でいれば、まず可順の許にまいり、この根付をどこの店に頼まれて細工したか、聞き出せばよい。その店がつかめれば、注文主も造作なくわかるというわけよ」

「それが一番、早うおすわなあ」

源十郎もお多佳も深くうなずいた。

「いっそわしがこの根付をたずさえ、大坂にまいろうか」

「若旦那が大坂に――」

「いかにもじゃ」

「そらいけまへん。相手は偏屈者の修験者。若旦那がわざわざ出かけはっても、つむじを曲《ま》げ、まっとうに答えてくれへんかもしれまへん。そこで若旦那、どうどっしゃろ。この鯉屋と関わりの深い大坂の同業者の許に、手代の喜六でもやり、そこの助けを借りて聞き出すのは、いかがでございましょう」

「なるほど、それはよい思案じゃ。わしも大坂まで出かけ、偏屈者に敢《あ》えて会いたくないわい。修験者で根付師。ときどき人に祈禱をほどこして銭を稼いでいるとは、かなり変った人物であろうしなあ」

「その雲甫可順さま、そら変ったお人どすやろ。そやけど、若旦那とそれほど違いはありまへんで。若旦那は偏屈者に会いたくないというてはりますけど、ほんまのところ、大坂に行きたい気持もあるんどっしゃろ」

「げ、源十郎、なにをもうすのじゃ」

菊太郎はかれらしくもなく、狼狽《ろうばい》ぎみにいった。

「修験者で根付師。根付を彫る腕は、いうたら若旦那の剣の腕と同じどすわなあ。買い手はわんさといてます。そやけど若旦那が、奉行所に召し抱えられるのを嫌がっておいやすように、雲甫可順さまも気がむかな、根付を彫らはらへん。ご自分の気持をちょっと変えたら、まっとうな暮しができるというのに、そうしはらへんところが、全く瓜《うり》二つどすがな。失礼どすけど若旦那が、大坂へ出かけ、敢えて可順さまに会いたくないといわはるのは、まるで我が身を見るようで、一面、嫌なんとちがいますか——」

源十郎は斬りこむようにずばっとただした。

数瞬、菊太郎は微笑したまま、かれの顔を見つめていた。

その言葉を肯定する気も、また反対にことさら否定する気持にもなれなかったのだ。

かれの発言は、確かに自分と雲甫可順の相似性をいい当てている。

可順は山林に居を構えてこそいないが、一種の隠者《いんじゃ》にちがいなかった。

人生の無常を思い、この俗世から離れて気ままに生きる。人には、現実を逃避《とうひ》しているとそしられかねないが、中国や日本の隠者たちは、世俗の価値を冷たい目で眺め、自分のありかたを考えてきた。

汚辱や虚偽への憫笑《びんしょう》。富貴をつまらないものだと考える高潔な精神。世俗にまじって栄達をはかるより、市井《しせい》で拘束されずに生きるほうが、菊太郎にはやはり幸せであった。

市井での隠逸《いんいつ》。雲甫可順はそれを十分に楽しんでいる。だが自分は、一見、隠者に似た生活こそしているが、汚辱や虚偽をあぶり出す公事宿に関わりを持ち、中途半端な暮しを送っている。

菊太郎はふと急に、広い野原を風に吹かれ、飄々《ひょうひょう》と歩いている自分の姿を想像した。

そばからお信が、菊太郎の考えていることを気配から察したのか、少し脅《おび》えた表情でかれを眺めた。

源十郎はそんな彼女にちらっと目をやり、お多佳をうながした。

下代《げだい》（番頭）の吉左衛門か手代の喜六を、呼んでくれと頼んだのであった。

「今日、吉左衛門はんは、西町奉行所に詰番《つめばん》のため出かけてはりますけど——」

お多佳は片膝を立て、不意に思い出して答えた。

「それやったら、喜六でよろし。ここにきてもろうてくんなはれ」

中暖簾《なかのれん》をかき上げ、表の帳場に消えていったお多佳は、すぐ喜六をともないもどってきた。

「旦那さま、なんでございまっしゃろ」

かれはお信に会釈《えしゃく》して、源十郎にたずねた。

「おまえ、わたしが手紙を書きますさかい、それを持って、大坂南町奉行所に近い公事宿『天王寺屋《てんのうじや》』の範右衛門《はんえもん》はんのところまで、いまからにでも発《た》ってもらえまへんか」

「なんと、それはえらい急なんどすなあ。また大坂の公事宿天王寺屋はんにご用とは、おだやかではございまへんがな」

「いいや、出入物《でいりもの》（民事訴訟事件）ではありまへん。このたばこ入れについてる饅頭根付。これは大坂の堂島に近い長屋に住んではるはずの、雲甫可順さまいわはる一風変った根付師が、作らはったもんどす。天王寺屋の範右衛門はんにご同道を願い、これはどこのお店からの注文で彫らはったのか、その根付師はんにきいてきてほしいのどすわ」

かれは菊太郎から受け取った饅頭根付を喜六に渡し、用件を語った。

「こまかい細工の饅頭根付どすなあ。買うたら高うおすやろ」

「わたしやおまえみたいな者には、分《ぶん》不相応な品やわいな」

「それくらい、わたくしにかてわかってます」

喜六は百花百草に目を凝らしていい、左手にそれをぐっと握りしめた。

「喜六、そのたばこ入れを持って、大坂に行ってもらいますのやけど、途中で失うてはなりまへんのやで。伏見から大坂にむかう三十石船の船中で、変に見惚《みと》れてて、淀川の中に落しでもしたら、持ち主にまどさななりまへん。何百両の指し値をされたかて、嫌とはいえしまへんのやさかいなあ。もしそんなんやったら、この鯉屋の屋台骨は、がたがたになってしまいます」

「旦那さま、そない高価な品を、わたくしに預けはるんどすか。厄介《やっかい》どすなあ」

「喜六、なにが厄介どすな。要するにそのたばこ入れを持って大坂に行き、公事宿天王寺屋の範右衛門はんを、訪ねればいいのどす。雲甫可順さまいわはる根付師はんから、どなたに頼まれてお彫りやしたんか、きき出してくるだけのことどすがな」

「そら、わかってますけど、わたくしはそんな高価な品を預かるのは、かなわんというてるんどす」

「喜六、そなたは失《な》くすかもしれんと案じておるが、気をつけてさえいれば、滅多なことは起るまい。大事を期すためともうし、三十石船では特上の席をととのえてもらい、大名気分で大坂に行ってまいるがよい」

　菊太郎が明るい声ではげました。

「お相手の都合《つごう》もありますさかい、今日出かけ、明日もどれとはいいしまへん。天王寺屋の範右衛門はんとよう話し合い、さっきいったことを、しっかりたずねてくるんどす。お多佳、喜六の奴に、五両ほど持たせなはれ」

「五両もどすかいな――」

「わたしはなにも、全部使うてこいとはいうてしまへん。知辺《しるべ》の少ない浪速《なにわ》、付《つ》けもききまへんさかいなあ。場合によったらお相手を、料理屋に招かなあかんこともあるかもしれまへん。そんなとき、けちけち金を使い、この鯉屋の暖簾を汚さんときなはれや」

源十郎は、お多佳が小簞笥《こだんす》から金を取り出し、喜六に渡すのを見て、付けくわえた。

「ほんならさっそく旅支度をして、出かけさせていただきます」

「ああ、そうや。天王寺の範右衛門はんは、聖護院の八橋《やつはし》が大好物やというてはった。それを仰山《ぎょうさん》買い、土産に持っていきなはれ。一折や二折ではいけまへんねんで――」

源十郎の言葉に、お多佳と菊太郎がそれがいいと、顔を見合わせ微笑《ほほえ》んだ。

三

二日後の夕刻前、大坂から早飛脚《はやびきゃく》が鯉屋に到着、一通の手紙をとどけてきた。

喜六が源十郎に宛《あ》てたものだった。

「京にもどってもきいへんと、いったいなんの用やろ。喜六も手間のかかる奴ちゃなあ」

源十郎は帳場に坐る吉左衛門に愚痴《ぐち》り、上包みをはぎ、手紙を取り出した。

あわただしく字面を追い、顔を翳らせ、小さく舌を鳴らした。

「旦那さま、どないしはりましたん」

吉左衛門が帳場の結界《けっかい》のむこうから、声をかけてきた。

「大坂にやった喜六が、都合の悪いことをいうてきたんどす。根付師の雲甫可順さまが、修行のため吉野に出かけてはり、お家へのおもどりは四、五日あとになる。それまで喜六は、天王寺屋はんに滞在させていただきますと、書いてきはりましたのやがな」

「天王寺屋はんに滞在させていただくとは、厚かましい奴どすなあ。いくら鯉屋とは親しい同業者でも、商いの邪魔《じゃま》になるぐらい、わかりまへんのやろか。どうして旅籠《はたご》に泊りまへんのや。銭は五両も持たせはったんどっしゃろ」

吉左衛門が喜六を非難した。

「吉左衛門、まあそないに怒ったらいけまへん。喜六がそのつもりでも、天王寺屋の範右衛門はんや下代はんたちに、引き止められたら断われしまへんやろ」

「そらそうどすけど、一晩や二晩ならともかく、四日も五日もとなると、これは別どすわ」

「まあ四日でも五日でも仕方ありまへんがな。吉左衛門、おまえわたしの代りに、何日かかってもええさかい、雲甫可順さまにお会いして京にもどってきなはれと、喜六に宛て手紙を出しといておくれやす」

「すぐ出しておきますけど、天王寺屋の旦那さまには、どう書いたらええのどす。いうておくんなはれ」

「それは別にわたしが書きます」

「そしたら喜六の奴に、天王寺屋はんでは鯉屋の恥をさらすことにならんよう、重々、気をつけてお世話になるのやと、書いておいてやりますわ。だいたいわたくしは何遍《なんべん》もいうてる通り、喜六の草履《ぞうり》の脱ぎ方が気に入りまへん。あれはわたくしが文句をいわんと、すぐ脱ぎっ放しにして、そろえしまへんのや。それに大根のお漬物を、むしゃむしゃばりばり音を立てて食べるのも、ほんまに下品どすわ」

「まあ吉左衛門、そない細々《こまごま》いうてやることはありまへん。喜六も家と外の区別ぐらい、つけてますやろ」

「お世話になっている天王寺の下代はんや手代はんを連れ出し、小料理屋か縄暖簾で、いっぱい酒を振る舞うぐらい、気の利いたことをやりまっしゃろか――」

「そこまで心配せんかて、自分の立場を考え、黙ってても塩梅《あんばい》しよりますやろ」

「わたくしもするとは思うてますけど、念のため、書き添えさせてもらいます」

「それより喜六の返事を、菊太郎さまが居間でずっとお待ちや。根付師の可順さまが、やっぱり修験者になり吉野に出かけてはると、早う若旦那に伝えななりまへん」

源十郎はいいながら、喜六の手紙を表紙に包みこみ、中暖簾をはね上げ、奥に消えていった。

中庭には、初夏を思わせる強い陽射しが照りつけていた。

かれが奥に消えてからほどなく、菊太郎が差し料をつかみ、帳場に現われた。

後ろに源十郎がつづいていた。

猫のお百《ひゃく》が、菊太郎の足許に寄り添っている。

「お百の奴、先日お信がここにまいったとき、鼻の穴をふくらませてすねておった。猫にも妬《や》く気持があるとみえる。わしはお百がお信に飛びつき、鋭い爪で頬でも引《ひ》っ掻《か》くのではないかと、案じていたわい」

「猫でもそないな気持を持つのかもしれまへん。お百の鳴き声は、若旦那さまに妙に甘えて、いつものようではありまへんわ」

「さてはわしが、お信の家へまいるのに、気づいているのじゃな」

「そうかもわかりまへんなあ」

「お百、おまえも人に化《ば》けると信じられている猫であろうが。わしを鯉屋に引き止めておきたければ、一度ぐらい、絶世の美女に化けてみぬか――」

土間の草履をひろった菊太郎は、腰に差し料を帯びた手で、お百を抱き上げ頬ずりした。

「若旦那、なにをしょうもないことをいうてはりますねん。化け猫がほんまどしたら、わたしかてそれを見世物にして、割りの悪い公事宿なんかしてまへん」

「そらそうじゃなあ。お百、わしは好いた女子の許にまいるにはまいるが、そこの長屋には、厄介なご老人がおいでになるのじゃ。惚《ほ》れた腫《は》れたの艶事《つやごと》で出かけるのではないぞよ」

店の床《ゆか》に、お百は静かに下ろされた。

土間では小女のお与根が、菊太郎を見送るため立っている。

草履をはいた素足。すらっとのびた両脚がきれいだった。

「では源十郎。喜六から知らせがあったら、鶴太でもすぐお信の長屋に走らせてくれ。わしはわしで、できるだけご老人の身許を探り出すことにいたす。いつまでも口を閉ざし、ただうなっておられるものでもあるまい。時がすぎれば、長屋のお人たちの情にほだされ、少しずつ身の上話をいたされるはずじゃ。いまごろ、どこのご隠居かわかり、お信たちもほっとしているやもしれぬ」

「そうならよろしゅうございますけど、長年、公事宿を営んでいるわたしの勘では、それはなかなか。一筋縄《ひとすじなわ》ではいかんように思いますわいな」

「なにを理由にして、一筋縄ではいかぬともうすのじゃ」

「理由なんかなく、勘、勘としかいいようがございまへん。そやけどこの勘、ときにばっちり的中《てきちゅう》するんどっせ」

源十郎は真顔になり、菊太郎にささやいた。

「それではわしも、源十郎がもうすそこをよくわきまえ、お信の家にまいるといたそう。そなたの暗示にかかったのか、なにやらわしも、尋常《じんじょう》でない気配を感じてきた。背筋に寒気をおぼえるわい」

「あほらし。風邪ぎみなんとちがいますかいな」

「なんとでももうせ。どうせわしは鯉屋の居候じゃ」

「居候の割りには、いつも大きな口を利いてはりますなあ。それでも居候どすか」

「居候、居候ともうすではない。世の中に居候ほど、辛《つら》い立場はないぞよ」

「威張《いば》ってはってもどすかいな」

「これはただの虚勢《きょせい》。さほどのことはない」

「減《へ》らず口はええ加減にして、早うお出かけやす。銭は持ってはりますのんか——」

「ああ、くれるのであれば、もう一度もらってもよいぞ」

「あっ、しもうた。先ほど居間で、一両お渡ししたんどしたなあ」

「もらわなんだとはもうしておらぬ」

にやっとした笑みを源十郎に投げ、菊太郎は足早に鯉屋の黒暖簾を外にくぐっていった。

三条大橋を渡り、法林寺脇の長屋を訪れる。

一日一日、長くなった陽が西に沈みかけており、東山や麓《ふもと》に点在する家々が、夕陽に真っ赤に染まっていた。

「これはお信、もう重阿弥からもどっておったのか――」

「へえ、重阿弥の旦那さまが、ここしばらく忙しかったもんどすさかい、今日は早仕舞にしなはれと、すすめてくれはったんどす。それでお礼をいい、つい先ほどもどってきました」

「なるほど、それはよかった。実はなあ、大坂にやった喜六の帰りが四、五日あとになる。それを長屋の衆に知らせにきたのよ。それでわしは、喜六から確かな返事がとどくまで、そなたの許に居させてもらう。せめてご老人から、身許をきき出そうと思うてなあ」

菊太郎の言葉で、お信の顔がぱっと輝いた。

もうそろそろ、娘のお清が寺子屋からもどってくる。

夕飯に炊《た》く米を増すため、お信はいそいそと台所にむかった。

その夜、菊太郎はお信たちと布団を並べて寝ながら、明日の行動をあれこれ思案していた。

一升徳利《とつくり》でも下げ、武助の家に出向く。そして武助を交えて老人と酒を酌み、口を開かせようと考えた。

いっとき騒がしかった長屋の子どもたちの声も消え、刻々と夜が更《ふ》けてきた。

お信とお清は、低い声で話をしている。

きくともなくそれをきいていると、お清が今日、寺子屋で習ってきた漢字の歴史についてであった。

「ひらがなや片仮名は、遠い昔、この国のお人たちが、漢字からこしらえ出さはった文字なんやそうや。お母はん、お母はんはそんなこと知ってたん――」

お清がお信にたずねたとき、菊太郎はそっと上半身を起こした。

「菊太郎さま、どないしはりました」

唇《くちびる》に人差し指をしっと当て、お清を黙らせると、お信も布団の上に坐った。

「お清ちゃん、話の腰を折ってもうしわけないが、いま妙な気配が、家の前を奥に消えていったのじゃ。殺気《さつき》を放っていたのよ」

「殺気って、人を殺《あや》めたり傷つけたりする気配のことどすか」

お清が小声でただした。

「ああ、そうじゃ。わしの五感にぴんとひびいた。お信、これから外でなにが起ったとて、騒ぎ立てるではないぞよ」

やはり小声でいい、菊太郎は布団の脇に置いた刀をつかみ、そっと立ち上がった。

表の気配に鋭く探りを入れる。

かれは足音を立てずに土間に下り、草履をはいた。

つぎに腰板障子の閂《かんぬき》をはずし、表戸を少しずつ開け、すっと闇の中に溶けこんでいった。

武助の家の前に、黒い影が二つ立っている。

二人は家の中をのぞきこむようすだった。

「幾松《いくまつ》、雁金屋《かりがねや》の隠居は、確かにこのぼろ家で世話になっているんやな」

「へえ弥五郎《やごろう》の兄貴、それにまちがいありまへん。わしおとといから、何遍も確認してますねん」

太い声に、気弱な声が答えた。

「おまえが何遍も確認してるんやったら、もう確かなこっちゃ。探し出すのに往生したわいな。踏みこんで一気に殺すつもりやさかい、家の者が騒ぎ出したら、相手かまわず殺《や》ってしまうんや。子どもにかて、慈悲なんかかけてられへん。なにしろ雁金屋の隠居を探し出し、あの世に送ったら、二百両の金になるのやさかいなあ」

二人の声は蚊《か》の鳴くほど小さかったが、菊太郎の耳にははっきりとどいていた。

——ご老人は雁金屋ともうす店の隠居だというのじゃな。これで老人が、百花百草を彫り出した雲甫可順の饅頭根付を持ち、うなるだけでなにも語られぬ背景の一端でもわかったわい。

菊太郎は足音をしのばせ、二人に近づいた。

かれらが菊太郎に気づいたのはすぐだった。

「この野郎、立ちぎきしていよったんやな——」

弥五郎の大声が、闇の中にひびいた。

「家の者が騒いだら、相手かまわず殺すのじゃと――」

開けたままの腰板障子から、外をのぞくお信の耳に、菊太郎の相手を揶揄《やゆ》する声がとどいた。

「おうさ、もうこうなったら殺《や》らな仕方ないわい」

「雁金屋の隠居とかもうしたな。わしが動く前に、ご老人を殺れるものなら殺ってみせい」

菊太郎の鋭い声と同時に、かれの腰から闇の中に一閃《いっせん》がひらめいた。

鈍い音がつづけざまに起り、二人の男は怪鳥《けちょう》のような悲鳴をもらし、長屋のどぶ板の上に、どっと倒れこんでいった。

「なんやな、この騒ぎ――」

家々の腰板障子がつぎつぎに開かれ、手燭《てしょく》が差し出された。

人相の悪い男が二人、気絶している。

「大工の武助どの、二人の手足をしっかり縛り上げてもらいたい。それから誰か、大宮通りの鯉屋まで走ってくれまいか。それに駕籠《かご》が二つ必要じゃ。途中で町廻りの役人にでも誰何《すいか》されたら、この田村菊太郎に頼まれた使いだともうしてくれ」

「へい、わかりました」

長屋の誰かが、わめくように答えた。

四

幾松は牢の中で目を覚ました。

昨夜は何者とも知れない男から峰打ちを食らわされ、息を吹き返したのは、駕籠の中だった。

駕籠は二つ、前のそれに弥五郎が乗せられているのは、わかり切っていた。

手足が前で堅《かた》く縛られている。

自分たちはどこに運ばれていくのか、不安が幾松の胸に重くのしかかってきた。

駕籠が下ろされたのは、息を吹き返してほどなくだった。

「お侍、こいつらまだ気絶したままどっせ」

駕籠の垂れを上げられたとき、幾松は急いで目を閉じ、まだ気絶したままを装った。

「たわいのない悪党どもじゃ。おまえたち、すまぬが二人を抱え、牢の中に運び入れておいてくれ」

自分と弥五郎に峰打ちを食らわせたらしい男が、駕籠屋に命じていた。

——牢の中、こらえらいこっちゃ。

背中を粟立たせ、幾松は目を閉じつづけたのであった。

いくつもの足音が、そのかれの耳についた。

どうやら六角牢屋敷でも、町奉行所でもなさそうだった。

「二人とも痩《や》せてるくせに、やけに重い奴どすなあ」

駕籠かきではなく、今度はお店者《たなもの》の声であった。

「こっちの年嵩《としかさ》の男は、背中から二の腕にかけて、派手な龍の刺青《いれずみ》を入れてまっせ。強そうにしてても、若旦那から一発食らわされ、簡単に気絶どすかいな」

「えてしてかような手合いは、見せかけだけで、腕は弱いものじゃ」

「親からせっかくもろうた身体を痛めつけ、こないな彫り物をして、なにを考えてますのやろ。銭をかけ痛い目をせんでも、少しぐらいしんどくても、地道に銭を稼いだほうがましなのが、わかりまへんのやろか」

「わからぬゆえ、さような彫り物をいたすのじゃ。この彫り物はなかなか見事。生剝《なまは》ぎにして売り出せば、買い手がつくかもしれぬぞ」

菊太郎にいわれ、幾松と同じく仮死を装っていた弥五郎の身体が、びくっと震えた。

「気絶したふりを装っているぐらい、わしにはわかっておるぞよ。やい、目を開けるのじや」


菊太郎は弥五郎の身体を、刀の鐺《こじり》でぐいと突いた。

はっと気づいた素振《そぶ》りで、弥五郎は目を開けた。

目前に広い歩廊がのびている。

いま身体を運ばれているここがどこなのか、かれにもさっぱりわからなかった。

「お、お助けのほどを——」

「お助けのほどだと。そなた若い男に探し出させた雁金屋の隠居や、騒ぎ立てた家の者がさよう頼んだら、殺しをやめることができたかな。まあゆっくり料理してつかわす。今夜はここで、冥土《めいど》にまいる道中がいかなるものかでも、じっくり考えておるのじゃな」

組まれた太い木格子《きごうし》の前で、両手足の縄を解かれ、弥五郎と幾松は、乱暴に牢屋の中に投げこまれた。

「い、幾松、おまえ気絶した振りをしてるんやろ」

手燭の火がむこうに遠ざかるのをうかがい、弥五郎はかたわらに横たわる幾松に、声をひそめてたずねた。

「あ、兄貴、ここはどこどすねんやろ。えらい目に合うてしもうて——」

「ほ、ほんまにこれは、わしにもなにがなんだかわからへんわい」

「ここは畳を敷いた座敷牢。お上《かみ》の牢屋ではありまへんなあ。なんか変な扱いどすわ」

「あの侍らしい男が、わしの刺青を生剝ぎにして、ほんまに売るというのかいな」

「わし、そんな意味でいうてしまへん。あれは冗談《じょうだん》どっしゃろ。そやけどここは、やっぱりどこどすやろ」

「わしにもそれがわからへん。幾松、こうなったらわしらも、もう覚悟を決めなあかんかもしれへんなあ」

暗闇の中で、弥五郎がつぶやいた。

「か、覚悟いうて、なんの覚悟どす」

「雁金屋の隠居を探し出して殺そうとしたんじゃ。人間、いくら銭のためとはいえ、仕出《しで》かしてええことと、悪いことがあるわなあ。わしはこんな目に合うて、初めてそれに気づいたわい。家の者が騒ぎ出したら、相手かまわず殺してしまうやなんて、自分ながらようもいえたもんや。あの若い侍や、ここの店の者たちにあれこれいわれ、遅まきながらいままで粋《いき》がって生きてきた自分の愚かしさに、やっと気づいたんじゃ。ここがどこで、わしらがこれからどうされるのか、わからへん。けどわしは、悔やんでも悔やみ切れんことを仕出かしてしもうたさかい、もうすっぱり命みたいなもんあきらめるわ。おまえもそのつもりでいててんか。若いおまえを、わしみたいな者の道連れにしてしまい、すまんこっちゃなあ」

弥五郎は鯉屋の座敷牢（宿預かり牢）の中で、どっかと坐りこみ、幾松にいった。

人間は危機に瀕したとき、本当の人格が表われるものだ。

京の伏見で十年近く、ならず者として鳴らしてきた弥五郎は、幾松に詫《わ》びをいい、引導《いんどう》を渡したつもりだった。

「あ、兄貴――」

幾松が悲鳴に似た声を低くほとばしらせた。

「幾松、もうどんだけ泣いても叫んでも、どうにもならへん。わしみたいな愚かな男の腰巾《こしぎん》着《ちゃく》になったのが、自分の不運やったと、悪いけどあきらめてんか。そやけどほんまに悪いのは、雁金屋の旦那じゃわい。造り酒屋の身代《しんだい》を、親父はんからそっくり譲ってもらったら、にわかに父親を粗末《そまつ》にして、早く死んだらええとばかり、邪険《じゃけん》に扱うてきたんやさかいなあ。ご隠居さまは、手《て》の平《ひら》をひっくり返したような息子の態度に腹を立て、公事宿に頼んで、奉行所のお裁《さば》きを受けはった。けど雁金屋の旦那は、公事に勝つためあっちこっちに金をばらまき、ついにはご隠居さまのひがみとして、お裁きを終わらせはった。それから旦那は、ご隠居さまを部屋に閉じこめ、人にも会わせへん。ご隠居さまが家から逃げ出されたのは、当然のこっちゃ。世間ではようきく話やけど、実の親子でも銭金が関わると、とんでもない事態になるもんやわ。銭金が仰山あっても邪魔にはならへん。けど仰山あることで、かえって人間らしく生きられへん者たちもいてる。わしはそれにずっと気づいてたけど、今度痛い目に合うて、肝《きも》に銘《めい》じてわかったわい。行方をくらまさはったご隠居さまを探し出し、始末をつけてくれはったら二百両払ういうのは、実の子がやることやない。鬼の行ないやで。わしらは金に目がくらみ、その鬼の手先になったんじゃ。ほんまに身体の生皮を剝がされたかて、文句いわれへん。いつの間にか悪所暮しの錆《さび》が、身についてしまったんやなあ」

弥五郎は自嘲《じちよう》しつづけた。

幾松はかれの話を、黙ってきいている。

これから明日にかけて起ることを案じてか、ぶるぶる身体を震わせていた。

「あ、兄貴——」

「なんじゃい」

「こうなったらいっそ、わしらを捕らえた侍になにもかもぶちまけ、命乞いしてみたらどうやろ」

「相手は雁金屋のご隠居さまのお指図で、動いている連中かもしれへんねんで。わしらがご隠居さまを襲うのを待ち受けてて、姿を現わしたとも考えられる。ご隠居さまは、自分を殺しにきたわしらという生き証人を、こうして捕らえ、再び奉行所にお裁きをお願いするつもりなんやわ。そやさかいお裁きの場で、もうなんでも正直にもうし上げたらええのやわい。

あんまり無様はできへん。いくら悪党でも、わしにも見栄《みえ》いうもんがあるさかいなあ」

「お奉行所のお白洲《しらす》で、わしらにはどんなお沙汰がいい渡されるんどす」

「重ければ打ち首、軽くて遠島やろなあ」

「遠島——」

「ああ、遠島がええところやろ。わしらが横着な顔で暮してた伏見から、船に乗せられる。淀川を下って大坂の八軒屋に着き、ひとまず松屋町の牢屋に入れられる。そのあと九州の五島か薩摩《さつま》の甑島《こしきじま》、運が悪ければ、冬の寒い隠岐島《おきのしま》に流されるんじゃ。これも身から出た錆。いまさら研《と》ぎ直《なお》しもできへん」

さすがに弥五郎は憮然《ぶぜん》といった。

「兄貴、わしも阿呆やったんやわ。船宿の手代見習いにまでなったんやけど、根が生意気《なまいき》やさかい、性格の悪い番頭に逆ろうて、店を飛び出してしもうた。顔見知りの兄貴にうかうか付いていったのが、まちがいのもとやったんやわ」

「幾松、せっかくやったのになあ」

「とんでもない。わしは兄貴を恨《うら》んでなんかいいしまへん。そのとき兄貴は、堅気《かたぎ》の道を行くのがええのやないかと、諭《さと》さはりましたがな。それに耳も貸さんと、兄貴の腰巾着になったのは、わしのほうからどす。雁金屋のご隠居がなにを考えてるのか気づきもせんと、手柄《てがら》顔《がお》で兄貴を寺裏の長屋に案内したのは、わしがどじやからどす。あげく、こないなことになってしもうて。わしこそ兄貴に謝《あやま》らななりまへん」

幾松も覚悟をつけたのか、平静な声にもどっていた。

「おまえ、うれしいことをいうてくれるやないか。そやけど悪いのはわしや。兄貴面をして、堅気のおまえを、悪い道に誘いこんでしもうたんやさかいなあ」

ここで弥五郎と幾松のひそひそ声が、ふと途絶えた。

二人ともはっきり腹をすえたようであった。

座敷牢のかたわらの闇にひそみ、二人の話に耳をすませていた菊太郎が、このとき音もなく立ち上がった。

伏見の造り酒屋の雁金屋。店を息子に譲った先代と当代の争い。公事に持ちこまれているというだけに、あとの調べは簡単につくはずである。

雲甫可順の根付を用いたたばこ入れを所持している老人が、武助の家でただうなっているだけのことにも、これで納得がいった。

そのあと弥五郎と幾松は、座敷牢の中で、眠られぬ一夜をすごした。

そして夜がすっかり明け切ったころ、菊太郎や鯉屋の源十郎は、すでに動きはじめていた。

「兄貴、ここの座敷牢の外には、障子戸がはめられてます。板廊のむこうは、どうやら庭のようどっせ」

「いつの間に障子戸が閉められたんやろ。それにしても、ここはどこやろなあ」

弥五郎が不審そうにいったとき、板廊に足音がひびき、白い障子戸がすっと開けられた。

鯉屋の手代見習いの佐之助が、鶴太に盆を持たせ、やってきたのであった。

「お二人はん、格子戸の外に、ご飯を盛り付けた鉢と汁椀《しるわん》を置いておきますさかい、手を出して取りこんでおくれやす」

佐之助はできるだけ無表情な顔で告げた。

「へえっ、おおきに——」

幾松が弱々しい声で礼をいった。

「そのお人、ここはどこなんか教えておくれやすか」

弥五郎がおずおずたずねた。

「ここどすかいな。ここは城下《しろした》にある家どすわ」

「城下——」

弥五郎も幾松も、やはりといいたげに絶句した。

堀川の西には、二条城のほか京都所司代や東西両町奉行所、また組屋敷や目付屋敷、さらに公事宿などが、ずらっと並んでいる。

江戸時代、城下《じょうか》は身分や立場のある人々の居住区だったが、京都にかぎっていえば、堀川の西・二条城界隈は「城下《しろした》」と呼ばれていた。京の老若男女から、なにかと恐れられる場所だった。

弥五郎と幾松は急にうなだれた。

佐之助たちが白《しら》っとした顔で、鯉屋の帳場に戻ってきた。

「座敷牢の二人は、どんなようすどした」

吉左衛門が鶴太にただした。

「ここはどこだすとたずねおった二人に、佐之助はんは冷たい声で、城下《しろした》やと答えはりました。城下と知って、二人は目を白黒させてましたで——」

「佐之助、菊太郎の若旦那さまが、あの二人をいたわってやれというてはりましたやろ。いきなり城下やと驚かせて、どないします」

「吉左衛門はん、あの二人に城下やとはっきりいうてやるぐらい、なんでもありまへん。刺青をした男、驚いてぶっ倒れるような玉やございまへんわ」

「そやけど菊太郎の若旦那さまは、いくら悪人でもまことに後悔しておれば、まともにしてやらねばなるまいというてはりましたえ」

「だいたいあの若旦那さまは、女子だけでなく、悪党にも甘すぎるんどす」

「佐之助、若旦那さまがいまの言葉をきかはったら、きつう怒らはりまっせ」

吉左衛門が佐之助をたしなめた。

鯉屋源十郎は手代の幸吉《こうきち》を連れ、伏見の雁金屋に出かけていた。

当主は門左衛門《もんざえもん》といい、四十五歳だった。

「罪人を出すだけが能《のう》ではあるまい。実の父親を殺そうとした門左衛門がどう動くか、二人のやくざ者を預かっているといい、ようすをうかがってみるのじゃ。わしは法林寺の裏長屋で、報告を待っておる。あのように悔恨する話をきくかぎり、座敷牢の二人にも、情けをかけてやらねばなるまい。人にこびりついた悪い錆を落してやるのも、公事宿を営む者の務めだと思うがよかろう」

菊太郎は源十郎にいい、自分は雁金屋の隠居の意見をきくため、長屋にむかったのである。

大坂の天王寺屋に滞在する喜六には、もう京にもどれとの手紙を持った飛脚が、すぐ走っていた。

鯉屋の座敷牢に閉じこめられた弥五郎と幾松の二人は、外でそんな動きがあるとは知らず、その日は終日、肩を落したため息ばかりついていた。

自分たちはどうなるのだろう。

いまごろ雁金屋の隠居が、町奉行所の役人を案内して、雁金屋の店先に乗りこんでいるにちがいなかった。

すべての資産を譲られた当代の門左衛門が、少しの支出も惜しみ、父親を粗末に扱ったため、かえって一切をふいにする結果になった。

親殺しは大罪。自分たちがそれに失敗したとはいえ、実行しかけたのは事実だ。当代の磔《はりつけ》は目に見えている。

鯉屋源十郎は夜になり、幸吉と菊太郎をともない、店にもどってきた。

「菊太郎の若旦那さま、長屋のご隠居さまはどないいうてはりました」

吉左衛門が帳場から立ち上がり、三人を迎えた。

「やれやれ、疲れたわい」

それにはすぐ答えず、菊太郎は帳場の横にどかっと坐りこんだ。

「若旦那、わたしも同じどすわ」

「お二人とも疲れた疲れたというてはるだけでは、わたくしたちにはなにもわからしまへん。みんなでずっと案じてたんどっせ」

吉左衛門は佐之助たちとうなずき合い、源十郎にぼやいた。

「伏見の雁金屋門左衛門は、源十郎が二人のならず者を預かっているというやいなや、懐《ふところ》にしていた短刀をいきなり抜き、喉《のど》を掻き切りかけたそうじゃ。狂い叫んで、なだめるのに往生したらしいわい。その旨《むね》を父親のご隠居どのに伝えたところ、ご隠居どのはぼそっと、本日をもって親子の縁を切るともうされた。親子の縁を切り、事件を内々にすませてやろうとは、せめてもの親心であろうな。ただし五百両の金子《きんす》だけ、自分に渡してもらいたいともうされ、交渉を鯉屋に一任されたわい。ご隠居どのは、貧乏でも武助たち長屋の連中にいたわられた暮しに、ひどく満足しておられるそうじゃ。わしが捕らえた二人については、わしが耳にした話をきかせてやると、息子はともかく、そないならず者なら、なんとか堅気にさせてやっておくんなはれと、両手をついて頼みおった。身についた錆を落してやるのもわしらの務め。その代り、百花百草を彫った根付をもらうことにしたが、二人を堅気にするため、あの根付とていずれ手放さねばなるまいな」

佐之助があきれた顔できいていた。

「若旦那、親子いうても縁の薄いもんどすなあ」

「人間は誰でもこの広い世の中から、相性の良い相手を探し出して夫婦となったり、友としたりするものじゃ。血がつながっていたとて、考え方や生き方がちがえば、それは親でも子でもない。もっともこれは、ご隠居どのの言葉じゃが——」

「相手の胸底まではっきり見てしまうと、親子でも、もうどないにもなりまへんわなあ」

源十郎はそばに坐りこんだお多佳の顔を、しみじみ眺め嘆息した。源十郎夫婦には、子どもが授からなかったのだ。

「おい佐之助、わしを甘い奴だとあきれた顔で見ておらず、座敷牢に行き、あの二人を連れてまいれ」

「菊太郎の若旦那さま、なにをおいいやすのやな。とんでもない」

佐之助がうじうじ抗弁した。

「わしらも身に錆がつかぬよう、心して毎日を送らねばなるまい。座敷牢の二人、早くわが身の行く先を知りたかろう。昨夜、わしが盗みぎきをしたかぎり、二人は必ずまっとうな人間になるわい。もっとも一つ二つ、頬っぺたを張り飛ばしてやらねばならぬがな——」

菊太郎は両手の指をぽきぽきと鳴らしながら微笑した。

そのとき鯉屋のくぐり戸が、重い音をきしませて開いた。

「き、喜六どす。ただいま大坂からもどりました。どないな始末になったんどす」

かれは表の板間に坐る源十郎や菊太郎たちの顔を見回し、怪訝《けげん》そうにたずねた。

「火の用心、さっしゃりましょう」

夜廻りの町番が、拍子木を鋭く叩き、大声を上げ通りすぎていった。

右の腕

一

遠くで呼子《よびこ》の笛《ふえ》が鳴っている。

その音は、暑さをふくんできた夜の静寂を破り、つぎからつぎにと伝えられてきた。

町廻りの奉行所・同心や下《した》っ引《ぴ》きが、同役たちに急を知らせ、警戒をうながしているのである。

最初の呼子をきいてほどなく、二条城の南西にいかめしい四脚門を構える月番の東町奉行所から、あわただしい足音が起った。

それらは公事宿《くじやど》「鯉屋《こいや》」がひっそり大戸を下ろす大宮通りを、南に走りぬけていった。

「あの呼子はなんやいな——」

「笛の吹き工合《ぐあい》からして、ただの捕り物ではありまへんなあ」

「町奉行所から大勢のお人たちが、くり出していかはりましたわいな。馬の蹄《ひづめ》の音もきこえてきましたえ」

眠りを覚まされた田村菊太郎は、布団から起き上がり、部屋の外をのぞいた。

表の帳場のほうから、鯉屋の主《あるじ》源十郎や手代の喜六などが、ささやく声がとどいてきた。

土間柱の掛《か》け行灯《あんどん》に火が点《とも》され、手代見習いの佐之助が、表のくぐり戸を開けたようすであった。

「佐之助、呼子はどっちの方向やいな」

「へえ、どうやら巽《たつみ》（南東）みたいどすわ。町奉行所のお人たちも、そっちへ走っていかはったようどす」

源十郎の声に、佐之助が答えていた。

「こんな真夜中、奉行所のお人たちもご苦労なこっちゃ。あの呼子の鳴らせ工合からすると、どこかの大店《おおだな》に押しこみ強盗でも入ったんかもしれまへん」

「死人や怪我人《けがにん》が出んと、よろしゅうおすけどなあ――」

これは丁稚《でっち》の鶴太の声だった。

「旦那さま、そういえばこの十日余り、町奉行所へ詰番に行くたび、みなさまのようすが変どした。与力や同心のどなたさまに、どうかしはったんどすかとたずねても、誰も何もいわはらしまへん。いま考えれば、大きな捕り物をするため、ひそかに動いてはったんどすなあ。銕蔵《てつぞう》の若旦那さまさえ、わたくしに無愛想《ぶあいそう》どしたえ――」

手代の喜六が、初めてわかったといいたげに源十郎に伝えた。

東町奉行所の同心組頭・田村銕蔵は菊太郎の異腹弟。兄が居候《いそうろう》を決めこむ鯉屋に、なにかと便宜《べんぎ》を計らってくれるだけに、その無愛想は、秘密の漏洩《ろうえい》をよほど用心したものだろう。

「わたしも東町奉行所の雰囲気が、なにか妙やなあと思うてました。やっぱりそうやったんやわ。秘密が外に漏《も》れんようにしての大捕り物。狙う相手は、相当、大物にちがいありまへん」

佐之助が土間の掛け行灯の火に照らされ、こっちにもどってくるのを眺め、源十郎がつぶやいた。

奥の部屋から女房のお多佳が、寝間着に薄羽織《うすばおり》を引っかけ、小女のお与根とともに、不安そうな顔をのぞかせた。

ついで源十郎のそばに、ひそっと坐った。

「おまえまで起き出してきたんかいな」

「はい、なにやら落ち着かず、じっと寝てられしまへん」

「火事やないさかい、女子は寝てたらええのやがな。十日ほども前から、ひそかに手配した大捕り物。田村の若旦那さまさえ、口をつぐんではった事件や。おそらくどこぞの大店に押しこみ強盗が入ると、確かな筋から知らせを受け、網を張りめぐらしていはったんやろ。このごろ盗《ぬす》っ人《と》も、何年も前から店内《みせうち》に引きこみ役の仲間を入れ、大胆にも身代《しんだい》をまるごと、ごそっと盗み出していきよる。この一、二年、京でそれらしい事件が、上京でも下京でもっづいて起きているわいな」

源十郎が腕を組み、低い声でつぶやいたとき、帳場と奥をへだてる中暖簾《なかのれん》がはね上げられ、菊太郎がぬっと現われた。

「源十郎、その押しこみ強盗は、法華《ほっけ》の清五郎《せいごろう》といわれる盗賊の一味ではないかと、わしは小耳にはさんでいる」

「これは菊太郎の若旦那――」

「わしもさすがに眠りをさまたげられてな」

かれは上《あが》り框《かまち》にすすみ、土間に下りかけた。

「盗賊の一味は法華の清五郎。それはまた妙な名前どすなあ。異名の由来《ゆらい》はなんどす。教えておくれやすか」

「清五郎の正体は不明じゃが、一味の主だつ連中が、法華経を口で小さく唱えながら、不埒《ふらち》におよぶそうだからよ。奴らはここと狙った店に、何年も前から引きこみ役を入れ、辛抱強く盗み稼《かせ》ぎをいたすときいた。大津の船問屋に押しこんだとき、手下の一人が思わず清五郎のお頭《かしら》と呼んだのをきき、清五郎らしい男が、その手下を一刀の許に叩き斬ったともうす。以来、京都所司代や両町奉行所では、そ奴の仕業《しわざ》らしい押しこみ強盗の首領を、法華の清五郎の名で呼んでいるのじゃ」

「町奉行所から出仕のお声がかけられるくらいどすさかい、さすがに菊太郎の若旦那は、お耳が早うおす。それにしても、お題目《だいもく》を唱えながら卑しい盗みをするとは、罰当《ばちあた》りな盗っ人たちどすなあ」

源十郎は組んだ腕を解《ほど》いて愚痴《ぐち》った。

法華は法華宗の略。日蓮宗の別称で、法華経に帰依《きえ》するため、南無妙法蓮華経とお題目を唱える。

「源十郎、罰当りもなにもあるまい。盗賊の清五郎たちは、法華経の真理を心に思うているわけではなく、ただお題目を一心に唱えることで、意識を集中し、盗みの成功を念じているにすぎまい。一人の身許もばれないよう結束して、清五郎のお頭と一声叫んだ子分を、即座に叩き斬る非情な盗賊じゃ。銕蔵たち奉行所の連中が、堅く口を閉ざし、一網打尽《いちもうだじん》を図っていたのも当然だろうよ」

菊太郎は源十郎にいい、土間の草履《ぞうり》を引っかけた。

わずかに開けられたままのくぐり戸をぐっと開き、外をのぞいた。

呼子の笛はもうきこえなくなっていた。

だが鯉屋の南東の方角から、ざわめきらしい気配がかすかにとどいてきた。

「源十郎、場所はどうやら四条通りか、錦小路の辺りらしいぞよ」

「四条通りには大店が店を構え、錦小路の室町には、尾張の徳川大納言さまの京屋敷がございます」

「旦那さま、わたくしがひとっ走りして、ようすを見てまいりましょうか——」

土間にもどった菊太郎と、源十郎の話をきいていた佐之助が、主の顔をうかがってたずねた。

「佐之助、そんなん余分なこっちゃ。いまの騒ぎは吟味物《ぎんみもの》（刑事訴訟事件）。公事宿があつかう出入物《でいりもの》（民事訴訟事件）ではあらしまへん。捕り方をわずらわせる吟味物を、物珍しげに眺めてたら、公事宿仲間の笑い者になります。それほど急いで確かめんでも、町奉行所の与力や同心衆が、いまに盗っ人を引っ捕らえ、こっちに帰ってきはります」

「そうだな佐之助、そなたのはやる気持はわからぬでもないが、まあ源十郎がもうす通りよ。あちこちの公事宿でも表のくぐり戸を開け、遠くの気配に耳をすませ、出役のもどりを待ち構えているようすじゃ」

菊太郎はいきなり上り框に腰を下ろし、そこの床《ゆか》に肘枕《ひじまくら》をして、ごろんと横になった。

「菊太郎の若旦那さま、眠るんやったら、お部屋で横にならはったらどないどす」

「わしがここにこうしていて悪いのか——」

「悪いとはいわしまへんけど、店の奉公人の手前もありますがな」

「なにが奉公人の手前じゃ。わしは人の目など気にして、生きてこなかったわい。せまい部屋とはちがい、帳場の床は広くて涼しく、はなはだ寝心地がよい。ここで銕蔵たちが意気揚々《ようよう》と引き上げてまいるのを、待ってつかわそう」

「若旦那の行儀の悪いのには、かないまへんなあ。これお与根、若旦那のお部屋から、枕を持ってきて上げなはれ」

源十郎はあきれた顔でお与根に命じた。

「へえ――」

土間に立ちつくしていたお与根が、奥にむかいかけた。

「お与根」

「若旦那さま、なんでございます」

「枕もじゃが、ついでにわしの差し料も頼みたい。夜中とはもうせ、わしが丸腰でいては、銕蔵に悪いわい。いくらぐうたらでも兄は兄。東町奉行所同心組頭の銕蔵の世間体も、考えてやらねばなるまい。とかく世の中は形を重んじ、堅苦しいことばかりじゃ」

かれの声にうなずき、お与根は急ぎ足で奥にむかった。

猫のお百《ひゃく》がにゃあと小さく鳴き、土間から菊太郎の胸許に飛び上がってきた。

「お百、おまえも恐いもの見たさに、起き出してきたのじゃな」

「ほんまに気楽な。なにをいうてはりますねん」

源十郎はぶつくさ小言を漏《も》らしながら、お多佳が持ってきた羽織を、寝間着の上にはおった。

数騎の馬を先頭にして、町奉行所の捕り方たちが大宮通りに現われたのは、四半刻（三十分）ほどあとだった。

「旦那さまに菊太郎の若旦那さま、奉行所のお人たちが、もどってきはりましたえ」

表に出たまま、遠くの気配をうかがっていた鶴太が、くぐり戸から頭だけ土間にのぞかせ、大声で告げた。

三条通りの辺りから、姉小路の大宮にむかい、馬の蹄の音がいくつもひびいてくる。

公事宿が軒をならべる大宮通りから、北に突き当れば目付屋敷。堀のむこうに二条城の白壁が見え、左に曲れば東町奉行所だった。

「さて、どのような工合やら。連中のお手並みを拝見するといたそう」

菊太郎はお与根が持ってきた差し料をつかみ、帳場の床から、そのまま土間に立ち上がった。

「菊太郎の若旦那、どないしはったんどす」

源十郎がたずねたのは、かれがはてと首をひねり、足の運びを鈍らせたからであった。

「町奉行所の面々、どうやら法華の清五郎たちを、取り逃がしたようじゃな」

「盗賊を取り逃がしたのどすか。若旦那には、どうしてそれがおわかりになるんどす」

上り框から下りながら、源十郎が菊太郎にただした。

「捕り物に成功しておれば、自ずと引き上げてまいるとき、意気揚々となるものだわい。あの馬の蹄の音といい、後につづいているはずの与力・同心衆の気配といい、いずれも意気消《しょう》沈《ちん》して、敗軍の将士が退《の》いてくるのに似ておる。鋏蔵の奴は失敗をやらかしたのじゃ」

「菊太郎の若旦那さま、すると法華の清五郎らしき盗賊たちは、町奉行所のお手配を察して、素速く逃げ失せたといわはりますのかいな――」

喜六が菊太郎に気色《けしき》ばんだ。

「わしもそれを望んでいるわけではないが、まずはさような次第であろう」

かれの言葉で、薄暗い鯉屋の土間や帳場に、重苦しい沈黙がただよった。

馬の蹄の音や人の足音が近づいてくる。

大宮通りにざわめきが起っていた。

菊太郎はくぐり戸から、ゆっくり外に姿をのぞかせた。

後ろに源十郎もしたがった。

騎馬の人物が、力のないようすで、馬を歩ませてくる。

つぎに袖搦《そでがら》みや突棒《つくぼう》、刺股《さすまた》や鉄棒を持った捕り方たちが見え、御用提灯《ちょうちん》がいくつもつづいていた。

かれらに捕らえられたらしい盗賊の姿は、やはりどこにもなかった。

「お役目、ご苦労さまでございます」

闇の中を奉行所にもどる一行に、大宮通りの両側から、つぎつぎ声がかけられた。

「ああ、真夜中に大騒ぎをいたし、そなたたちを起してしまい、すまなんだのう」

知辺《しるべ》の挨拶でも受けたのか、田村銕蔵の声が闇の軒下に返され、かれが鯉屋に近づいてきた。

「銕蔵――」

「これは兄上どの、お恥ずかしゅうございます」

「賊に逃げられたとて、恥ずかしがることはないわ。捕り物ではさような場合もあろうさ」

菊太郎は一行から、鎖《くさり》かたびらをつけた銕蔵の姿を見つけると、その袖をつかみ、鯉屋のくぐり戸の中に引き入れた。

銕蔵は鯉屋の上り框に腰を下ろし、ふうっと大きなため息をついた。

ついで両手を頭にやり、錣頭巾《しころずきん》をぬいだ。

「銕蔵の若旦那さま、冷たいお水でもいっぱい、いかがでございます」

鶴太が大きなどんぶり鉢《ばち》に井戸から水を汲《く》んできて、かれに差し出した。

「これはありがたい――」

かれは喉《のど》を鳴らし、鉢の水を一気に飲み干した。

そしてふっと息をつぎ、法華の清五郎一味が引きこみ役を入れ、押しこみを策していたのは、蛸薬師油小路の質屋「加賀屋」。町奉行所は隠密にことを運んできたつもりだが、一味に動きを察知され、引きこみ役の女子にまで逃げ失せられたと、苦々《にがにが》しい顔で兄の菊太郎に伝えた。

「引きこみ役の女子は四十すぎ。昨年、加賀屋の主太右衛門《たえもん》が、料理茶屋で下働きをしているのを見こみ、雇《やと》い入れたそうでございます」

「大店の主が、料理茶屋で働いている女子を見こみ雇い入れるとは、迂闊《うかつ》な」

「いずれ仔細《しさい》は判明いたしましょうが、女子が意図的に加賀屋に近づき、相当、人柄のよいところを、見せたのでございましょう」

「さても無駄骨《むだぼね》を折ったものだが、それはそれでまあよかろう。鋲蔵、ちょっと待っておれ」

菊太郎は、上り框からいまにも腰を上げそうな鋲蔵をとどめ、中暖簾の奥に消えた。

すぐもどってきて、立ったまま鋲蔵になにか渡そうとした。

「銕蔵、これを取っておけ」

「兄上どの、これは金子《きんす》ではございませぬか」

「ああ、一両じゃ」

「なんのおつもりで、わたくしに下さるのでございます」

「うむ、祝い金とでもいえばよいかな。捕り物に駆り出した下役や捕り方たちに、これで酒でも振る舞ってつかわせ。加賀屋は盗賊に襲われずにすみ、一味も殺生《せっしょう》をせずに逃げられ、考え次第では、祝うべきことじゃわい」

「なんと兄上どの――」

銕蔵は土間に立ち上がり、絶句した。

町奉行所に引き上げる捕り方の最後が、鯉屋の前を通りすぎるところだった。

二

未明から雨になり、京の空は灰色の雨雲におおわれていた。

「この空模様、梅雨《つゆ》に入ったんどっしゃろか」

「昨夜から急に蒸し暑うなりよった。うっとうしい梅雨が明けると、すぐまた暑い夏やわな」

鯉屋の帳場では、下代《げだい》（番頭）の吉左衛門と手代の喜六が、昨夜の捕り物騒ぎの話をひとしきりしたあと、雨脚《あまあし》を強めてきた空模様についで触れた。

吉左衛門が住む六角猪熊町の長屋でも、昨夜は夜空をつんざいてひびいた呼子笛の音で、住民のみんなが起き出し、大騒ぎをしたそうだった。

「吉左衛門はん、呼子の数からすると、これは大捕り物。追い詰められた盗っ人が、この長屋に逃げこんできたらどないしまひょ」

長屋の住民が、かれのまわりに集まってきた。

「そんなことは、滅多にあるもんやありまへん。けど万一を考え、一つの家に集まってもらいまひょか。小さな子どもでも質《しち》に取られたら、たまりまへんさかいなあ。女子はんや子どもを囲み、わしら男は棒でも持って、内と外にひかえまひょうかいな」

「わしは盗っ人が逃げこんできたら、そいつの頭をかち割ったるわい」

頭に鉢巻きをしめた魚売りの伊吉《いきち》が、長屋の木戸で早くも天秤棒《てんびんぼう》をにぎりしめ、仁王立《におうだ》ちになっていた。

吉左衛門は公事宿の下代。長屋の住民たちから、なにかと頼りにされていたのだ。

「長屋の子どもはわたしの家に集められ、大人たちが心配しているのをよそに、大喜びで騒いでましたわ。捕り物は不首尾。町奉行所のお人たちが引き上げてきはっても、それぞれの家になかなかもどりたがりまへん。あげく夜通し騒ぎ立て、寝たのは明け方。おかげでわたしも今日は寝不足、頭が少しぼっとしてます」

帳場に坐った吉左衛門は、十日ほど前、奉行所に差し出した借金返済をもとめる目安《めやす》（訴状）の写しに、目を這《は》わせながら、昨夜《ゆうべ》のようすをまた喜六に伝えた。

昼前、主の源十郎は、祇園社南門の田楽茶屋「中村屋」に、同業者の「橘屋《たちばなや》」とともに出かけていた。

養子縁組の解消について、町奉行所から和議が示されており、鯉屋の依頼人と同席、相手の説得に当っているのだった。

源十郎の供には、手代見習いの佐之助がしたがい、数回、和議の相談がなされてきただけに、今日にも決着がつけられるはずであった。

「昨夜はこの鯉屋も、長屋の子どもたちと同じどしたわ。菊太郎の若旦那さまが、このままでは寝付けぬと、お与根に酒を仕度させ、旦那さまとわたくしを交えた一席になってしもうたんどす。一升ほど空けたところで、おとなしいお店《たな》さまが、もうええ加減におしやすと、きつい口調で小言《こごと》をいわはり、やっとお開きになった工合どした」

京都では、大店の女主をお店さまと呼んでいた。

一般平堂上《ひらとうしょう》の当主は殿様《とのさん》、公家の夫人は御督様《おかみさん》。女主を指して女将《おかみ》さんというのは、御所言葉が地下人《じげにん》に用いられ、女将の字が当てられたうえ、江戸に流出して一般化したのであった。

「おとなしいお店さまが、柳眉《りゅうび》を逆立てて文句をいわはったんやな」

「それほどではありまへんけど、とにかくご機嫌が悪うおした」

「それで菊太郎の若旦那さまは、どないな顔をしてはったんや」

「ばつの悪いようすで、お多佳どのもうしわけないと、一礼され、徳利《とっくり》を持って、ご自分の部屋に引き上げていかはりました」

「若旦那さまのそんなお姿を、わたしも一目見とうおしたわ」

「そやけど菊太郎の若旦那さまが、ぺこっと頭を下げられたら、かえってお店さまがあわてはりました。そっちのほうが見物《みもの》どしたえ」

二人が低い声でいい、互いに顔をにやりとさせたとき、黒地に「鯉屋」と白抜きされた表の暖簾をかかげ、客が入ってきた。

「吉左衛門に喜六――」

「ああ、これはこれは、銕蔵の若旦那さまではございませぬか」

訪れたのは田村銕蔵だった。

「雨は小止《こや》みになってきたが、梅雨に入ったとみえる」

「へえ、いまも二人で、そんな話をしてたんどす」

「ところで、兄上どのはおいでにならぬか。もしやお出かけではないかと、案じてまいったのじゃが」

昨夜の失敗のせいか、銕蔵の顔色はどこか冴えなかった。

かれの後ろには、付き同心の岡田仁兵衛がしたがっていた。

「菊太郎の若旦那さまどしたら、まだお部屋で寝てはりますけど――」

「喜六、さればお眠りのところもうしわけないが、わしが火急の用でまいったと、兄上どのに伝えてもらえまいか」

「火急の用で――」

「いかにも、急を要するのじゃ。ついでにたずねるが、主の源十郎はいかがしておる」

「旦那さまどしたら、祇園社南門の中村屋までお出かけになってはります。夕刻にはおもどりやと思いますけど」

吉左衛門が帳場から腰を浮かせて答えた。

「とにかく兄上どのに、わしがきたと伝えてもらいたい」

銕蔵は腰から刀を抜いて右手に持ち替え、喜六に案内され、帳場横の客間に通った。

付き同心の岡田仁兵衛も二人につづいた。

帳場横の客間は、店へ事件解決の依頼にきた公事訴訟人《くじそしようにん》から、こみ入った話をきくための部屋であった。

「田村の若旦那さま、おいでなされませ」

かれがお与根の差し出した座布団に坐ると、お多佳がさっそく冷えた茶を運んできた。

「これはお多佳どの――」

「昨夜はご苦労さまでございました」

「いやいや、大山鳴動《めいどう》して鼠《ねずみ》一匹捕らえられず、赤顔《せきがん》のいたりでございます」

「何事もなく、そのほうがようございました。心の曲った盗賊でも、お縄で堅く縛られ引き立てられていくのを見るのは、心地のよいものではございまへん」

お多佳はなにを思い出したのか、眉をひそめてつぶやいた。

おそらく六角牢屋敷から引き出された罪人が、粟田口の刑場か三条大橋東詰めの晒場《さらしば》に、引き廻されていく光景でも思い浮かべたのだろう。

六角牢屋敷から出された処刑人は、下雑色《しもぞうしき》（刑吏）たちにより、そこから京都随一の繁華街・四条室町の辻をへて、粟田口の刑場にむかわせられる。

引き廻しは、だいたい十二月二十五日と定められていた。

この日、京の人々は、妙齢の娘を決して外に出さなかった。

刑場にむかう罪人が、あれが食べたいといえば、下雑色たちも今生《こんじょう》の別れとして、店先で売っている品なら、買って食べさせた。

もし、年頃の娘を罪人が見て、あれは自分が思いを寄せていた娘。死《し》に際《ぎわ》にもっと近づいて、一声かけたいとでもいい出されたら、迷惑きわまりない。親たちはそんな事態を恐れたのだ。

「それがしも正直、お多佳どのと同じ思いでござる。罪人とてこの世に、悪人として産声《うぶごえ》を上げたわけではございませぬ。生きている途中、ふとしたことが当人を歪《ゆが》め、やがては人を恐れさせる悪人と化したり、また心ならずも、人を殺《あや》めてしまう場合もございましょう。極悪人の中にも、前非《ぜんぴ》を深く悔《く》い、処刑場の露《つゆ》と消えた者もいたはず。一方、こうした者たちとは別に、善人面《ぜんにんづら》をして、まことは悪を働いている者どもも、案外に多うござる。人とはわからぬものでございまする」

お多佳にいう銕蔵の胸裏に、昼前、上役の吟味方与力の手で引き立てられてきた若い男の姿が、明滅していた。

男の名は吉信《よしのぶ》といった。

寺町丸太町上ルに屋敷を構える禁裏《きんり》絵所《えどころ》預《あずかり》・土佐光孚《みつただ》の高弟の一人だった。

かれは盗賊・法華の清五郎の一味ではないかと疑われ、捕らえられたのである。

「銕蔵、わしになにか用か。昨夜は遅かったともうすに、早くから仕事に精を出しているのだな。だからわしは、宮仕えは嫌なのじゃ」

寝間着のまま現われた菊太郎は、大きな欠伸《あくび》をもらし、お多佳が銕蔵に出した筒茶碗の麦茶で、勝手に喉をうるおした。

「兄上どの、宮仕えとはもともとかようなもの。気ままでは勤まりませぬ。昨夜、頂戴いたしました金子は、今宵《こよい》、配下の者たちに、一席もうけてやる所存でございまする」

「わしはそなたのことをもうしているのではない。昨夜は明け方近くまで酒を飲んでいて、未明に眠りについた。まだ眠りが足らぬゆえ、わしは不機嫌なのじゃわい。用があるなら早くもうせ——」

菊太郎は眠そうに目を右手でこすった。

「兄上どの、さようのんびりもうされている場合ではございませぬ」

「それはなんでじゃ」

「昨夜、わたくしどもが取り逃がした法華の清五郎一味の者として、土佐光孚どのの高弟・吉信どのが、吟味方与力・高橋弥四郎《やしろう》どのの手で、捕らえられたのでございまする」

「な、なんだと。土佐将監《しょうげん》どのの門人の吉信どのが、清五郎一味の盗賊としてじゃと——」

土佐光孚には、三条木屋町の料理茶屋「重阿弥《じゅうあみ》」の主彦兵衛が、後ろ盾《うしろだて》の一人となっている。

この重阿弥には、お信が働いており、銕蔵の妻・奈々《なな》の父播磨屋助左衛門《はりまやすけざえもん》が、特に贔屓《ひいき》にする店であった。

菊太郎は門人の吉信と、一度も口を利《き》いたことはない。だが吉信にはなんとなく親しい気持を抱き、かれが光孚の供で店を訪れたときなど、顔を合わせれば目礼を交すくらいの仲だった。

土佐家は江戸の狩野家が、徳川幕府の御用絵師《えし》に任じられているように、禁裏の御用絵師として、禁裏絵所預をつとめている。

代々の当主が受領名《ずりょうめい》をもらい、最後には左近衛将監《さこんえのしょうげん》に叙任《じょにん》されることが多かった。

当代の光孚は、備後介・土佐守に任じられ、まだ左近衛将監の叙任は受けていなかったが、京の人々は土佐家の当主を、将監さまと呼ぶのが普通だった。

このため菊太郎は、かれの噂《うわさ》が出るたび、土佐将監どのといっていた。

重阿弥には、光孚の描いた「四季草花図」や「業平東下り図屏風《なりひらあずまくだりずびょうぶ》」のほか、土佐家歴代の画幅も、数多く蔵されている。

これらの絵を床飾《とこかざ》りに用いるほど、主の彦兵衛は土佐絵を好んで入手していた。

門人の吉信は当年二十八歳。御蔵米公家《おくらまいくげ》・清岡式部権大輔《ごんのおおすけ》の庶子《しょし》として生れ、町方で育っていた。だが描絵《かきえ》が好きなため、十七歳のとき、土佐家の門人にくわえられたのであった。

御蔵米公家とは、微禄《びろく》な公家を指し、清岡家は菅家六家の一つ。かれらはわずか数十石の禄米を、幕府の二条蔵奉行から給されるため、こういわれていた。

菊太郎が吉信に親しみを抱いてきたのは、自分が祇園の茶屋娘の子として生れ、四つのとき父次右衛門の役宅に引き取られ、義母の政江に育てられたからだった。

境遇《きょうぐう》が自分と似ているのだ。

そんな思いで吉信を眺めるせいか、誰が見ても暗い翳《かげ》をふくむかれの顔すら、菊太郎には公家らしいと好ましく映っていた。

「それで銕蔵、吉信どのがなにゆえ法華の清五郎一味の盗賊として捕らえられたのじゃ。そなたのいまの話だけでは、合点《がってん》がまいらぬ」

顔付きをにわかに改め、菊太郎がただした。

「はい、昨夜わたくしは気づかずにおりましたが、加賀屋を遠くから取り囲んでいたとき、吟味方与力の高橋弥四郎どのが、加賀屋をうかがうように町筋をすぎていく男を、目にされたのでございます。男は捕り方の目から逃れるように町辻を急ぎ、土佐将監さまのお屋敷にもどったそうでござる」

「与力の高橋弥四郎どのは、その男の後をひそかにつけさせられたのじゃな」

「はい、さようでございます。そして今朝ほど不審があるとして、所司代さまのお許しを得たうえ、禁裏付《きんりつき》とともに土佐将監さまのお屋敷を訪れました。将監さまから吉信どのを召し出していただき、昨夜の行動をただしましたが、答えは曖昧《あいまい》。やむなく吉信どのの部屋を捜査いたしたところ、柳行李《やなぎごうり》の底から百三十両の金子を発見し、すぐさま町奉行所に引っ立ててまいられた次第でござる」

「百三十両とは大金。それで吉信どのは、その金子の出所《でどころ》を釈明《しゃくめい》しておられぬのか――」

「弥四郎どのがいくら問いただされても、金子の出所には黙秘。また昨夜の不審な行動にも、所用での外出ともうされるだけで、場所を明らかにいたされませぬ。自分は法華の清五郎とやらもうす盗賊とは無縁と、くり返されるだけでござる」

「大金の出所も、訝《いぶか》しい道行きの先も明らかにせぬままでは、いかようにもうしのべようとも、もうし開きにはならぬわなあ」

「部屋の行李から百三十両の金子を発見いたし、吟味方与力衆は、にわかに色めきたっております。はっきりした釈明がなされぬため、吉信どのは賊の一味であるのはもはや疑いないとまで、決めつけられる始末。すべてを正直に白状しなければ、拷問蔵《ごうもんぐら》での吟味もやむなしとの結論が、先ほど評定の席で出されましてござる。なにしろ門人の扶持《ふち》は、わずかでございます」

「拷問蔵での吟味か――」

「それを吟味方からもうし渡されたとき、吉信どのは顔を蒼白《そうはく》にさせましたが、それでも百三十両の出所は、打ち明けられなかったそうでございます」

「百三十両なあ。盗賊の一味ではないかとの疑いを受けていれば、それがいかなる筋の金か、話しそうなものだがなあ」

「金の出所を語れぬとなれば、やはり吉信どのも黙っているしかありますまい」

　銕蔵は菊太郎の顔をのぞきこむようにいった。

　切迫した気配が部屋に立ちこめていた。

　先ほど、源十郎が祇園の中村屋からもどり、部屋に現われたが、兄弟のやり取りに口をはさむ余地は、まるでなかった。

「銕蔵、するとそなたは、吉信どのを盗賊の一味と決めつけているのじゃな」

「いいえ、兄上どの、わたくしは大金の出所を明かさぬ吉信どのに、不審をおぼえているにすぎませぬ」

　銕蔵はあわてて弁明した。

「世間には、人は見かけによらぬとの言葉もある。大金の出所を問われ、すんなり答えられぬとは、やはり疑わしいわなあ。答えられぬだけの理由があるわけじゃ。拷問蔵での吟味をいわれても、なお口を閉ざして明かさぬとは、かなりの事情からだと思わねばなるまい」

「土佐将監さまに、あれほど折り目正しく仕えていた吉信どのを知る者には、全く考えられませぬ」

「それで将監どのは、いかがもうされている」

菊太郎は、師のかれに助けをもとめる気持でたずねた。

「将監さまは禁裏絵所預のわが家から、縄付きを出すのは恥辱《ちじょく》。ご吟味方さまにただちにお答えもうさねば破門いたすと、吉信どのに迫られました。それでも吉信どのが、口を閉ざしておられますゆえ、その場で即刻破門を命じられ、部屋からぷいっと立ち去られたそうでございます」

菊太郎には、土佐光孚の立腹した顔が見えるようであった。

「銕蔵の若旦那さま、うちは公事宿。いくらお知り合いのことでも、ご吟味の話を持ってきはるのは、筋違いではございまへんか――」

黙って兄弟の話をきいていた源十郎が、やっと口をはさんできた。

「源十郎、まあ無下《むげ》にもうすまい。銕蔵は自分ではどうにもならぬゆえ、それを承知でわしに相談をかけてきたのじゃ。百三十両の金は確かに不審じゃが、わしもあの吉信どのに、盗賊の手先をつとめる度胸《どきよう》はないと思うている。むしろあの男は、庶子でも公家の子として生れたため、家名をはずかしめてはならぬとの思いが強い。さらには世間の日陰《ひかげ》で生きてきたせいか、情けに厚いはずじゃ。銕蔵は吟味物でも、わしにどうにかしてほしいのであろう」

「兄上どの、いかにもでございまする」

「同心組頭ぐらいでは、なんともならぬか。されば、わしが拷問蔵での吟味に立ち会い、一件の手掛かりでもつかめばよいのじゃな」

菊太郎は所司代や町奉行から、たびたび出仕をうながされている。

歴代の要職たちが、菊太郎の有能に惚《ほ》れこみ、その存在に一目置いていた。

かれが拷問蔵での吟味に立ち会いたいといえば、それは造作もなかろう。

雨雲が切れ、青空がのぞいたのか、明るい陽射しがさっと中庭を照りつけた。

雨蛙《あまがえる》がぐえっと小さな声で鳴いた。

三

雨滴が若葉をたたいている。

東町奉行所・吟味方溜《たまり》部屋。開け放った白い障子戸に、庭の若葉が映《は》え、空は灰色だが、すがすがしい感じだった。

「田村菊太郎さま、ほどなく吟味がはじまりますれば、いましばらくお待ちくださりませ」

菊太郎はあぐらをかき、溜部屋でぼんやり庭を見ていた。

そこへ与力の土井市兵衛《いちべえ》が現われ、両手をついて告げた。

東町奉行所の四脚門をくぐってから、溜部屋に案内されるまで、行きちがった奉行所の役人たちはみんな、菊太郎に慇懃《いんぎん》に辞儀《じぎ》をして通りすぎた。

着流し姿のかれには、京都所司代や両町奉行から、陰扶持が出されているとの噂が立っている。

そのかれが、盗賊の一味と疑われている土佐家の門人の吟味に立ち会えば、噂がただの噂でなかったことを、証明するようなものだった。

「土井どの、土佐家の門人吉信の吟味は、どれほど進んでいるのでございます」

菊太郎は四十すぎの市兵衛に向き直った。

「禁裏絵所預・土佐家の家格を重んじ、昨日捕らえてここの牢に入れたものの、正式な取り調べは今日からでございます」

「正式な取り調べとは、拷問を指しておられるのじゃな」

「いかにもでございます。できれば拷問にかけるまでもなく、明らかにいたさせたいと、高橋弥四郎どのが幾度もたださされました。されど当人は、口を頑なに閉ざし、白状いたしませぬ。吉信は御蔵米公家・清岡式部権大輔の庶子、母親は同家に仕えていた下女中。生家は北野天満宮の下級神官。家内《いえうち》はさして裕福ではございますまい」

土井市兵衛は言外に、吉信が行李の底に隠していた百三十両の不審を匂わせた。

「御蔵米公家は三十石三人扶持。一人扶持は日に五合。三人扶持で年に約五石五斗。合わせて三十五石五斗となる。これですべてまかなわねばならぬゆえ、毎日が容易ではございますまい。食うのがやっとでございましょう」

菊太郎も清岡家の台所の貧しさをいった。

御蔵米公家の多くは、禁裏御所の東・寺町通りの西側や、寺町御門内に集住していた。清岡家は堺町御門をくぐった西殿町東側。屋敷地は百五十坪、建坪は五十坪ほどだった。

「田村さま、ぶしつけにおたずねいたしまするが、田村さまはなにゆえ土佐家ご門人の吟味を、ご覧になりたいと仰せなのでございまする。おきかせいただけませぬか」

市兵衛の言葉で、溜部屋につづく与力部屋にひかえる人々が、一斉に耳をそばだてた。

「そのことなら、与力組頭どのにもうし入れておきました。それがしは言葉こそ交したことはござらぬが、ゆえあって土佐絵師の吉信を見知っておりもうす。お取り調べに立ち会わせていただき、それがしなりに、なにか手掛かりでもつかめれば、法華の清五郎一味を捕縛《ほばく》いたすに役立つのではないかと、思案いたした次第でございます」

菊太郎は言葉を一つひとつ選びながら答えた。

確証もなく吉信の冤罪《えんざい》を言い立てては、与力や同心たちから反感を持たれる。法華の清五郎一味を捕縛するためとすれば、理解が得られるだろう。

市兵衛とかれの話に耳をすませていた隣り部屋から、さもあろうといいたげな気配が伝ってきた。

かれらは、百三十両の出所を白状しない吉信を、早くも盗賊の一味と決め、しかも、めぼしい押しこみ先を選び出す役目を負っているのではないかと、推察しはじめていた。

禁裏絵所預・土佐家の門人なら、どこに出入りしても、誰にも不審がられない。長い準備のもと犯行におよぶ法華の清五郎一味には、ひどく重宝な存在となる道理だ。

「それをおききして、それがしも安堵《あんど》つかまつりました。なにしろ百三十両は大金。なまなかの金子ではございませぬ。おそらく幾度も盗みを重ねた分け前を、そっと蓄《たくわ》えていたのでございましょう」

「お牢に捕らえられている吉信が、盗賊どもの手先といたせば、おそらくさようでございましょうな」

「あの男が素直に白状いたさぬのは、なにかの事情で、この京のどこかに集まっている清五郎一味を、少しでも遠くに逃れさせるためかもしれませぬ」

「口をつぐんでいることは、どのようにでも解釈できましょう。それにしても百三十両とは、土佐家の門人にはとてつもない大金。それだけの金があれば、それがしなら鯉屋に居候などしておらず、どこへなとすぐにもまいりまする。一生を左団扇《ひだりうちわ》で、気ままにすごしていきましょうになあ。宮仕えをいたされている各々方《おのおのがた》とて、同じ思いでございましょう。人間は暮しを立てていくため、しかたなく力のある者にしたがっているにすぎませぬ」

菊太郎は自分の言葉に耳をそばだてている与力たちを、ちょっとからかったのだった。

「ご冗談を――」

「いや、これは冗談ではござらぬ。本心からの思い――」

与力部屋に白《しら》っとした空気がただよった。

このとき、歩廊に小さな足音がひびき、若い吟味方同心が、溜部屋に片膝立ちで手をついた。

「土井市兵衛さまにもうし上げます。与力組頭の伊波又右衛門さまが田村さまに、拷問蔵までおいでいただけと仰せでございまする」

「おお、これから拷問蔵で、お取り調べがはじめられるのじゃな。田村さま、ではご案内つかまつりまする」

市兵衛は差し料をつかんで立ち上がった。

東町奉行所の拷問蔵は、南に広がるお白洲《しらす》の西に接していた。

外見は屋根を瓦《かわら》で葺《ふ》いた白壁塗りの建物。棟の東西に各一つ、小さな明り窓がもうけられているにすぎなかった。

被疑者が取り調べで、吟味方与力や同心を手こずらせると、強気の吟味方は、いきなり被疑者を拷問蔵へ引き立てていく。そこで笞打《むちう》ちや石抱きの拷問に処すのであった。

笞打ちでは、まず被疑者を褌《ふんどし》一つにして、台の上に腹這《はらば》いにさせる。

両手足はもちろん、堅く縛られた。

そして先を簓《ささら》にした青竹で、背中や足腰を容赦《ようしゃ》なく叩きすえるのだ。

石抱きは被疑者を後ろ手に縛ったまま、三角形をした算木《さんぎ》の上に正座させる。背中は後ろの柱にくくりつけ、その膝に重い平石をのせるのである。

平石は縦《たて》四尺、厚さ三寸、重さは十二貫ほどもあった。

「そなたが正直に白状いたしたくなければ、いたさぬでもよいぞよ。この強情者《ごうじょうもの》めが。その代り、そなたの身体にたずねてやるわい。口を閉ざしていたとて、身体がすぐ答えよう」

海老責《えびぜ》め、釣責《つりぜ》めなど、拷問蔵ではさまざまな責め苦が被疑者にくわえられる。

かれらがどんなに泣き叫んでも、その悲鳴は厚い壁にさえぎられ、外に漏れなかった。

「こちらでございまする」

土井市兵衛はお白洲を左手に見て、「問《とい》の間」の歩廊をさらに進み、拷問蔵の前で手をついた。

漆喰塗《しっくいぬ》りの厚い壁に小さなくぐり戸。かれは両手に力をこめ、重いくぐり戸を開いた。

「田村菊太郎さまをお連れいたしました」

蔵の中に低い声をかけた。

「おお、まいられたか。心地のよい場所ではござらぬが、入っていただけ——」

伊波又右衛門のくぐもった声がとどいた。

「ではごめんつかまつる」

菊太郎は頭と腰をかがめ、拷問蔵のくぐり戸をまたいだ。

背後でくぐり戸が、また重い音を立てて閉じられた。

まずひんやりした冷気が身を包み、いつきても蔵の中の薄暗い陰惨《いんさん》な雰囲気が、菊太郎を少し緊張させた。

「お久しぶりじゃのう、菊太郎どの。又右衛門でござる。いつもさまざまお世話に相なる。それがしの右にお坐り召されい」

声にうながされ、かれは又右衛門の右に進んだ。

「吟味方与力・高橋弥四郎でござる」

網代《あじろ》の敷物に坐ると、又右衛門の左手にひかえる痩身《そうしん》の武士が、上目づかいに菊太郎に軽く低頭した。

「田村菊太郎でござる」

名乗りを告げ、菊太郎は辺りを眺めた。

目が暗がりに馴《な》れたのか、拷問蔵の中のようすがはっきり見えた。

六畳ほどの高床《たかゆか》が、漆喰塗りの土間にむいている。

高床には、伊波又右衛門と高橋弥四郎のほか、若い与力二人がひかえ、書き役が小机を前にして坐っていた。

その後ろに、薄鼠色の筒袖袴《つつそでばかま》姿でひかえているのは牢屋医師。拷問が苛酷《かこく》になり、被疑者が気絶などした場合、介抱《かいほう》して牢内にもどすのが任務だった。

蔵の中央に、俗に泣き柱といわれる太い柱が立ち、柱や荒けずりの梁《はり》には、頑丈な鐶《かん》が打ちこまれている。梁から太縄も垂れ下がり、ともに釣責めに用いられるものだった。

漆喰の八畳ほどの土間に、同心が三人床几《しょうぎ》に腰を下ろし、隅にくぐり戸がもうけられ、そばに水桶が積み重ねられていた。

さらに石抱きのための平石も、先を簓にした青竹や竹刀《しない》も置かれ、笞打ちの台もそなえられていた。

土間が漆喰塗りになっているのは、被疑者が失禁や嘔吐《おうと》したとき、その始末を容易にするためである。

土間に敷いた荒莚《あらむしろ》の上には、早くも吉信が後ろ手に縛られ、坐らされていた。

かれは髪が乱れ、気息奄々《きそくえんえん》としたありさまだった。

白い着衣は水に濡《ぬ》れ、ところどころ血がにじんでいた。

すでに引き立てられてきた昨日から、厳しい尋問《じんもん》がなされ、拷問もくわえられたようすがうかがわれた。

「ならば土佐家門人の吉信、再び尋問をはじめるぞよ。朝からたびたびたずねているが、そなたの部屋から発見された百三十両、この金の出所を正直にもうすのじゃ。さもなければ、今度は釣責めにでもして、問わねばなるまい」

高橋弥四郎が伊波又右衛門に一礼して、高床から鋭くただした。

この声で、土間の床几に腰を下ろしていた若い吟味方同心が、簓竹を持って立ち上がった。

吉信には、昼前についで再開された取り調べの席に、新たに誰が入ってきたのかわからなかった。

昼前の取り調べで激しく打擲《ちょうちゃく》され、意識がまだ朦朧《もうろう》としていたからである。

後ろ手に縛られた麻縄《あさなわ》が、水をふくんでちぢみ、両手に食いこんでくる。背中を簓竹で打ちすえられ、全身がひどく痛んだ。

かれはただ黙りこんでいる。

盗賊法華の清五郎との関わりを、又右衛門から問われたときだけ、その盗賊とわたくしは全く無縁でございますと、うめくように答えていた。

「ええい、組頭さまになにごとも、はきはき正直にもうし上げるのじゃ」

弥四郎があごをしゃくったのに合わせ、吟味方同心が、簓竹を吉信の背中に叩きつけた。

「ぐわあっ――」

吉信の悲鳴がせまい拷問蔵にひびいた。

「さあ、金の出所を白状いたせ。そなたはおとなしそうな顔をしていながら、どこまでも強情な奴じゃな」

吟味方同心の顔が険悪化し、眦《まなじり》が吊り上がっていた。

「ほんの一声、金の出所を明かせば楽になるのじゃ。そなた、公家の清岡式部権大輔どのの庶子であることで、黙秘《もくひ》していればすむと思うていたら、大まちがいじゃぞ。禁裏付からすでに、存分にしてもらいたいとのお沙汰も受けておる。菅家六家筆頭の高辻少納言さまにおかれては、清岡式部権大輔どのから、わが家とはなんの関わりもない痴れ者《しれもの》との言質《げんち》を、取られているわい」

上役たちの意を汲んだ吟味方同心が、打擲をくわえながら、憎々しげに吉信に叫んだ。

背中や肩を叩かれるたび、かれは悲鳴をほとばしらせたが、それが次第に低いうめきに変ってきた。

もはや痛みさえ、知覚できなくなってきたのだ。それでも吉信は、顔だけ正面の伊波又右衛門にむけ、赤く濁《にご》った目でかれをにらみつけていた。

「笞打ちのみで、石抱きも釣責めもひかえてきたが、こうなれば釣責めでもいたさねばなるまい」

高橋弥四郎が冷やかな声でいった。

釣責めは被疑者の上半身を裸にして、両手を後ろにねじ上げる。そのとき、両手首に紙と藁《わら》を巻き、縄を胸で固定し、背後で縛り上げた。

紙と藁を用いるのは、直接、縄で縛って吊るすと、皮膚《ひふ》が破れるからだった。

この拷問で女性の場合は、縄を乳房の上にはかけない。乳房を締めつけると、失神させてしまうのだ。女性はきものの裾《すそ》をしぼりこんで、両足を縛った。

拷問中、被疑者が白状すれば、ただちに医師から水と気付薬があたえられ、「場所口書《くちがき》」といわれる白状書が取られた。

日本の司法は近年まで、罪状が明らかでも当人の自白がなければ、処罰を科さないのを建前としていた。

それでも、被疑者がどうしても自白しない場合は、「察度詰《さっとづめ》」といい、犯罪の証拠を根拠《こんきょ》に処罰を科した。

天保五年（一八三四）、江戸で捕らえられた播州無宿の盗賊・木鼠吉五郎《きねずみきちごろう》は、北町奉行榊原主計頭《かずえのかみ》によって、二十八回も拷問を受けたが、犯行を一切白状しなかった。ために察度詰となり、ついに処刑されている。

拷問蔵は世間体をはばかり、江戸でも京でも、正式には「穿鑿所《せんさくしょ》」と呼ばれていた。

「伊波さま、高橋どのが釣責めにいたすともうされておりまする。それに異論はございませぬが、その前にしばし、それがしにこ奴の性根《しょうね》をたださせていただけませぬか」

「菊太郎どの、どうぞお好きにいたされませ。ついでに百三十両の出所をきき出してもらえれば、われらも手間がはぶけるともうすものでござる」

伊波又右衛門が鷹揚《おうよう》にうなずいた。

菊太郎はかれの同意を得ると、網代の敷物からすっくと立ち上がり、拷問蔵の土間に下りた。

「土佐家のご門人どの、いまのそなたに、わしが誰かおわかりか」

かれは、吟味方同心がそろえてくれた草履をはいて吉信に近づき、穏《おだ》やかな声でかれにたずねかけた。

吉信の両目が血走っている。

かれは前に這わせた上半身をゆっくり起し、菊太郎を眺め上げた。

「い、いや、わたくしにはわかりませぬ」

吉信は重阿弥の廊下などで、数度、菊太郎と行きちがっているにすぎない。そのうえかれの意識は、だいぶ混濁《こんだく》していた。

「それはやむを得ぬが、それで百三十両の金の出所は、どうあっても白状いたさぬのじゃな」

「わ、わたくしは、決して盗賊の手先ではございませぬ。されど金の出所は、わたくしの名誉に関わりますゆえ、絶対にもうせませせぬ。なにしろわたくしは、禁裏絵所預・土佐光孚さまの弟子でございますれば――」

「おのれの名誉じゃと。そなたは土佐光孚どのの弟子だと、いまでもそう思うているのか」

「い、いかにも。たとえ破門されましても、弟子であったのは事実でございまする」

「ばかばかしい。破門されたからには、自分や土佐光孚どのの名誉もなにもあるまい」

「これはどなたさまにも、おわかりになりませぬ」

「釣責めにされれば、いまも後ろでくくられている右腕の骨を、折るやもしれぬ。悪くすれば金輪際《こんりんざい》、絵が描けなくなるのが、そなたにはわからぬのか――」

菊太郎が何気なくいったとき、吉信がいきなりわあっと大声を上げ、がばっと顔を伏せた。なにかが吉信の胸の奥深くで、激しくゆれ動いている。

菊太郎は伊波又右衛門や高橋弥四郎と顔を見合わせ、互いに眉をひそめた。

四

朝からまた雨がしとしと降りはじめた。

菊太郎は自分の居間に横たわり、肘枕をして、ぼんやり雨脚を眺めていた。

鯉屋の中庭には、大きな鞍馬石《くらまいし》が配され、その石のかたわらに、石蕗《つわぶき》が勢いよく茎《くき》をのばしている。

先ほどから小さな青蛙が、鞍馬石の上に居坐り、一向に動かなかった。

中庭のむこうは、歩廊をへだて、頑丈な木格子《きごうし》を組んだ座敷牢になっている。

「菊太郎の若旦那さま、お食事の支度がとっくにできてます。早う食べてほしいと、お与根が愚痴ってますえ。味噌汁《みそしる》をもう二度も温め直したというてますがな」

喜六が帳場のほうからやってきて、かれをうながした。

「喜六、お与根に味噌汁はもう温めなくてもよい。そのままにしておけと、もうしておいてくれ」

「そのままにしておけとおいいやして、すぐ正午《ひる》になってしまいますがな。朝起きてそこに肘枕で横にならはったまま、いったいどないしはったんどす。お腹《なか》が空《す》いてはらしまへんのか」

「いや、腹は空いておるが、ここを動かれぬ事情があるのじゃ」

「動かれぬ事情とは、けったいなことをいわはりますのやなあ。それがなにかわたしにはわかりまへんけど、ええ加減にしなはれや」

「喜六、わしは考えごとをしておるのじゃ。しばらく放っておいてもらいたい――」

菊太郎は急に声を尖《とが》らせた。

「へえ、すんまへん」

喜六は首をすくめ、帳場のほうにそっと消えていった。

雨が小止みなく降りつづいている。

鞍馬石に居坐った蛙が、喉をうごめかせた。

目前をかすめた虫でも舌でからめ取り、飲みこんだにちがいなかった。

「右の腕か――」

小声でつぶやき、菊太郎は身体の位置をわずかに変えた。

「菊太郎の若旦那さま、どないしはりましたのや。まさか身体の工合でも、悪いのではありまへんやろなあ」

主の源十郎が、ちょっとお邪魔《じゃま》しますといい、部屋の歩廊に正座してたずねてきた。

帳場にもどった喜六から、菊太郎の不機嫌をきいたのだろう。

「おい、源十郎、そこを退いてくれ。見えるものが見えなくなる」

「な、なんどすな――」

源十郎はあわてて身体を、障子戸に沿って移動させた。

「わしは庭の鞍馬石の上に居坐っている青蛙を、見ているのじゃ」

「青蛙、なるほど、小さいのがちょこんと居てますなあ。あんな色の青い奴は珍しおすわ。若旦那はあの青蛙を、じっと見てはりますのかいな」

「わしは朝からあいつを見つづけておる。奴が動かぬかぎり、わしもここから動かぬと決め、辛抱くらべをしておるのじゃ」

菊太郎は視線も動かさずにいった。

「あほらし。あんな青蛙と辛抱くらべをして、なにになりますのやな」

「いや、辛抱くらべをしているだけではない。あわせて考えごとをしているのよ。土佐家門人の吉信の右腕についてなあ」

「きのうは東町奉行所の拷問蔵で、お取り調べに立ち会わはりましたけど、今日はどないしはるんどす」

　公事宿を営むだけに、さすがに源十郎は吟味物にも興味を示した。

「今日のお取り調べは、ないことになっておる。きのうわしが与力の高橋弥四郎どのに、吉信の吟味をしばし猶予《ゆうよ》されたがよいと、進言してきたからよ。吉信は同心に簓の青竹で叩かれても、盗賊の手先では絶対にないともうし、また土佐家や自分の名誉をいい立て、やはり百三十両の出所を明かさなんだ。ところがわしが、釣責めにされれば右腕の骨を折り、絵が描けなくなるともうすと、いきなり大声で叫び、心の動揺をはっきり表わしおった。自分にかけられた容疑について、白状する素振りがうかがわれたゆえ、これ以上の拷問は無用として、尋問を猶予していただいてきたのじゃ」

「長い間、釣責めにされたら、手首や腕の骨を折ってしまいますわなあ。きちんと治ればようございますけど、それはなかなか。絵が描けんようになるのは、請《う》け合《あ》いどすわ」

「そうだろうなあ。だからわしは、青蛙をにらみながら、吉信の右の腕について思案しているのよ」

「奉行所の吟味方さまは、菊太郎の若旦那さまみたいに、人の心の機微《きび》をわきまえたお取り調べをしはらしまへん。いまきいたかぎり、若旦那の一声で当人が泣き叫んだのは、そこに相当のわけがあるからどっしゃろ」

「平安の昔、日本三筆の一人といわれる小野道風は、青蛙が幾度も柳の枝に飛びつき、やっと枝に取り付いたのを見て、発奮して書にはげんだともうす。わしはいまそれを思い出しながら、禁裏絵所預・土佐家の門人が、大金を右の腕で稼ぐにはなにをいたせばよいかを、おぼろげに考え付いたわい」

いうと同時に菊太郎は、これに決まっているとばかり、がばっと起き上がり、あぐらをかいた。

青蛙はまだ鞍馬石の上に居坐っている。

「土佐家歴代の贋物《がんぶつ》でも描きつづけ、大金をつかんだのではないかと、いわはりますのかいな」

源十郎が顔に笑みを浮かべてたずねた。

「いや、そうではあるまい。いくら巧みに歴代の贋物を描いたとて、古筆見《こひつみ》が目利《めきき》（鑑定）いたせば、すぐ見破られてしまう。わしが考えたところ、吉信が描いていたのは枕絵じゃ。すぐれた枕絵を数多く描けば、百三十両ぐらいの金子、造作なく稼げるわい」

枕絵は春画、笑い絵ともいわれている。

さまざまな階層の男女が、あられもない姿態で交合している場面を、精緻《せいち》な筆致で描いたものなら、相当な値段で売買された。

確信らしいものが、菊太郎の表情を明るくさせていた。

禁裏絵所預の土佐家は、繊細《せんさい》な筆致で風景や人物、また草花や鶉《うずら》などを、鮮やかに描いている。男女の交合を写実的に表わすには、打ってつけの画法だった。

「枕絵どすかいな」

源十郎が小さく膝を叩いてうなる。

かれもそれに相違ないといった顔付きであった。

「源十郎、いまから東町奉行所にまいり、与力の高橋弥四郎どのと会い、吉信にただしてみるか」

「はい、よろこんでお供いたします。そら土佐家の門人が、枕絵を描いていたとなれば、世間へのきこえが悪うおすわなあ。土佐家や自分の名誉を守るため、いくら拷問されても、百三十両の出所を、簡単に白状できしまへん」

やや興奮ぎみに二人が話をしているうちに、青蛙の姿は、いつしか鞍馬石の上から消えていた。

吉信が吟味方同心に付き添われ、東町奉行所の牢屋から溜部屋に現われたのは、それから四半刻（三十分）ほどあとだった。

雨に叩かれる庭の見える溜部屋の上座に、伊波又右衛門と高橋弥四郎が坐っている。

菊太郎は銕蔵とともに、部屋の左右にひかえ、鯉屋源十郎は、庭に開かれた白い障子戸のそばで、吉信を待ち構えた。

縄をかけられていない吉信は、それだけで戸惑《とまど》ったようすだった。

溜部屋に入れとうながされると、にわかにひるんで、菊太郎の顔をじっと見つめた。

「土佐光孚どののご門人吉信どの、わしじゃ、わしじゃ。きのうも拷問蔵でお目にかかりもうしたが、三条木屋町の料理茶屋重阿弥で、数度お会いした田村菊太郎ともうす者でござる。わしは理由があって、公事宿や町奉行所の下働きをいたしておってな。そなたの取り調べにも、立ち会わせていただいた。名誉だのなんだのともうされ、百三十両の出所を黙秘しておられるのもよいが、あまり町奉行所の人々を、手こずらせるのもいかがなものかなあ」

菊太郎はうなだれて坐る吉信に、快活《かいかつ》な口調でいいかけた。

「これ吉信、そなたは主の光孚どのに隠れ、ひそかに春画を描いて、金子を稼いでいたのであろう。そこにおいでの田村菊太郎どのにいわれ、われら吟味方も、はっと気づいた次第じゃ」

伊波又右衛門が柔らかくいった。

「禁裏絵所預・土佐家の門人が、春画を描いて金子を稼いでいたとわかれば、宮中へのきこえも悪かろう。そなたが金子の出所を明らかにできなかった事情も、いまとなれば察せられる。されど厳しい拷問を受けてまで、頑なに口をつぐんでいて、なんといたす。責められて一命を失えば、名誉も守れぬぞよ。春画ごときは、絵師なら誰でもひっそり描き、男なら多くが好んで見るもの。それを描いたからともうし、恥じる必要はあるまい。加賀屋に押しこもうとした盗賊に張りめぐらした網に、不幸にしてそなたが引っかかっただけで、田村菊太郎さまの推察に、わしも誤りはないと思うが、いかがじゃ」

高橋弥四郎が顔をゆるめ、吉信にいいかけた。

かれの言葉に吉信は低くうめき、菊太郎にむかい両手をついて平伏した。

「吉信どの、するとやはりそなたは、春画を描いて金子を稼いでいたのじゃな」

菊太郎はこみ上げてくる笑いをこらえてたずねた。

「は、はい、さようでございます。金子はいつしか溜まってしまったもの——」

吉信はきまり悪そうに答えた。

それからかれが語ったのによれば、春画を描きはじめたのは、三年ほど前から。西本願寺に近い花屋町の仏具商・十一屋六兵衛が、その一切を売りさばいてくれたという。

「その十一屋六兵衛、そなたが盗賊の一味との疑いを受け、捕らえられたのを知っていたはず。どうして早く名乗り出なかったのじゃ。不埒《ふらち》な奴——」

伊波又右衛門の声は、怒気《どき》をふくんでいた。

「十一屋の六兵衛どのは、春画の数々を、諸国からご本山においでになるお坊さまがたに、売りさばかれていたからでございましょう。店の名が出れば、なにかと不都合が生じまする。仏具を商うより、わたくしが描いた春画を売るほうが、利になるともうしておられました」

法華の清五郎一味が加賀屋を襲おうとしていた当夜、吉信は巻子《かんす》に描いた春画を、十一屋にとどけたもどりであった。

話の途中、銕蔵が一時、溜部屋から姿を消した。配下の岡田仁兵衛を、十一屋に走らせたのだ。

「されば自分にかけられた疑いをはっきり晴らすために、ここで春画の一枚でも、描いてもらわねばなるまいな」

伊波又右衛門の言葉にしたがい、吉信は吟味方同心が持参した何枚かの紙に、若い町娘や中年の女子が、下腹部をあらわにして男と交わる絵を、細筆《ほそふで》を用い手早く描いてみせた。

細い描線がそれぞれ生きている。

わずかな線が女の喜悦を表わし、下肢の柔らかさや逞《たくま》しさも、如実に感じさせた。

髪を振り乱して恍惚《こうこつ》に酔《よ》う女の姿が、まるで目《ま》のあたりにするように描かれていた。

「吉信どのの春画はたいしたもの。快楽の度合いを、髪のこわれかたで示されるとは、さすがの工夫じゃわい。疑いが晴れたあとは、禁裏絵所預・土佐家の名に執着いたさず、いっそ江戸にでもまいられたらいかがじゃ。絵屋をはじめ、堂々と春画を描いて暮せばよかろう」

しばらくあと、岡田仁兵衛が十一屋から数本の巻子を押収してもどってきた。

そこには一見しただけで、誰だとわかる禁裏の女官たちが、袿《うちき》の裾をめくり上げ、さまざまな姿態で地下の官人や御車童子たちとからみ合う姿が、彩色をほどこされ、生々しく描かれていた。

女蔵人《にょくろうど》が朱色の袿をぬいで半裸となり、二人の内舎人《うどねり》に、胸乳と下肢をまかせる交合図もあった。

「これでは金の出所を明らかにいたせまいなあ」

「田村さまは堂々と春画を描いてともうされたが、表向きのご定法では、一応、禁じられておるぞよ。いたすのであれば、内々に頼みたい。それにしても田村さまが早く気づいてくだされ、わしらは悲惨な冤罪者を出さずにすんだ。厚くお礼をもうし上げる」

高橋弥四郎が吉信をさとし、ついで菊太郎に深く頭を下げた。

雨はなかなか降りやまなかった。

解説

安宅夏夫

この「公事宿事件書留帳」は、これで六冊を数えることになるが、今日現在、最も読者層の厚い人気捕物小説に挙げられている。

その理由は、「公事」＝「訴訟」という人間世界で最も生臭い「金と色」を主軸にする事柄を毎回材料としながらも、主人公田村菊太郎（と一緒に生きている人たち）の、さわやかなキャラクターとしての魅力に、「次は？　次は？」と吸引されていく著者の無双の筆力に、そのことはある、と言ってよい。

その筆の冴えは、現在、私たちが当面している多くの社会的事象をも、重ね合わせて切り開いていて、今、生きて有る読者への熱いメッセージとなっているからでもある、と考えられる。

　そこで、本集に収められている七編について見ることにすると、「濡れ足袋の女」は、不逞な男と縁を持ったために、悲惨な運命に陥らざるを得なかった女、六角烏丸西入ル骨屋町のろうそく問屋「大黒屋」の女主人お志乃の生涯を描いて哀感が後を引く作だ。

　事件の経緯と解決は、菊太郎の明察で幕引きとなるが、後に残された娘お鈴が気にかかることと、寛文五年（一六六五）刊『京雀』に見る骨屋町の記述が余韻を引き、今もその当時のままにある京都の時空間に入りこんでしまう味わいである。

「吉凶の蕎麦」は、丁稚の鶴太、手代の喜六、小女のお与根らの若手キャラクターの登場と相俟《あいま》って、近江・多賀神社の社僧慈性の『慈性日記』による蕎麦の蘊蓄《うんちく》がさりげなく、また、本シリーズ第四巻『奈落の水』の表題作、第五巻『背中の髑髏』所収「因業の瀧」に引き続いて出てくる菊太郎の発句の新作「山路きてそば売る茶店の水車」を知ることで、主人公の「風雅な素顔」も楽しいし、また、そば屋七兵衛に受領《ずりよう》名をもらってやろうとする名案には、思わず膝《ひざ》を叩かされる。こうした個所は一細部であるが、京都の分厚い歴史と伝統を掌《たなごころ》に指せる著者ならではの記述だ。作品の良し悪《あ》し、現実味《リアリティ》の有る無しは、こういう細部にも拠《よ》るのである。

本集の表題作「ひとでなし」は、京都二条城の存在の意味の導入から、その堀に身投げした女子の生涯にズームインし、あこぎな高田屋の、今日でいうリストラへの抗議・弾劾で結ばれる。著者の単行本の「あとがき」で、「わたしは時代・歴史小説を書いているが、テーマは古今を問わない人間の普遍性の中から選んでいる」とあるのに重ね合わさる一編だ。「四年目の客」以下四編は、書き下ろしで単行本に収めた諸編の由だが、この作は、『ひとでなし』一巻の中で、最も直《ちょく》に、現下の日本の公事《おおやけごと》である政治の腐敗を批判した作品であると思う。

四年目に訪れた一膳飯屋大和屋の、客あしらいの「急変」に怒り、暴力沙汰を犯して入牢させられたやきもの職人藤蔵に語る菊太郎の言葉、

「悪人を懲《こ》らしめるべき役目を負うた者たちが、悪事を隠蔽《いんぺい》する目的で、権威を笠《かさ》に、そなたを牢屋に閉じこめるなど言語道断。わしは先ほどもうした通り、そ奴らの手からそなたを守るため、推参したのじゃ。もう案じるまい」

の、何と頼もしいことだろう。

本シリーズ第一巻『闇の掟』の解説者藤田昌司氏は、菊太郎の剣の腕前について、「思わず、カッコイイ！　と叫びたくなる」と書いているが、菊太郎は剣の腕前も無双だが、右に引いた個所に至って溜飲を下げる読者も多いだろう。

著者の、この個所の思いを私なりに受けて記せば、辛口で知られる「産経抄」（「産経新聞」のコラム）は、二〇〇二年四月四日付で、

「（鈴木）ムネオ疑惑の後始末で川口外相は大量処分を発表した」

から始めて、

「（略）もう一つ、納得がいかぬことがあった。ここまでムネオ旋風の暴走を許してきた歴代外相の政治責任が問われていない点である。省内の退廃に見て見ぬふりをしてきた政治家の罪も重く大きい（略）」

と手厳しいが、われらが菊太郎の情熱《パトス》から発する行動は実にすばやく、確実に読者の胸に通ってくる。

〝悪の掃除人〟としての菊太郎の考えの深さは、この「四年目の客」のラストシーンにおいて、菊太郎が藤蔵から、大和屋の内情を聞くために自ら牢に入った、そういう危うい局面をカバーするために弟銕蔵と計って牢屋敷のまわりに警戒の人を配していたくだりに至るまで、水も洩《も》らさない。これまた前記藤田昌司氏に倣《なら》って「カッコイイ！」と叫んでしまう。すばやくしないと、いかにスーパーマンであっても、やられてしまわないとも限らない。そこまで筆を及ぼしていくのは、この著者の端倪《たんげい》すべからざるところである。

「廓の仏」は、北野遊廓の歴史について教えられることが状況説明となっており、

「人は一生のうち何度も、はっきり自覚しないものの、人生の岐路《きろ》に立つものである。ちょっとちがった方角に足を踏み出すと、とんでもない生涯を送ることになる。踏みちがうのはほんのわずか。だがそれが二年三年すぎるうちに大きく開き、歳月とともに、別世界の人になるのであった」

とある、箴言《しんげん》的な重味ある言葉が、不幸にも死なせた妻子のことを忘れることができないままに、老来、遊女屋の雑用を務める市蔵その人を端的に物語る。そして市蔵が関わりの生じた周辺の子どもたちに竹とんぼを作ってやる、切ないが軽やかなシーンとミキシングして読後感は格別である。

「悪い錆」は、これもきわめて今日的な「親捨て・親殺し」の問題をモチーフとしていて、著者が深い憂色に浸されて、なお書いた、という趣の作だ。

実の息子に訴訟で負け、放逐同様の憂き目を見る雁金屋の御隠居が身につけている、「古《ふる》渡《わたり》・動物手更紗《どうぶつてさらさ》の腰差したばこ入れ」を見逃さなかったのは菊太郎の愛人お信であるのがいい。

「前金具は赤銅の双雁彫り。緒締《おじめ》は銀の石目彫り。鎖は銀の小豆《あずき》組。根付は饅頭形《まんじゆうがた》の透彫《すかしぼ》り、百花百草が精巧に彫られていた」

この描写の文章そのものも精妙な彫りものを思わせるが、ここから親を親と思わない無法息子への懲らしめまで、転調して一息である。

お信と所帯は持たねども、お信の「命《いのち》」である菊太郎の生き方、「汚辱や虚偽への憫笑《びんしょう》。富貴をつまらないものだと考える高潔な精神。世俗にまじって栄達をはかるより、市井《しせい》で拘束されずに生きるほうが、菊太郎にはやはり幸せであった」の潔さもいい。

関連して書くと、「中でも饅頭形の透彫りの根付。中を空洞にして巧みに百花百草を彫ったこれは、大坂の雲甫《うんぽ》可順《かじゅん》の作品」とあって、天明元年（一七八一）刊行の『装剣奇賞』という書の「根付工」の記述があるが、「日本美の精粋である根付」についての懇篤な筆の伸びもまた、時代（歴史）小説を読む醍醐味なのだ。

「右の腕」は、密かに春画を描いていたために殺人容疑で捕らわれる禁裏絵所預・土佐家の門人の話。

本集の掉尾《とうび》に置かれているこの作について、著者は「あとがき」で、「帝銀事件の犯人とされて獄死した画家を念頭にして書いた」と記しているが、アーチストのプライドが、自分の生《な》ま身の生命以上のものとして厳然として有る、ということに襟を正したくなる作だ。

この土佐家の門人吉信に、エンディングにおいて菊太郎が、「江戸にでも行き、表向きのご定法では禁じられているとはいえ、好む絵を描いて生きよ」と諭《さと》すくだりの人間味が嬉しい。こうしたところも菊太郎ファンの増す所以《ゆえん》であろう。

時代小説、捕物小説を成立させる要素として、日本という国柄の特性である、「季のある風土」が挙げられるが、「公事宿事件書留帳」における京都の風物は、捕物小説の本場、東京・江戸の、今は喪《な》き時代・場所の「季・季節」を追尋して描く、架空の存在ではない。小林秀雄流に言うなら、今日只今も平安時代から突き出している「伝統の現在」にあって生生流転する京都の深部から汲み出され、届けられる日常そのものなのだ。細部《ディテール》の充実が、これを裏打ちしていよう。

冒頭にも記したが、六冊を数える、この「書留帳」であるけれども、生成発展の具合は、正に脂が乗って来た、と言うべきであろう。

先《ま》ず、このシリーズの強味は、重ねて言うが、京都というフィールドに拠ることだ。京都一円の人間界の揉《も》めごとが「公事宿」に集まる以上、著者の健筆によって読書子の机上に今後も陸続と新作が届けられよう。

「ひとでなし」に見る「リストラ問題」、「廓の仏」に見る「老人問題」などは緊急な問いを孕《はら》んでいて、読み終えて、それきりというものではない。

——そして勿論、主人公田村菊太郎の、無私そのものの生《ライフ》に生きる、さわやかな姿がある。

菊太郎に、ひかえめに寄り添うお信と、娘お清の姿も、多くの読者からの支持と共感を集めている、と言えよう。

菊太郎の弟銕蔵が東町奉行所同心組頭として、インサイダーのポジションに居り、菊太郎は、

「市井での隠逸。（略）一見、隠居に似た生活こそしているが、汚辱や虚偽をあぶり出す公事宿に関わりを持ち、中途半端な暮しを送っている」

菊太郎がアウトサイダーとしての隠居になるのはきっと、まだ先の先のことであろう。ともかく、この兄と弟とのコンビは、完全なインサイダーとしての弟と、少し無頼に、アウトサイダー的に暮らす兄というスタンスの取りかたになっており、これが絶妙の蝶番《ちようつがい》となっている。この兄と弟のポジションの差異の創出は、ユニークであって面白く、このシリーズの永続性を保証していよう。読者は、このシリーズによって、真に心に通い、響いてくる捕物小説に接する喜びを得るのである。

――詩人

この作品は二〇〇〇年十二月小社より刊行されたものです。

公《く》事《じ》宿《やど》事《じ》件《けん》書《かき》留《とめ》帳《ちょう》六

ひとでなし

澤田《さわだ》ふじ子《こ》

平成14年6月25日　初版発行
平成23年4月25日　13版発行

発行人――石原正康
編集人――菊地朱雅子
発行所――株式会社幻冬舎
〒151-0051東京都渋谷区千駄ヶ谷4-9-7
電話　03(5411)6222(営業)
　　　03(5411)6211(編集)
振替00120-8-767643
印刷・製本―図書印刷株式会社
装丁者――高橋雅之

幻冬舎時代小説文庫

ISBN4-344-40243-X　C0193　さ-5-10